近代文化史入門

超英文学講義

高山　宏

講談社学術文庫

学術文庫版まえがき

このたび旧著『奇想天外・英文学講義――シェイクスピアから「ホームズ」へ』に、こういう形で再び陽《ひ》の光《め》を見させていただくことになって、感謝に堪えない。大好きな本だからである。

旧著刊行は丁度、ミレニアムという言葉をはやらせた西暦二〇〇〇年秋深くのことであり、大学改革が時代の趨勢もしくは一種ブーム化し始めて校務雑務の繁忙に追われて、とても大きな展望を自分の仕事に持てない頃のことであった。今になって少し冷静に眺めてみると、二〇〇〇年という、終わりでもあり初めでもある珍らかなタイミングに大きな意味があったのかもしれないと感じられる仕事である。

ひとつには、過ぐる百年への展望が文字通りに可能になった年ということで、ぼくなりの二十世紀の学問史・文化史の流れというものへの捉え方、ないしチャートを示した。結果的には一九二〇年代からモダニズム、一九五〇年代からポストモダニズム、一九八〇年代からの「批評の季節」という割合旧套《きゆうとう》な見方と一致した（ところが面白いとも思う）が、その作業を、ぼくはいわば自前でやっていったことになっていて、スタンスとしてはアカデミーと巷間在野の好奇心のちょうど間というところであるように思う。

最近何かと話題の一九六八、六九年というそのタイミングに大学に入った、ということがすでに決定的であったように思われる。歴史的な大学紛争の渦中、ひとつには制度としての大学、学界から既成の学問そのものに根本的な懐疑——というよりは激しい拒否反応——を抱えこんでしまう反面、書を捨てて町へ出ようというキャッチフレーズが衒《てら》いでも嘘でもなく巷間学問を生き生きさせてくれるだけの、知的雑誌を核にした熱烈な出版状況があった。こんなものがあるよ、こんなものが面白いと教えてくれる「噂」があって、それが嘘でもないらしいことを確信させてくれるような本が出、翻訳が洪水のように、町の本屋の店頭新刊書コーナーに溢れた。この動きに、明日は何がどう見えだすのだろうと目をきらきらさせ、来るべき学問維新の草莽《そうもう》志士たちは、新時代のキャッチやアプローチを、それこそがぶ飲みした。眠る寸刻を惜しんで万巻を耽読した。

今大学「改革」の嵐を何とかやり過ごしたという何とも遣《や》る瀬《せ》ない安堵感のうちに再び安心立命の旧態依然に戻ろうとしている側の立場に立たされてみて、一九七〇年初めに大学で教えていた人々の気分もわかる気もする。今の学生諸君に、変わると期待して変わらなかったものに対する反発の気力があるのだろうか。あれば学問はなお面白くできる。

ぼくは自分でさがし、自分で組み立てる快楽一杯の「知恵の実」を食べた以上、戻ってきた旧套とは、上辺は新時代の装いはしていても何しろ「新奇」の快に酔い、リスクを負う勇気のない世界とはもはや付き合う気はさらにない。したがって荒俣宏、松岡正剛といった在野の知的ラディカルからはアカデミーの中の人間とみられ、そして本書一読、たちまち明らかなように、正統からは一貫して「異端」とされてきた。間《はざま》がぼくの仕事の宿命である。

今まで何の関係がと思われていたふたつのものがひとつであることがわかる時の、脳の中に生じる変化を、ぼく自身、今や大袈裟でなく、生きていることの究極の快と思う。それこそが「魔術」と呼ばれ、「マニエリスム」と呼ばれてきたものの真諦《しんたい》であるとすれば、ぼく自身、この本でいわば魔術し、マニエリスムしている道理にもなり、現にその通りなのである。

美食や男女性愛にしか快《プレジュア》を見ない気風やお国柄の中で、知識や学問に快を感じ、思いきり楽しむ感性がもっともっと広まって欲しいという一心で旧著はつくった。語り起こしという、右のごとき頭のありようの人間には一番自由で楽しいやり方であるため、活字にすると少し挑発の修辞が過ぎる節々もあり（仕方ないことだ）、もはや挑発の初速も野暮に見え始めた「品格」第一の時勢らしいし、なくもがなの部分は躊躇なく削った。

実は「奇想天外」だなどと思っていない。英国リアリズム小説を論じる人が「リアル」という語が一六〇一年、「ファクト」なる言葉が一六三二年初出ということを確かめて議論し始めていなさそうなことを変だと言っている極《ご》くまっとうな議論なのである。旧套の側こそ奇想天外と思っている。

ここにあるのは文化史（Kulturgeschichte）、文化学（Kulturwissenschaft）と呼ばるべきものの徒手空拳の試みである。知的「驚異」の観念史（history of ideas）の試みといってもよいかもしれない。専門用語を排することに徹した精神史（Geistesgeschichte）である。「繋げる」知を疎《うと》ましがり、「笑い」を敵視してきた旧套学術が一番苦手にしてきたこれら新しい人文学をうんだのが一九二〇年代、一挙に展開したのが一九五〇年代。とすれば本書はそういう二十世紀の知の隠れた流れを、無邪気を装いながらそっくり身振りしたものと言えるのかもしれない。

宏樹に

二〇〇七年四月七日　　高山　宏

目次

近代文化史入門

超英文学講義

プロローグ　「超」英文学事始め

ニュートンと英文学

千年紀《ミレニアム》の終わりを期して、イギリスで世論調査があった。終わろうとしている千年紀《ミレニアム》で一番重要なイギリス人はだれだったかと問うたものである。

一位は、当然ともいうべく圧倒的にウィリアム・シェイクスピア。そして、二位の座を占めたのがアイザック・ニュートンだったのである。ぼくたちは、ニュートンがイギリス人だったことを案外忘れているが、あの万有引力リンゴの実が落ちたのは、実はイギリスの事件だったわけだ。

ニュートンは、シェイクスピア（一五六四〜一六一六）の没後約三十年の一六四二年に生まれている。ニュートンが表舞台に立って活躍したのは十八世紀初め以降だが、彼の実際の研究活動は、一六六〇年代から始まっている。

この時代、つまり十七世紀の後半は、長い間英文学の歴史の空白になっている。悲しいかな英文学は、シェイクスピアの死後一度大きく途切れてしまう。そして、だれしもの知るダニエル・デフォーの『ロビンソン・クルーソー』（一七一九）が出るまでの百年が、すっぽり抜け落ちた状態になっている。

もちろんこの間、何もなかったわけではない。ジョン・ミルトンの『失楽園』（一六六七）、ジョン・バンヤンの『天路歴程』（第一部・一六七八、第二部・一六八四）がある。しかし、常識としてだれもが名を知っているはずのこの二つの作品を読んでいる人は、今日なぜか少ない。

まずこの抜け落ちた百年に、ぼくは非常に興味を持っている。この百年に「超」英文学のための重要な秘密があるにちがいないと睨《にら》んでいる。とりわけ一六六〇年代とは何か、あるいはそれ以前のシェイクスピアの時代とは何かということを、少しちがった視点に立って眺めてみると、意外なほど現在に直結するところが見えてくるはずだ、と。現に見えてきた、という報告をしよう。

気宇壮大《きうそうだい》な話になるが、そうやって十七世紀後半から二十世紀までを駆け抜けてみようと思う。

『光学』を読んだ詩人たち

なぜここでニュートンが出てくるのか。英文学をひとり文学だけのことだけで考えている視野狭窄《しやきょうさく》の人には、なかなか理解できないだろう。

しかし、彼を抜きにして十八世紀以降の英文学は存在しないといえるのだ。つまり、英文学を考えるということは、とりもなおさずそれを生んだ時代精神や世界認識や社会や哲学といった背景をも考慮することを意味するはずだ。当たり前のことだが、いざやるとなると、なかなか。

ニュートンは近代科学の第一人者的存在であるがゆえに、多くの文学研究者は見向きもしない。彼の著書に『光学《オプティックス》』（一七〇四）がある（実際に書かれたのは、一六七〇年代だといわれている）。この本は、プリズムで太陽光線を七色に分光できることを述べたことで有名になったものだ。今から二十五年ほど前までは、名のみ高く、日本で読んだ人は皆無に等しかった。今日、専門家が読んでもよくわからないといわれるほどの難解な本である。

ぼくも岩波文庫から『光学』の新版翻訳が出ると聞いて、非常に楽しみにしていたが、実際読んでみると、絶望的な気分になってしまった。専門的かつ晦渋《かいじゅう》で、十ページも読めない。今日の光学の常識からすると、かなり奇妙なこともいっているようだ。しかし、この本は、一七〇四年に初版が発行されるや大騒ぎになり、その後百年くらいの間、数多くの読者を得たのである。ラテン語でなく英語の本だったというのも大きい。

そしてその読者というのが、光学の専門家よりも、不思議なことに文学者だった。とくに詩人である。当時、文学者といえば詩人であったことを思えば、文学全般の議論としても重要な議論となる。大詩人アレグザンダー・ポープは「神は言った、ニュートンあれと。と、すべて光だった」とうたったが、まさしく十八世紀はニュートン詩人の世紀である。

1

啓蒙（En*light*enment）とは言葉通り、世界を光（light）でくまなく照らしだす精神である。ニュートンが自然光を７色に分光した分解・分析の快さを言葉が真似ようとして、近代文学がはじまる。

1　英国肖像画家ジョージ・ロムニー（1734〜1802）のアイザック・ニュートン肖像。

2　「観念史」の先駆者マージョリー・H・ニコルソンが、ニュートンの事績が18世紀英国詩を決定づけたことをいった名著『ニュートンが詩神を召喚する』（1946）。

3　ニュートンの世紀。ジョヴァンニ・バティスタ・ピットーニ画『アイザック・ニュートン卿を寓意的に記念す』（1727〜1729頃）。

Newton Demands the Muse

Newton's *Opticks* and the Eighteenth Century Poets

By

Marjorie Hope Nicolson

WHILE reading widely in eighteenth century poetry for other purposes, I found myself constantly teased by dozens of references to Newton which had nothing to do with the *Principia*, until I became persuaded that, among the poets, the *Opticks* was even more familiar than was the more famous work.

2

3

では、詩人が読むとどうなるか。非常に雑駁《ざっぱく》にまとめてみればこういうことだ。十七世紀の詩人が、きょうぼくが見る彼女の姿は、なんてみずみずしいのだろうとうたっていたとする。それが十八世紀になると、ぼくの網膜に上下逆に結像する彼女の姿は……といったことになる。

今日、どんなに英語のできる人でも、「網膜」が「レティナ（retina）」と即答できる人がどれだけいるだろう。ところが、当時は「レティナ」という言葉はよく知られていた。『光学《オプティックス》』を読んだ詩人は、網膜上に逆さに映るものが世界だという認識で詩作をするから、それまでの詩とはまったく性格を異《こと》にした詩が登場して当然である。「レティナ」をキーワードにするアーティストとしてぼくなど二十世紀のアーティスト、マルセル・デュシャンを思い浮かべるが、実に十八世紀は時代ごと「デュシャン」していた世紀だったのかもしれないと思えるほどなのだ。

色と光

もっと大きな変化として、十七世紀にはなかった光と色の区別が進んできた。光と色のちがいを説明するのは、実はそう簡単なことではない。

もっといえば、「虹《にじ》はなぜ七色なの？」と五〜六歳の頭のいい女の子に質問されたとする。わかりやすい言葉で即答できる父親がはたしてどれくらいいるだろうか。いざきちんと説明するとなると、意外と難しい。

ところが、十八世紀の文学者は、こぞってニュートンを読んでいたので、虹の光がなぜ七色なのか、太陽光がなぜ七色に分光されるかを、それなりに議論できた。結果、色と光について新知見を持ったから、色の描写の詳細化から始まって、形態の描写などの精緻《せいち》化へ、いわゆる「ニュートン詩人たち」の「スペクトル象徴好み」へつながっていく。

たとえば大詩人ながら日本では全然読まれないジェイムズ・トムソンの名作『四季』の「夏」の部分（一七二七）。ニュートンと文学というテーマを知る人だけが随喜《ずいき》のなみだ、わくわくするくだりであろう。

汝に貫かれざる石胎《うまずめ》の巌《いわお》が
暗き隠れ場に輝ける石造るなり、
潑剌《はつらつ》たるダイアモンドは、汝のいとも純粋なる光を呑む、
凝集されたる密なる光を……
汝によりルビーその深き光輝を放ち、
ゆらめく光芒もて内に炎を宿す。
固型の霊気《エーテル》たるサファイアは汝より
その紺碧《こんぺき》の色を汲《く》み、夕べに色して

紫の縞入りたるアメシストこそ汝がものなれ、
汝自《おの》ずからなる哄然の微笑《えまい》もて黄のトパーズ燃えさかり、
「春」が初めて南風に裳裾《もすそ》与うる時、
その裳裾染むるいかなる緑も
エメラルドの緑に若《し》かざるなり。なれどすべて合わせ、
汝が光どもは白きオパールを通してこそ遊び戯れ、
或いはその表面より躍り出て、めぐりめぐる色調の
ふるえる変化をこそつくり出す。
墓掘りの手で場所が次々変化していくにも似て。

（一四〇〜一五九行）

「描写」の問題化

つまり、同じ「赤」でも、レッドという単語だけだったのが、ヴァーミリオン、スカーレットなど、赤の濃度の差異を表現する単語がどんどんふえていく。最終的には、色だけではなく、あらゆる形態、性質を意味する形容詞、副詞の類が、この時期に倍増し、英語の質そのものが変わった。ジョセフィーン・マイルズという人が徹底した統計値で、それを示している（『詩と変化』）。

要するに、それまではアクションというか、行為、行動を表す動詞が中心だった。十七世

紀の詩を読むとよくわかる。今日、我々が「形而上派の詩」といっているものなど、文体論的にいえば、動詞が多いというのが特徴である。

「僕は君を愛する。君はそれにこたえてくれる。二人の心は手に手を取って走り始める……」といったぐあいだ。動詞の多用で、詩がアクションのなめらかな連続でどんどん進行していく。

それが十八世紀以降、たとえば百行の詩があったら、動詞は真ん中の四十行目あたりに「ぼくは見る」というのがやっとひとつ出てくる。残りはすべてその目的語であったり修飾節であったりして、倒置や関係詞節などを多用し、どのように見たか、見えたかということが延々と書かれるようになる。形容詞的だし、要するに描写的なのだ。当たり前のようにやりすごしてしまいそうな描写というものを、あらためて「描写」として問題化してみると面白い。

こうした大きな変化は、文学だけをいくら調べても、説明できない。少なくともニュートンの『光学』がひとつ大きなきっかけになっていることを知れば、それだけでかつての英文学史がいきなり超えられる。

グランド・ツアーと風景の発見

また、十七世紀末から十八世紀にかけて、文学の外にありながら文学に決定的なインパクトを与えた社会状況について、もうひとつ早々に述べておこう。詳しくは本論で、また述べる。

この時期、イギリス人はグランド・ツアーといって、初めてヨーロッパ大陸へと旅をするようになる。大陸の主要都市や名所旧跡をめぐったが、何より大事なのは古代ローマの遺跡とルネサンスの国イタリアをめざした旅であった。

それまでは、イギリス人が旅《トラヴェル》をするということは、極端な場合、それだけで死を意味するものだった。旅《トラヴェル》は語源通り厄介《トラブル》であったのだ。それがやがて戦争が終結し、外交問題が解決し、十八世紀の初頭には大量のイギリス人貴族がヨーロッパ大陸を旅行するようになる。その当初イギリスは、美術史的にというか、もっと広く視覚文化的といってもよい分野では遅れた国であったのが、コンスタブルやターナーの名でわかるように約一世紀後には、風景画や風景庭園の世界ではナンバーワンにのし上がっている。何があったのか。

風景を見る見方の先進国たるイタリアで「絵」の魅力を知り、それをモデルにして外の世界を「風景」として見るようになり、さらにそもそも「風景」とは何だろう、漠然と見ているものが「風景」なのだろうかと考えるようになる。風景（landskip）という単語は、十八世紀にものすごく使われ始める。後には“landscape”の綴りが普通になる。

ただ目に入る（see）だけではなく、極端にいえば、あるイデオロギーを持ち、ある育ちをして、ある偏見を持った人が、周りの世界をこんなふうに見てほしい、見えるはずだと思いこむことで、そのように見えてくるものとして「風景」を発見するのである。その時、世界はバイアスがかかった、世界そのものではなく世界「像」なのだが、「像」の快いつくり方のモデルに「絵」がなった。今なら「模像《シミュラクル》」の名で呼ぶものになった。十八世紀英文学は美術史、そして美学の知識なくしては成り立たない。「美学（aesthetics）」というもの自体が一七五〇年代に生まれている。

風景というのは、見る（see）ではなく、観て（look at）、はじめて形ができる、一種人間の心理そのものが外に投影されていった何かではないかという観念が、十八世紀に起きる。新しいシステムをつくり出すためのこうした集中力ある見方一般を、"see" ではなく "gaze"（見凝《こ》らす）をキーワードに議論していくのが最近のいわゆる "visual studies"（視覚文化論）という「超」美学の出発点である。とすれば十八世紀英文学史はこういう美術研究の新動向を知らずには、絶対「超」えられないと言いたい。

そんな突拍子もない考えを抱かせたグランド・ツアーは、大変奇妙な旅だったといっていい。旅といっても、行くのは主に美術館だ。旅先で、現地の人と交流するわけでもなく、ただひたすら美術館巡りだけに時間を費やすのである。

ピクチャレスク

この時期のグランド・ツアーの成り行きについて研究した人は少ない。がしかし、実はグランド・ツアーこそが、十八世紀のイギリスにおけるこうしたものの見方の最大の発明を生んだ。そういう見方と、その生みだした結果を総称して「ピクチャレスク（Picturesque）」という。

イタリアで見てきた絵の額縁《がくぶち》をヒントに、大きな世界を、長方形に切り取って一枚の「絵」として構成するとはどういうことかについて考えをめぐらせ、それを「ピクチャレスク」と呼ぶようになったのである。十八世紀のイギリスで、長方形の世界の中に「風景」をスケッチするという技術がうまれることになる。この「長方形の世界観」は、今日になってもカメラのファインダーとなって、なお我々を呪縛している。第一、その「スケッチ」という言葉だって当時の発明だ。

我々は何となく漠《ばく》と広がっている空間に向かって写真機を向け、ファインダーを覗《のぞ》く。元々は、画家が世界を一枚の画面に切り取ることをコンポジション（構図）といった。今では、だれでもが「この写真は構図が悪い」「構図がいい」などという。この「構図」という発想ないし言葉は実は一七〇九年に、ピクチャレスクとともにうまれたものなのだ。十八世紀のイギリスと今日の感覚が密につながっていることは、こんなことからも証明できる。江戸人なら「見切り」と呼んだはずの仕掛けである。

ただ、肝心《かんじん》のイギリスの美学・美術史をやっている方が、長い間「ピクチャレスク」を無視してきた。ニュートンの『光学』を、今では物理学関係の人間しか読んでいないことは先ほど述べた。しかし、『光学』が、文学つまり詩作に決定的な一大変化をもたらしたのと同様に、「ピクチャレスク」もまた、文学に絶大な影響を与えていることは疑いがない。風景描写が登場するのだ。文学はその中で自足するものではなく、我々の想像以上に密に外の世界と確実につながっている。

そのことをどうするかというようなことをわけ知り顔に述べているわけだが、ニュートン詩人たちのことも、ピクチャレスク美学のことも全部、ぼくはマージョリー・ホープ・ニコルソンの仕事から教わった。科学と文学の境目にこだわらず、知識の分野分けを「超」えていく勇気と方法を教える「クラブ・オヴ・ヒストリー・オヴ・アイディアズ（観念史派）」という知性集団を率《ひき》いた人である。

早くも一九三〇年代からこの人は「超」えている。『ニュートンが詩神を召喚する』という名作も一九四六年に書かれた。こういう核になる仕事の紹介が遅れていたから、英文学は相も変わらず陰気なイメージを脱せられずに、うじうじし続けてきた。ぼく自身の「超」英文学は考えてみると、このニコルソン女史の名作のひとつ、『月世界への旅』の翻訳紹介から始まっている。松岡正剛氏の名作『ルナティックス』にヒントを与えた本だ。

ロマン派をめぐる誤解

世界を美しい風景として見て、それを描写することから始めると、詩人だけでなく文学者全体が、今まで「険しくて、剣呑《けんのん》な山だ」と一行《ぎょう》ですませていたものを、「高さはこれこれ、鋭峰突兀《とっこつ》峨峨《がが》として……」などといった難しい英語表現をするようになり、それが大流行していく。rugged（ギザギザの）といった単語が多用され、こんな木が生えている、こんな岩山で、こんな滝が落ちていて……という五十行ほどの描写を五十行すべて読んで初めて、「この山は剣呑なのだ」と思わせる。むだの多い表現に思われるわけだが、十八世紀の人はそれをむだとは思わない心性を獲得していた。

むしろそれまでの「この山は剣呑である」というシンプルな言い方をつかまえて、「無粋」「無教養」というようになる。こうして、剣呑な山だということがわかるまでの言葉に言葉を重ねる描写力に、十八世紀文化独特の特徴がある。

英文学史のシェイクスピア周辺と並ぶ核が、ロマン派だ。十八世紀末に、十八世紀の精神的産物をすべて整理する形で存在する「超」運動体である。ロマン派の「自然に帰れ」主義はだれもが知っている。しかしロマン派の「自然」に、直前に先行したピクチャレスクがどうとりこまれているかの研究がない。そのためにいかにおかしなことになっているかは、すぐわかる。

日本では「ロマン派」というと、北村透谷《きたむらとうこく》から三島由紀夫までつながる日本浪漫派の連想が強い。そうした既往のロマン派イメージを整理してみると、「神的なものと自分の合一」とか「彼女と私の間にある至純の愛」をうたう。外に目をやると、工場がふえ、川は穢れ、海は汚れる。このままいくと自然はどうなるのだろう、楽土イギリスのリヴァイヴァルをしようといった動きと合わさって、要するにピュアな世界を目指そうというのがロマン派だったというイメージになろうか。

ところが実際、虚心坦懐にロマン派に立ち向かうと、どうも戸惑ってしまう。ロマン派の半分は、淡々と山野を歩いての報告なのだ。日本のロマン派研究はこれをまったく無視してきたといっていい。

自分の家からどこかの山まで、ただひたすら散策する。何キロか延々と歩く途中で、ツタの葉が生えているのを見て、きのう八枚しかなかった葉っぱが、きょうは九枚になっている。君も成長したのだな。そうだ、僕も成長しなければといった調子で延々と続く。これは一体何なのだろうか。

こうした叙景、風景描写のジャンルを「エクスカーション」という。今では遠足、遠出の意味だが、議論が脇道へそれること、すなわち脱線する書き方も指した。「プロスペクティヴ・ポエトリー」といった気の利《き》いた言い方もある。「眺望詩」とでも訳すか。それが、ある時代の恋愛文学、ある時代の思想的な文学と同じぐらい、十八世紀後半には大流行していったのだ。

具体的には、一七八九年のフランス革命直前直後のイギリスがそうである。ドーヴァー海峡の向こうの流血酸鼻をよそに、イギリス人はただひたすら野原を歩いて報告をする。そして、ニュートンから教えてもらった「レティナ（網膜）」といった語彙やヴァーミリオンやスカーレットといった色彩用語を駆使する練習を始める。そしてピクチャレスク美学の連中が教えてくれた、世界を気持ちいい「風景」に「構図」する技術の練習を始める。ロマン派は、そうした快楽の練習場と化していった。かつてのロマン派研究は一般に偏頗《へんぱ》で、「神と人間との合一」「男女の情死」ばかりに気をとられ、ロマン派運動のごく一部だけを強調しているにすぎない。

「自然に帰れ」は結構だ。しかしその「自然」なるものがすでに、あるイデオロギーから生みだされた大変十八世紀的な人工物だったら、話は一体どうなるのか？

素朴な疑問の積み重ね

ニュートンとピクチャレスクとロマン派をつなげていったぼくは、日本の脱領域の英文学の旗手の一人のようにいわれた。『目の中の劇場』（一九八五）という仕事である。しかしぼく自身は、そんな大げさな気負いがあるわけではなかった。その気負いなら、「超」英文学道の恩師、故由良君美《ゆらきみよし》先生の『椿説泰西浪曼派文学談義』（一九七二）のものだろう。「超」英文学史の青春の書だ。「脱領域」という語自体、由良氏の発明品である。「観念史」も「脱構築」も、そう。

話を元に戻そう。ぼくは、なぜこんなに色、光にかかわる形容詞が多いのか、という大変素朴な疑問をひとつ持ったにすぎない。「描写」の問題化《プロブレマタイズ》である。

しかし、かつての英文学はこうした素人じみた疑問を封殺してきた。とくに、一時期日本英文学会の中心であると自負していた東京都立大学（現・首都大学東京）には、ロマン派についてもかくあるべしといった強い思い込みがあって、加納秀夫氏以来の伝統は、そうしたまさしく古典的なロマン派の牙城《がじょう》だった。

「一本のセンシティヴ・プラント（オジギソウ）をじっと見ているうちに、オジギソウの中にある摂理のようなものを通して、一種の哲学的な世界観が見えてくる」など主張するのが、古典的なロマン派である。若き日のぼくなどにとって大加納秀夫先生はその代表選手だったわけだ。

ぼくが都立大学に就職して、イギリス・ロマン派の詩人ワーズワース（一七七〇～一八五〇）というのは、晩年パノラマ館にばかり行っていたらしいですねと言ったところから、意見のくいちがいが始まった。実際、ワーズワースは、朝から晩までレンズの詐術《さじゅつ》、イリュージョンの世界に酔いしれていた。英文学を社会学に向けて「超」えた第一人者、リチャード・オールティックの大作『ロンドンの見世物《みせもの》』（国書刊行会）に、その辺の事実はいっぱい出てくる。

レンズのイリュージョンを売り物にするような見世物の館に日夜通ったのは、ワーズワースに限ったことではない。有名な風景画家、コンスタブル（一七七六～一八三七）などは、見世物の世界に耽《ふけ》りながら、自分なりのカメラ・オブスクーラ（暗箱）を発明していく。

「コンスタブルは、イギリスのあるがままの自然を最初に描いた風景画家だ」と賞賛されているが、レンズ暗箱を覗きこむことの何が「あるがまま」なのだろうか（暗箱とはカメラ・オブスクーラのことで、その後「オブスクーラ（暗い）」が取れて、今ぼくたちが覗いている「カメラ」となった）。もっとひねくれた言い方をすれば、そうした光学装置を使い、自然をいっぺん逆像にしたものを処理しているのだ。これがロマン派の「実態」だ。少なくとも今、ロマン派が面白いのはロマン派のそうしたテクニカルな面のゆえである。大才荒俣宏が「テクノロマンティシズム」と名づけた局面である。

ロマン派と科学の関係を指摘するぼくは、「将来異端と呼ばれるようになるであろう」と宣言され、実際そうなった。異端といわれようと何といわれようと、ぼくはアマチュアとしての素朴な疑問につき、しっかりと同様に孤立気味の人たちの研究をいろいろ探り出し、つないでいくことによって、一九六八年から大学で文学の手習いを始めて以来、英米文学にまつわる二十世紀後半の知的な動向は、これはだれよりもまともにフォローしてきた自負がある。

オールティックの大著も邦訳で読める。ロマン派が「純」文学なんかでありえぬことは同じオールティックの『ヴィクトリア朝の緋色《ひいろ》の研究』（国書刊行会）でもわかった。ロマン派的視覚が「見世物」とさえ、そう遠くないことが。ドイツでのロマン派が異常な

“scopophilia”（見ること大好き）の世界であることは先達《せんだつ》、種村季弘《たねむらすえひろ》氏が大体明らかにしている。英国ロマン派についてそれができてこなかったのが不思議なのだ。マックス・ミルネールの『ファンタスマゴリア』（ありな書房）、マリア・タタール『魔の眼に魅されて』（国書刊行会）といった必須の関連書は、オールティックを含め、すべてぼくのやり方で邦訳をプロデュースした。もう知らないではすむまい。知らないで随分遠回りをすることになるのだ。

　これから、急ぎ足ではあるが、ぼくが三十年かけて考えてきた「英文学」について記す。しかし、そのカヴァーする範囲は、いわゆる文学の領域を大きく「超」えていくだろう。つまりは、近代思想の大きな潮流をとらえる試みになるだろう。英文学史の通説なるものに対して、当然の疑問をいろいろ考えてきた結果である。メインはぼくなりに頭に入れてきた「見る」近代の歴史、その中での文学の位置づけである。異貌の思想史にふれて、「へえーっ」と感じていただければ、それで十分である。では早速、敵（？）の牙城、シェイクスピアのことから話を始めよう。

第一章　シェイクスピア・リヴァイヴァル

1　アンビギュイティ

『本の神話学』の衝撃

英文学史上どうしてもはずせないのは、やはりシェイクスピアだ。日本英文学会の何割の人がシェイクスピア研究家を自称していることだろうか。「新批評」から神話批評へ、「脱構築」から新歴史派へ、批評一般のめまぐるしいファッションの波に洗われて、日本におけるシェイクスピア研究も、二十世紀後半に猫の目のようにくるくると変わった。海外の動向に躍らされるばかりの猿《ましら》の跳躍という以上のシェイクスピア研究となると、しかし笹山隆氏の観客論くらいしかめぼしいものはない。ここはひとつ、周辺素人として、まるで我流のシェイクスピア遍歴を語らせてもらうことにする。

一九六〇年代といえば、大学紛争の激動の時代であるが、山口昌男氏の論に代表されるように、一九二〇年代と一九六〇年代は、趣味や感覚が非常に似ている。そのことがよく理解されているファッション、映画、絵など、アートの分野だけでなく、エピステーメーというか知的な関心のあり方もまた互いに酷似しているのである。

実際、山口氏は、二〇年代前衛《アヴァンギャルド》のアートよりも、知識人の離合集散に興味を示していて、後にその探究・記述を歴史人類学という名で呼ぶことになる。『本の神話学』では、そうした氏の興味の中心はワルブルク研究所（後のウォーバーグ研究所）であった。フランセス・イエイツをうむことで、シェイクスピア研究を一変させる運命にある知的組織である。

山口氏は『本の神話学』を一九七一年に発表する。実はぼくはその本の弟子に当たる。『本の神話学』は、英文学プロパーの本ではないが、「シェイクスピアは芸能ではないか」と指摘する「〈社会科学〉としての芸能」の章には、非常に興奮させられた。

英文学研究の位相を一挙に「超」えたウィリアム・ウィルフォードの『道化と笏杖《しやくじよう》』（一九六八）はじめ、道化文化研究がピークに達した一九六〇年代後半、道化や畸《き》形《けい》といった負の要素がそこで生動する見世物小屋の文化について、山口氏は「芸能は、まさに民俗的世界において生世界の体験が蓄積される形式としての一つの歴史であることを、シェイクスピアは動かしがたい事象として定着させた」と喝破《かつぱ》した。

その頃流行していた言葉でいえば、シェイクスピアは「カーニヴァレスク」だ、ということをいったのだが、ぼくら学生が盛り上がるかたわらで、旧套《きゆうとう》シェイクスピア研究者は冷ややかに「このような一見与太《よた》じみた視点」を嗤《わら》った。ぼくは、この時の感激のまま、のちウイルフォードの大冊を訳すことにもなる。

一九二〇年代の見世物文化と同じ状況が、一九六〇年代の山口昌男の周辺に起きつつあるということを、日本見世物学会会長の彼は、いろいろな本でずっと報告してきている。ヨーロッパ視覚文化論をやっていて困惑するのは“spectacle”という言葉だ。これはいわゆる演劇と「見世物」の両方を、根源的な「見せる」パフォーマンスが二つに分化する前の状態を指す。

「スペクタクル」研究

だから「スペクタクル」研究がいわゆる演劇と「見世物」を統一的に扱うべきなのに、研究者の頭の中できちんと分化してしまっており、演劇をやってますというと、なんだか偉そうな気になって、「見世物」なんて知らないよ、というようなおかしなことになる。それを山口昌男氏は怒った。

ぼくはその頃、こうした動きに身をゆだねてシェイクスピア研究を始めたところ、東京大学でシェイクスピアを講じていたアカデミシャンの小津次郎氏からは一言「破門」のご託宣を受けた（シェイクスピアのバロックなどというと、「バラックの間違いじゃないのかね」、マニエリスムというと、「マネばっかり」といわれ、立つ瀬のない思いをした）。

しかし、なにも一九六〇年代を待つ必要はなかったのかもしれない。

二十世紀に入ってすぐ、シェイクスピアの受容はダイナミックに変化したのである。考えてみると、シェイクスピアは死後三百年にわたって冷遇され続けた。今我々の知るシェイクスピアは二十世紀のうんだものなのだ。本書前半の立役者たる王立協会《ロイヤル・ソサエティ》が一六六〇年代にロンドンにできたために、いわば古典的な「イギリス」がそこで抹殺《まっさつ》されてしまったこととも関係がある。

歴史的には、ピューリタン（清教徒）が出てきて（清教徒革命、一六四九）、ピューリタニズム以前のあらゆるものが排斥《はいせき》される。怪獣を売りにした『ベオウルフ』（八世紀頃）から晦渋《かいじゅう》が売りのシェイクスピア劇やジョン・ダンの詩まで、アングロサクソン的といってよい伝統が、そこでいったん滅ぶ。

晦渋といえば「アンビギュイティ（ambiguity）」という言葉がすぐに思い出される。日本語には、ぴったりの言葉がなく、「あいまいさ」と訳されていた。それをたとえば山口昌男氏は、「両義性」と訳すべきだと主張した。その『文化と両義性』（岩波現代文庫）は、一九六〇年型知性にとって「アンビギュイティ」がいかに大事なものだったかの証《あかし》だ。

英文学研究の世界では、「アンビギュイティ」は「あいまいさ」ではなく「両義性」「多義性」という意味だとする積極的な転換が問題の一九二〇年代にすでにあらわれ、そこから一世を風靡《ふうび》したニュー・クリティシズム（新批評派）が出てきた。新批評派は文学作品の価値を、アンビギュイティ、パラドックス、そしてアイロニーの使い方の上手《うま》いか下手《へた》かに置いた。どれも、Aの表現で実はBを意味しているという表現方法である。

考えてみれば、一つの文章でも、とらえ方によっては、七つも八つも意味を持つ。それでいいのではないかというのがアンビギュイティやパラドックスである。新批評派の動きの中で、そのことはウィリアム・エンプソンの『曖昧の七つの型』（一九三〇）という仕事がきわめた。このもと数学者の英文学研究がそれまでの英文学史をあっさり「超」えたことは、よく知られている。

全世界的に、近代の三百年間、多義的なもの、あいまいなものはだめだといわれてきた。それが、「あいまい」ではなく「多義的」なのだという積極的評価に転換しようという大きな動きが一九二〇年代に英文学の中にあり、一九六〇年代になって、「多義性」に価値を与える動きがたしかによみがえってきた。それを山口人類学はきちんととらえていたということになろう。

「アイ・アム・トゥー・マッチ・イン・ザ・サン」

こうして二十世紀に入り、シェイクスピアが「多義的」としてあらたな評価を受けることになる。かつてシェイクスピアは、「あいまい」といわれ、没後すぐピューリタンたちに痛めつけられていた。

そのあいまいさを説明する場合に、『ハムレット』の冒頭の部分が最もよく引用される。

ハムレットは、父親がおじに毒殺される。が、毒殺の証拠はない。そして、そのおじがハムレットの母親に求婚し、母親はそれを承諾してしまうという設定で物語が始まる。

冒頭で、ハムレットはふてくされている。黒い服を着ているらしく、おじに、おまえはいつまでビナイテッドな服（夜の服＝喪服《もふく》）を着ているのだ、そろそろ喪もあけるし、着がえなさいといわれる。さらに、みんながこれだけなごやかに打ちとけて話しているときに、肝心の王子であるはずのおまえは今までどこにいたのだと聞かれる。

そこでハムレットの有名なせりふ、「アイ・アム・トゥー・マッチ・イン・ザ・サン」となる。

一六二三年に、決定的な台本《ファースト・フォリオ》ができるまで、シェイクスピアの芝居を活字で読むことはできなかった。『ハムレット』が書かれたのは一六〇一年である。二十二年間、活字がなかったわけだ。役者に与えられたのは、各々のパートを書いたせりふのみだった。オフェーリア役の女優がハムレットのせりふを知ることは、ほとんどなかった。今日、シェイクスピアを勉強する人が必ず手にするような一貫した台本はなかったのである。まず、この本来の「非活字性」を頭に入れておこう。

当然「アイ・アム・トゥー・マッチ・イン・ザ・サン」という言葉は、口から耳へというオーラルなメディア、口頭の文化の中で理解される。観客たちの反応は、さまざまだったにちがいない。「サン」をsunと聞いて、「あまりにも日向《ひなた》に長くいた」という意味にとる人もいるだろう。too much in the sun を「気がふれて」と、熟語的に理解する人もいるはずだ。

一方、ハムレットの即《つ》くべき王位をおじが無理やり簒奪《さんだつ》したことを、正統の後継者であるべきハムレットが当てこすっているはずだと思い、sun ではなく、son（息子）と解釈し、「おまえのおかげで、いつまでも息子の立場でいなきゃいけない」という怒りを表現したと感じる観客もいたはずだ。

活字に毒された我々とはちがって、いつも小屋へ行って肉声で芝居を見ていた観客、つまり現代の我々ほど「耳が悪くはない」観客たちは、この二つの意味を同時に感取できていたのではないか。シェイクスピア劇の重要なせりふのほとんどが、そういった口誦《こうしょう》的な、つまりはとてもアンビギュアスな構造を持っている。口誦から活字への転換が失ったものは、これまた一九六〇年代、有名なメディア論者マーシャル・マクルーハンがはっきり問題にした。超英文学史はメディア論と手を結びだす。

ピューリタンの数学者たちの王立協会

シェイクスピアの没後四十年ぐらいして、「自然知を促進するためのロンドン王立協会」はアンビギュアスな英語を目《め》の敵《かたき》にするようになった。この王立協会は四代目総裁がニュートンであることからも知れるが、自然科学者の集団である。

数学問題の解《かい》はよりむだのないエレガントな解をもって理想とする。数学者が町の人たちの日常の言葉に目を向けたとしたら、一番大きな問題が、いうまでもなく「アンビギュイティ」の厄介さである。「サン」という一つの音は、「息子」だけ意味すればいいのに、たちまち二つ以上のことを感じさせる。これでは、メッセージの投げ合いをする上でまずい。誤解を容認するようなコミュニケーションは駆逐せよと主張したのが、ピューリタンの数学者たちからなる王立協会である。

シェイクスピア研究をする者で、シェイクスピアを抹殺した王立協会のこういう活動をきちんと論じた人がいないということに、ぼくは呆《あき》れはてた。

シェイクスピアが亡くなったのが一六一六年。その後三十年ほどして、劇場封鎖令が出された。

ピューリタンが政権をとる一方で、カトリックが今でいうテロリズムに走る。より正確にいえば、「走ったのではないか」という嫌疑をもとに、ピューリタンは次から次へとカトリックを逮捕し、処刑していった。

劇場封鎖によって文学といわれるものはほとんど成り立たなくなって、いったん死滅する。さらに文学に一撃を加えたのは、王立協会がコンピュータ言語に相当するものを発明し、普及させようとしたことだ。今までのアンビギュアスな英語は、整理し、「サン」が「息子」だけを意味して、「太陽」は別の表現で表そうとした。とはいえ、いくら英語を純正

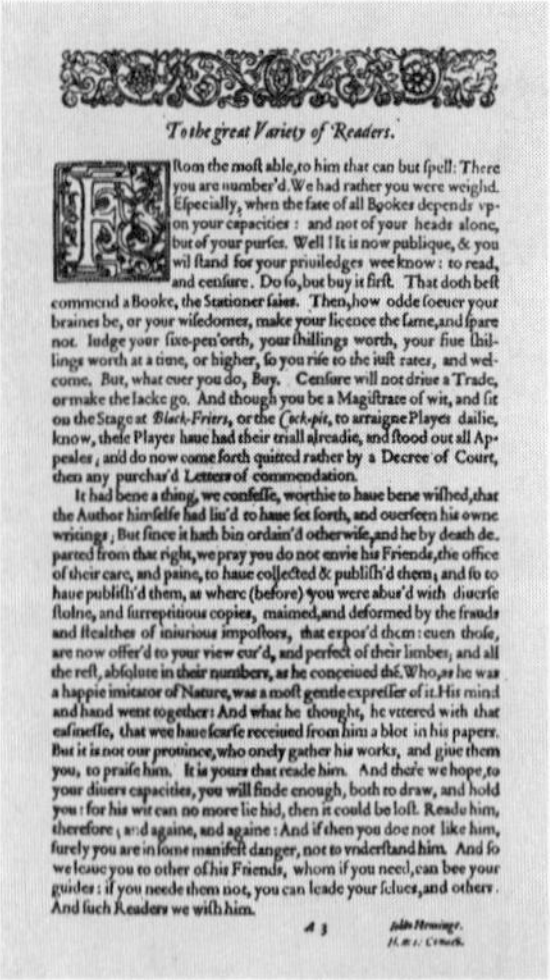

To the great Variety of Readers.

From the moſt able, to him that can but ſpell: There you are number'd. We had rather you were weighd. Eſpecially, when the fate of all Bookes depends vpon your capacities: and not of your heads alone, but of your purſes. Well! It is now publique, & you wil ſtand for your priuiledges wee know: to read, and cenſure. Do ſo, but buy it firſt. That doth beſt commend a Booke, the Stationer ſaies. Then, how odde ſoeuer your braines be, or your wiſedomes, make your licence the ſame, and ſpare not. Iudge your ſixe-pen'orth, your ſhillings worth, your fiue ſhillings worth at a time, or higher, ſo you riſe to the iuſt rates, and welcome. *But*, what euer you do, *Buy*. Cenſure will not driue a Trade, or make the Iacke go. And though you be a Magiſtrate of wit, and ſit on the Stage at *Black-Friers*, or the *Cock-pit*, to arraigne Playes dailie, know, theſe Playes haue had their triall alreadie, and ſtood out all Appeales; and do now come forth quitted rather by a Decree of Court, then any purchas'd Letters of commendation.

It had bene a thing, we confeſſe, worthie to haue bene wiſhed, that the Author himſelfe had liu'd to haue ſet forth, and ouerſeen his owne writings; But ſince it hath bin ordain'd otherwiſe, and he by death departed from that right, we pray you do not envie his Friends, the office of their care, and paine, to haue collected & publiſh'd them; and ſo to haue publiſh'd them, as where (before) you were abus'd with diuerſe ſtolne, and ſurreptitious copies, maimed, and deformed by the frauds and ſtealthes of iniurious impoſtors, that expos'd them: euen thoſe, are now offer'd to your view cur'd, and perfect of their limbes; and all the reſt, abſolute in their numbers, as he conceiued thē. Who, as he was a happie imitator of Nature, was a moſt gentle expreſſer of it. His mind and hand went together: And what he thought, he vttered with that eaſineſſe, that wee haue ſcarſe receiued from him a blot in his papers. But it is not our prouince, who onely gather his works, and giue them you, to praiſe him. It is yours that reade him. And there we hope, to your diuers capacities, you will finde enough, both to draw, and hold you: for his wit can no more lie hid, then it could be loſt. Reade him, therefore; and againe, and againe: And if then you doe not like him, ſurely you are in ſome manifeſt danger, not to vnderſtand him. And ſo we leaue you to other of his Friends, whom if you need, can bee your guides: if you neede them not, you can leade your ſelues, and others. And ſuch Readers we wiſh him.

A 3

Iohn Heminge.
Henrie Condell.

4　シェイクスピアの「ファースト・フォリオ」版（1623）。シェイクスピアが活字になった記念すべき本の第1ページ目。

5　ジェイムズ1世の娘エリザベス。選帝侯との婚儀をシェイクスピアの『テンペスト（嵐）』（1611）が祝った。フランセス・イエイツの『シェイクスピア最後の夢』（1975）の世界だ。

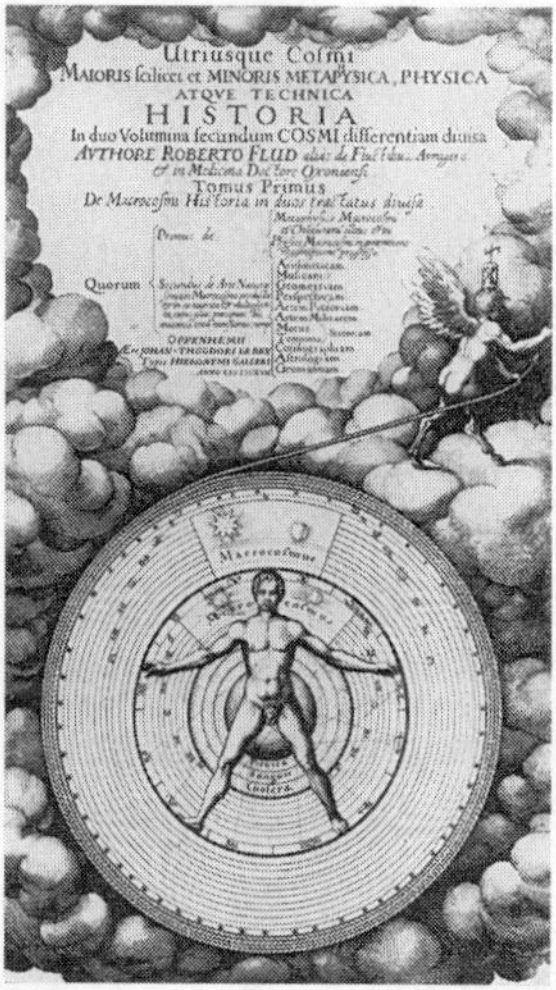

6　魔術的宇宙観。存在の大いなる連鎖。神秘家ロバート・フラッドの『両宇宙誌』(1617〜1621) より。F・イエイツが『薔薇十字の覚醒』(1972) の表紙にとった絵。

7　魔術的宇宙観。「音楽の殿堂」。フラッド同書。イエイツの『記憶術』(1966) の表紙になった。シェイクスピアとフラッド、ジョン・ディーといった理系の神秘家とのつながりをイエイツはいう。

化しても、あいまいになっていくことはやはり避けられない。そこで王立協会は有名な普遍言語運動を始める。「リアルな文字」の追究だが、詳しくは後に述べる。

英語公用語論どころの騒ぎではない。今風にいえば、これからイギリス人は0と1の二進法表記で物を書く方向にまで行こうというのが、王立協会の実質上の初代総裁であったジョン・ウィルキンズの主張である。ちなみに、彼は記号論理学の発明で知られるドイツの哲学者ライプニッツの同時代人である。

これを機会に、シェイクスピアは封殺されていった。この後、シェイクスピアが読まれないだけならまだよかった。しかし、シェイクスピアを見たい人はいる。そこで、アダプテーション（改作翻案）の三百年が続く。たとえば、ハムレットが死なない『ハムレット』が想像できるか。現に改作『リア王』では、その死にこそすべてがかかっているコーデリアは死なず、リアは狂わない。どこが『リア王』かといいたい作品がシェイクスピア作品として二十世紀初頭まで上演されることになった。

やっと一九二〇年代に入って、T・S・エリオットをはじめとして、「エリザベス朝という時代はあいまいな英語で成り立った文化で、これからの自分たちにもその富は必要」として「エリザベス朝リヴァイヴァル」の運動が急に盛り上がる。三百年間にわたり抑圧されてきたシェイクスピアを、なんとか元の形で蘇《よみがえ》らせようということになる。

2　表象と近代

なぜ、二十世紀になってシェイクスピア・リヴァイヴァルが起きたのか

端的にいってしまえば、一九六〇年代は、一九二〇年代が発見したことを、大学紛争などの御時勢を背景にリヴァイヴァルしているにすぎない。

一九二〇年代は、「モダニズム」のレッテルで簡単に処理されがちだが、英文学でいえば、十七世紀の初めのアンビギュアスな文学の富が、その後すぐに王立協会によって抑圧されたとして、その抑圧された何かをそのままリヴァイヴァルさせた時代だという図式にすることができる。それに、これもエリザベス朝大好きのロマン派などをはめこんでいくと、ジグソーパズルのようなユニークな循環史観、一種サイクリックな英文学の歴史を綴《つづ》ることができる。

二十世紀になぜシェイクスピア・リヴァイヴァルが起きたのかも考えてみたい。これには実は大批評家ジョージ・スタイナーのいう「中欧的想像力」が働いている。

一九二〇年代から一九四〇年代の美学、美術史を支えたのは、東ヨーロッパと中央ヨーロッパの人々だ。有名なところでは、マニエリスムという久しく埋もれていた美の観念を蘇らせたオーストリア人マックス・ドヴォルシャックの『精神史としての美術史』（一九二四）

がある。

それまでは、ある時代の個々の芸術作品についてひとつひとつ「好きだ」「嫌いだ」と評するのが批評家の仕事だった。最低の意味での印象批評。英文学でいえば、ウォルター・ペイターの登場以前、十九世紀後半までそうだった。批評家は、「ぼくはこの絵が好きだ」「この画家は嫌いだ」ということで生計を立てており、偉い批評家の一言で、画家の評価が決まっていた。ウォルター・ペイターは、ルネサンス期の画家たちについて「ばらばらに見える人たちの間に共通の特徴が見える」といった。こういう「ルネサンス」観念はなんだか昔からあるように思われているが、十九世紀の後半にブルックハルトと、同時期のペイターが生みだしたものだ。

こういう時代精神を共有する美術の歴史を「精神史」と呼んだドヴォルシャックの弟子がフレデリック・アンタル。英文学史にマニエリスム観念を持ちこんだ『ホガース』と『フュッスリ研究』のアンタルはハンガリー人。同じく大著『マニエリスム』のアルノルト・ハウザーもハンガリー人。マニエリスム復興のいま一人の立役者ドイツ人エルンスト・ロベルト・クルティウスの弟子が『迷宮としての世界』のグスタフ・ルネ・ホッケである。このホッケがブルガリア系、あとは皆ハンガリーかポーランド。これだけでも二十世紀後半の人文科学を考える際に、東・中欧を抜きにすることの無意味がよくわかる。今でもバロック、マニエリスム研究の三分の一はスラヴ系、キリル文字の論文だ。

そして一九六〇年代のシェイクスピア・リヴァイヴァルもまた、ヤン・コットが一九六一年にポーランド語で出した『シェイクスピアはわれらの同時代人』に端を発する。こうした動向は全体何なのか。

『ゴドーを待ちながら』を演劇と呼ぶ根拠

一九六八年には、マーティン・エスリンの『不条理の演劇』の日本語版翻訳も出てきた。二十世紀中葉の劇作家であるサミュエル・ベケットとかウージェーヌ・イオネスコ（ルーマニア出身）は、ただ「きょうは晴れている。雨だ。あしたは曇るかな」といったやりとりが二時間ほど、延々と続く芝居を書いて、しかるべくスキャンダルになった。

アイルランド人のベケットは、フランス語で書いて、後で自分で英訳したが、こういう不条理演劇（theatre of the absurd）の作家はアシミールの会話レコードなどで外国語を勉強したりしていて、面白い。「雨が降っていますか？」「いいえ、降っていません」「あしたは雨でしょうか？」「多分、雨でしょう」といった活用変化を含んだ短い会話を、練習のつもりでどんどん学習するうちに、人間の偉そうなコミュニケーションなるものの行き着くところがわかってきたのだろう。

「あした雨だろうか」「ゴドーは来るだろうか」「いや、来ないと思うよ」というやりとりが二時間続くのを前に、それを「演劇」と呼ぶ根拠をだれもわからず困っているところに、

GUSTAV RENÉ HOCKE
Die Welt als Labyrinth
Manierismus
in der europäischen Kunst
und Literatur

9

ro
ro
ro
rowohlts deutsche enzyklopädie
Gustav René Hocke
Manierismus
in der
Literatur
Sprach-Alchimie
und esoterische Kombinationskunst

8

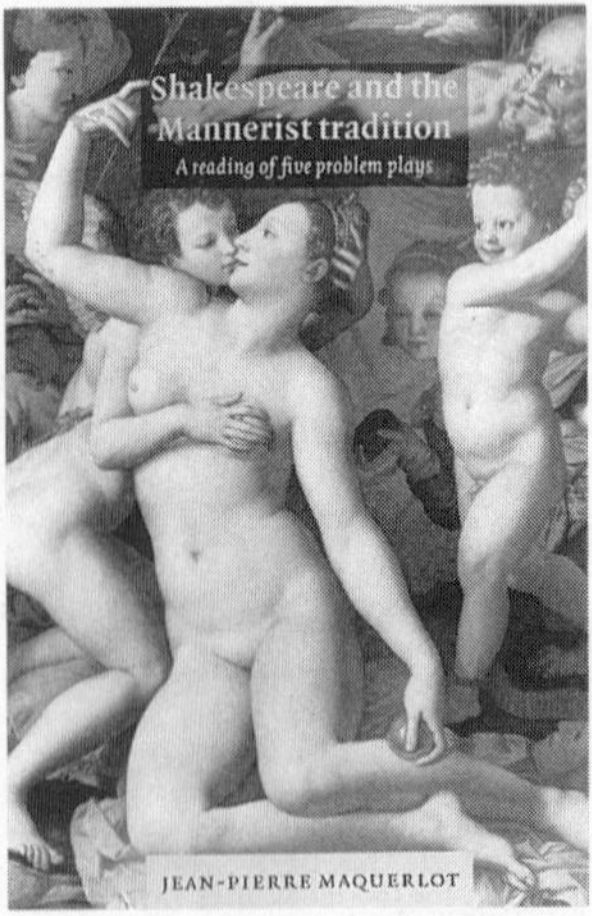
Shakespeare and the
Mannerist tradition
A reading of five problem plays
JEAN-PIERRE MAQUERLOT

10

8　G・R・ホッケ『文学におけるマニエリスム』(1959) 表紙。

9　ホッケの『迷宮としての世界』、『文学におけるマニエリスム』の図版増補の合併本 (1987)。

10　英語圏もやっとシェイクスピア・マニエリスト論に手をつけようとしている。あしらわれているのは、知的奇想とエロティシズムが融け合ったマニエリスム美術の代表格、アーニョロ・ブロンツィーノの『ウェヌス、アモル、愚行、時間』(1546頃)。

11　シェイクスピア劇の錯視と歪みの作劇法。蒲池美鶴『シェイクスピアのアナモルフォーズ』(1999) より。

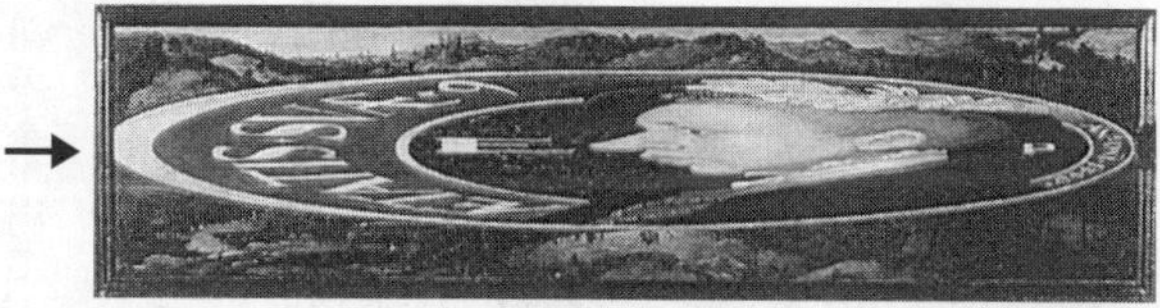

11

矢印の方向から見るとこうなる。

『不条理の演劇』という一冊の本が出て、やがてベケットにノーベル賞が出るようなことになる。

ひとつ面白いジョークを披露しよう。その代表作『ゴドーを待ちながら』は、二十世紀後半の演劇を一変させたといわれている。ゴドー(Godot)のスペリングの中にGodがあることからも、人々は「これはきっと神を待つ待命《たいめい》の心理学、待命の哲学」だなどと評していた。

文学研究者は決して語らないが、ベケットは大の競輪好きだった。アイルランドの作家は妙に自転車好きが多い。ベケットの作品にもよく自転車が出てくる。半人半馬のケンタウロスさえ、「自転車に乗った人間」というイメージで出てくる。だから、神話なのか競輪の話かよくわからない。ベケットが大好きだったフランス人の競輪選手がいる。その名前がゴドー。競輪場で「まくれ！　まくれ！　ゴドー！」といっていたのが、『アナ・アタンダン・ゴドー(ゴドーを待ちながら)』という芝居になったという珍説がある。うそかまことか知らない。ともかくこの不思議な芝居をノーベル賞受賞までに導いたのは、このマーティン・エスリンというこれも歴《れっき》としたハンガリー人だった。

ハンガリー系のアンディ・ウォーホール［ハンガリー名ウォーホラ］が活躍するのと同じ頃に、東・中欧の人間が二十世紀の人文科学を変える。その中でこそ、一九二〇年代、さらに一九六〇年代のシェイクスピアのリヴァイヴァルは用意された。

「言葉」と「物」の断裂

このように、二十世紀後半のシェイクスピア像は、かつてどの時代にも見られなかったシェイクスピアだが、多分原寸大《げんすんだい》であろうと思われる。たとえそうでなかったとしても、二十世紀後半にぼくたちが見たシェイクスピアとしてとらえればいい。ともかくそういう「復権」が必要なほどシェイクスピアを表舞台から抑圧したもの、その力が支配した約三百年を「近代」と呼ぶことにしよう。

これから述べる「近代」三百年は、ぼく流にいうならば、ロンドン王立協会が登場してから後の三百年である。ぼくの脳裡《のうり》にそなえられた歴史年表によれば、たしかに一六六〇年から多方面に大きな変化が認められる。そのことを既往の英文学は理解できない。

ここにもうひとつ大きな助け船が出る。哲学者ミシェル・フーコーである。

ミシェル・フーコーの『言葉と物』という作品が一九六六年に出版されると、すぐ英訳、日本語訳が出る。この本は、社会科学の本なのか、人文科学の本なのか、あるいは博物学を扱っているため、古い意味の自然科学も入ってくるので、フーコー好きを自称する人々でさえ扱いに苦慮している。『言葉と物』以外のフーコーの本の扱いは、意外と簡単である。抑圧、非抑圧、権力といった政治的な言葉で全部処理できるが、この『言葉と物』に関しては、もう少し懐《ふところぶか》深い理解力が必要だ。

一六六〇年代のフランスの「言葉（*verba*）」と「物（*res*）」の関係に決定的な断裂が起きている、とする。今やつながりがないと知れた「言葉」と「物」を人為的につなぐ「リプリゼンテーション（表象）」がうまれ、精緻化していった、と。

ところでフランス中華思想のフーコーは、イギリスの当時の状況について一切ふれていないのだが、もし彼がイギリスの事情を知っていたならば、快哉《かいさい》を叫んで『言葉と物』を倍ぐらいの厚さにしたのではないか。それほど同じことが、一六六〇年代のイギリスとフランスでは起きていた。

イギリスでは、一六六二年、勅許《ちょっきょ》をもらって王立協会が実質的に出発した。その五年後に『王立協会史』という決定的な本が出た。トマス・スプラットという初代の（名目的な）総裁が書いた本だが、「今後あらゆる言語と記号はシンプリシティーを旨《むね》とすべし」とうたう。単純にいくべしというのだ。

これはアンビギュアスなものとは逆で、「サン」と聞いたら、百人のうち百人全員が「太陽」を思い浮かべるべきで、「息子」を思い浮かべてはならないという言語観である。

一六六〇年代のオランダのインパクト

しかも、もっと驚くべきことは、同じ年代のオランダである。

考えてみると、二〇〇〇年は、日蘭交渉四百年の年でもある。表象の生みだされる時代、フーコーのいわゆる「表象の古典主義時代」、日本がこのオランダとだけ交渉していたことの意味は大きい。

一六六〇年代のオランダは、チューリップ市場への過熱投機で、人類史上初のバブルを経験した直後である。そして、二〇〇〇年日本でも大博覧会があって大騒ぎになったヨハネス・フェルメール（一六三二～一六七五）が大活躍をする。チューリップに限らず美しい花《か》卉《き》に狂った十七世紀オランダは当然、テーブル上に花、そして食物を並べる静物画の黄金時代である。そしてフェルメールの眺望画と室内画。要するに絵の時代だが、これに地図の大流行など加え、表象黄金時代と称することができる。

ところが、その一六六〇年代のオランダについてフーコーは一語もふれていない。フランスとあまりにも似たことが、イギリスでもオランダでも行われていたというのに、だ。フーコーは『言葉と物』の冒頭で、十七世紀半ばまでオランダとひとつの国であったはずのスペインのディエゴ・ロドリゲス・デ・シルバ・イ・ベラスケス（一五九九～一六六〇）のあまりにも一六六〇年代的な『ラス・メニーナス（侍女たち）』（一六五六）という一枚の絵を分析しながら、なぜかオランダの表象文化については書いていない。

これについては、一九八三年にスヴェトラーナ・アルパースが『描写の芸術』という本で、完璧に補完した。アルパースはそういうフーコー感覚をもって、『リプリゼンテーションズ（表象）』誌を創刊。これが歴史学に「新」歴史派、美術史に「新」美術史学をもたら

MICHEL FOUCAULT
les mots
et les choses
tel gallimard

12

SVETLANA ALPERS
ARTE DEL DESCRIVERE
SCIENZA E PITTURA
NEL SEICENTO
OLANDESE
BORINGHIERI

13

L'EFFET
ARCIM
BOLDO

14

THE AGE OF THE
MARVELOUS

15

ダイナミックでこの上なく面白い展開。哲学者・文化史家M・フーコーが1660年代フランスについて試みた「表象」論の大掛かりな展開。英文学に限らず、これからの新人文学の動きのコアになるはずの展開である。

12　フーコーの記念碑的な『言葉と物』(1966)。ガリマール・ポケット版表紙。あしらわれているのは絵画表象論の出発点ともなるベラスケス画『侍女たち』(1656)。

13　フーコーを絵画表象論として展開したS・アルパースは新歴史学・新美術史学の接点となった最重要人物。これは『描写の芸術』(1983) 伊訳本。あしらわれたのはフェルメール画『アトリエの画家』だ。

14　表象論が対象とした展示・展覧の文化史は当然、分類学にとって代わられる前の諸物糾合の「驚異」文化たるマニエリスムにもつながっていく。「アルチンボルド効果」展 (1987) の大カタログ。

15　同じく「驚異の時代」巡回展 (1991〜1993) の大カタログ。

16　イエイツが明るみに出した記憶術の歴史を18世紀解剖学、19世紀観相術、そして20世紀脳生理学、そしてコンピュータリズムにつないだ画期的な「思考建築」展 (1989) カタログ。

17　まったく同趣旨の大展覧会「こころと身体」展(1994)カタログ。とくに観相術関係のオブジェと論文は圧倒的。

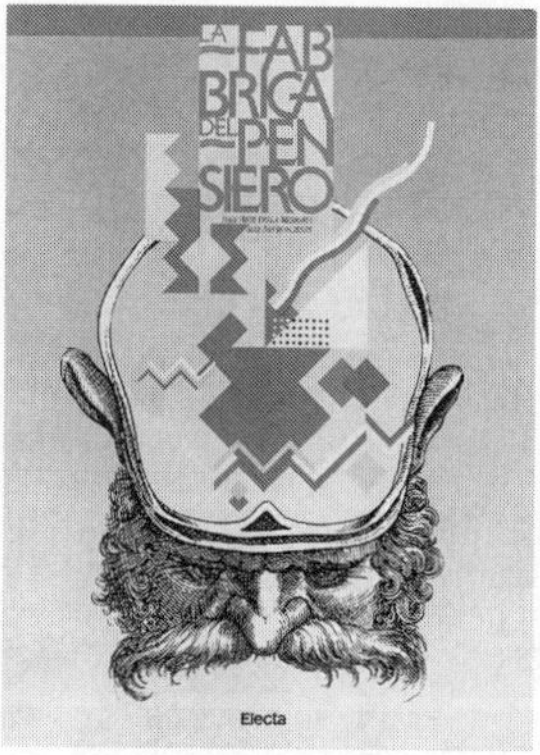

16

17

すことになった。

「AがAである根拠は要《い》らない」とフーコーは主張している。人によっては、AをBと呼んでもいい。Cと呼ぶ人がいるかもしれない。そして、それを人々が約束として受け入れるかどうかだけ。契約だ。名誉革命前夜、時代のキーワードは「契約《コントラクト》」だった。

今この話をしながらぼくは扇子を使っている。扇子は「せんす」という呼び方でなければならない根拠は何もない。中にはこれを「うちわ」と呼ぶ人がいても構わないし、アメリカ人は「ファン」と呼び、フランス人は「エヴァンターユ」という。この四つの表象に共通なところは何もないし、別に涼しい風を思わせる音感があるわけでもない。

結局のところ、名前というのはその程度の区別がつけばいいという割り切りが、「表象」という名の、つまりは「契約」である。そういう割り切り方が、一六六〇年代に成立した。それが、近代の出発点である。「言葉」と「物」を「契約」で無理やりつなぐ。うまく機能すれば、どんな表象も受け入れて使っていこうということで、汎《はん》ヨーロッパ的に動き出した。

英文学に六〇年代表象文化論を持ちこむ

それが幸か不幸か二百六十年たった一九二〇年代、シュルレアリスムなどが出てきて、どう見てもパイプなのに「これはパイプではない」というキャプションをつけたりする。ぼくにいわせれば、この運動はいつだって起こり得た運動だ。

それが一九二〇年代に一度、そして一九六〇年代にもう一度、表象批判が生じる。二十世紀を文化史の視点からいえば、この二つの十年を「ヤマ」にした表象批判の知の世紀ということになる。

と、そこまではよい。ところがフランス、オランダについてはわかったのに、同じ一六六〇年代に同じ表象の問題をもっとあからさまに敢行《かんこう》したイギリスのことがあまりにも知られていないではないか。端的には王立協会の表象革命のこと。それがシェイクスピアを殺したのだ。

そう、英文学に一九六〇年代表象論を持ちこむことで、英文学史を書き換えること、それをある時、ぼくは自らの任務と自覚したのである。

第二章　マニエリスムとは何か——驚異と断裂の美学

1　薔薇十字団

イエイツの『薔薇十字の覚醒』

かくて一六六〇年代の前と後を論じようとすれば、文学の議論だけではすまなくなってくる。

たとえば十七世紀英文学をやる人の何割がコメニウスのことを知っているだろう。十七世紀メディア史から見て一番面白い本は、ヨハン・コメニウス（ヤン・コメンスキー一五九二〜一六七〇）の『世界図絵《オルビス・センスアリウム・ピクトウス》』、略称「オルビス」という名の字引である。これが画期的なメディアである理由は、言葉では説明できない内容をすべて絵にした世界最初の絵引き辞書という点にある。はたせるかな、絵と文字の関係を表象の問題としてとらえるアルパース女史もちゃんと『世界図絵』を論じている。

話は、一六六〇年代にベストセラーになった絵引き辞書『世界図絵』の啓蒙家コメニウスが、なぜイギリスに来るかというところにさかのぼる。イギリスに来た、のである。

彼はボヘミア、今のチェコで、一四一五年に火あぶりの刑に処された宗教改革家フス（一三七一頃〜一四一五）の血を引く異端の宗教集団に所属していた。超英文学派の旗手の一人、フランセス・イエイツの著書は、彼は薔薇《ばら》十字団員（Rosicrucian）だったと、はっきりいい切っている。

フランセス・イエイツの『薔薇十字の覚醒《かくせい》』（一九七二）という本は、思想史中のフス、コメニウスというボヘミアの宗教改革運動を何の関係もなさそうなシェイクスピアと直結させたという点で、非常に画期的だ。ちょうどぼくが大学でシェイクスピアを研究していた頃出た話題作だが、当時これが英文学に関係あるということを知る英文学者はいなかった。

一六〇三年にエリザベス一世が没して、スコットランド王だったジェイムズ六世がやってきて、ジェイムズ一世を名乗る。ここからジェイムズ朝が始まる。ジャコビアン・エイジという。このジェイムズ一世の娘もまたエリザベスといい、三十年戦争で雲行の怪しいボヘミアに嫁《とつ》ぐ。このあたりに、シェイクスピア研究が英文学ではとどまれなくなる契機がある。この盲点をついて、信じられないような知的コスモポリタニズムの中にシェイクスピアを置き直したのが、フランセス・イエイツである。

シェイクスピア最晩年の四つの芝居

シェイクスピアは、あらゆる既成ジャンルを順列組み合わせにして、あらゆる人間のパターンを描こうという夢を抱いていたのではないかとぼくは考えている。当時知られていたキャラクターのタイプを順列組み合わせすると四十本ほどで足るのではないだろうか。現にシェイクスピアの作品数は三十八。まあ妥当な線だ。

それにしても、シェイクスピアの最晩年の四つの芝居（『ペリクリーズ』『シンベリン』『冬物語』『テンペスト（嵐）』）は、それまでの劇とは全然ちがうというので、昔からシェイクスピア学者の頭を悩ませてきた。なぜなら「機械仕掛けの神《デウス・エクス・マキーナ》＝安直な解決策」で、どんなもめごとも一挙解決してしまうからである。

それまでのシェイクスピアの芝居は、性格《キャラクター》と性格《キャラクター》が衝突しながら、人間の心理関係の中で合理的に説明できるような変質の仕方をお互いが遂げていく。AがBに嫉妬したために、Bがこうなり、Cがこうなり、Dが零落《れいらく》していくといったふうである。見れば、要するに人生勉強になる。

ところが、最晩年の四つの芝居は、合理的な説明ができなくて困るところに突然、たとえば「自然」という名前の神や豊穣《ほうじょう》の女神が出てきて、いわば力ずくで登場人物たちに互いに手を握らせてしまうという、合理的には理解できない芝居になっている。

中でも『テンペスト』は、昔からシェイクスピア学者のネックになっていた。しかし、またしても一九六〇年代以降、シェイクスピアの時代にマジックが大事なものとされていたことが理解されるようになると、シェイクスピアはマジカルな思考の流行にのっかっていたということで、非常に納得のいくお芝居だったということになった。

マジック――といって別に「奇術」ではない。宇宙と人体に密なつながりがあるとする呪術的・類推的な思考を指す。「魔術」という訳語を当てよう。本書のキーワードのひとつになるはずだ。

薔薇十字の思想

ところで、そもそもシェイクスピアは晩年、なぜそういう魔術的なものに触れたのか。長い間、憶測がいろいろ繰り返されていた。

それが、一九七〇年代すぐに、フランセス・イエイツが『薔薇十字の覚醒』、続けて『シェイクスピア最後の夢』という本を書いて、薔薇十字団の思想との関連を決定づけている。ジェイムズ一世の娘エリザベスが体《てい》のいい人質としてボヘミアに行き、その安否をイギリス人は国を挙げて心配する。しかも、王子が若くして死んだために、希望の星はボヘミアへ行ったエリザベスだけになる。ボヘミアとイギリスの間で外交的な提携をしてうまくやっていこうという運動があった。しかるに、最後にして最大の宗教戦争である三十年戦争（一六一八～一六四八）は、ドイツを舞台にヨーロッパ諸国を巻きこみ、エリザベスと、彼女の夫になったボヘミアの王は零落していく。

シェイクスピア最晩年の、あの絶望に満ちながら、最後には神様が全部救ってくれる何とも他力《たりき》な芝居にもボヘミアが出てくる。『冬物語』はまさにボヘミアが舞台である。ただし、ボヘミアには海などあろうはずがないのに、海から脱出する話になっている。

ところが、舞台はやはりボヘミアでなければならない。和解できないあらゆる矛盾が超越的な力によって和解するというシェイクスピア流の発想の源をイエイツ女史は、当時の「薔薇十字」の思想に求めたのである。

一六四八年に、三十年戦争が終わると、翌一六四九年にはイギリスで清教徒革命。大戦乱に明け暮れた十七世紀前半であったのだ。一生涯国土が戦場で、戦火のど真ん中に産み落とされ、戦火のど真ん中で死んだ人が大勢いる時代だ。

フランセス・イエイツによれば、当時の魔術的な世界観は、そうした戦乱の世界を全部乗り越えて新しい世界が来るのだという祈念のヴィジョンになっているという。そのヴィジョンに多くの貴族たち、そしてライプニッツや王立協会がのった。女史の主張を楽天的として切り捨てる人が多いが、十七世紀の人たちの置かれていた厭離穢土《おんりえど》の切迫を知らぬやからだと、ぼくは思う。

ここでも十九世紀末から一九二〇年代にかけて、そして一九五〇、一九六〇年代が大きな山場である。分析心理学のC・G・ユングが人の心理の底にあるつなげる力＝魔術的なもの

ストを明らかにして、この二つのヤマを結びつけている。英文学の方でもそういうコンテクストの中でシェイクスピアを読み直しだした。鮮烈な突破口は、よくいわれているようにはフランセス・イエイツの『記憶術』と『世界劇場』ではなく、邦訳のタイミングもあって、まずヤン・コットの仕事だった。

ヤン・コットのシェイクスピア観とマニエリスム

ポーランド人演劇評論家ヤン・コットは『ヤン・コット　私の物語』(みすず書房)という自伝を出している。それを見ると、彼はスターリニズム、ナチズムの二つを経験して、ソ連がチェコの自由化運動を戦車で蹂躙《じゅうりん》した「プラハの春」の一九六八年にアメリカに亡命する。二十世紀の政治的抑圧史そのもののこのすさまじい背景に、彼のシェイクスピア観を重ね合わせると、非常によく納得がいく。そのヤン・コットの『シェイクスピアはわれらの同時代人』がベストセラーになった理由は二つほどある。

一つは、東ヨーロッパの一番危ない時期に生きた彼の生涯だ。これはシェイクスピア劇の理解にものすごい力を与えている。「まだ夜が明けぬ頃、ドアを外からドンドンとたたいて、『起きろ!』という声がする。そういう声に起こされたことのないあなたには、『リチャード三世』は永遠にわからない」といった言葉は重たい。

もう一つは、先にもいった東ヨーロッパの精神史という分野を生かして、「マニエリスム」の概念をシェイクスピア理解に導入したことだ。東・中欧を中心に追究されてきたマニエリスムの概念を、ヤン・コットはシェイクスピア学の中に持ちこんだ。もっとも、彼のエレガントなところはマニエリスムのマの字もいわずにそれをやってのけていることだ。

そう、ここでまず、ぼくなりにマニエリスム (mannerism, maniérisme, Manierismus) をどう理解しているか話しておかねばならない。

何となくいろいろとつながってひとまとまりと意識される世界が、主に①戦乱その他の大規模なカタストロフィーを通し、かつ②世界地図の拡大、市場経済の拡大といった急速に拡大する世界を前に一人一人の個人はかえって個の孤立感を深めるといった理由から、断裂された世界というふうに感じられてしまう。その時ばらばらな世界を前に、ばらばらであることを嘆く一方で、ばらばらを虚構の全体の中にと「彌縫《びほう》」しようとする知性のタイプがあるはずだ。それがマニエリスムで、十六世紀の初めに現れて一世紀続いたとされる。そして理由①②を考えると、二つの未曾有の世界戦争やグローバリゼーション狂いの二十世紀もまた、マニエリスム向きの時代であるほかないだろう。

一五二〇～一五四〇年代のすごさ

一五二七年に起きたサッコ・ディ・ローマ (ローマ劫掠《ごうりゃく》事件) が、ルネサンスの表現形式の転回点となっている。サッコ・ディ・ローマとは、ローマがブルボン公指揮下の皇帝軍によって壊滅させられた事件である。「永遠のローマ《ローマ・エテルナ》」といわれた帝都が死ぬ。そこで、恐怖からフィレンツェが一変する。一五二七年に何が起きたか、一番端的に示しているのが、ホッケの『迷宮としての世界』の冒頭の部分だ。

数多《あまた》のルネサンスの天才画家たちが絵筆を棄てたり、発狂したりする。パルマの人なので、別名イル・パルミジャニーノと呼ばれたフランチェスコ・マッツォーラの自画像が残っている。凸面鏡に映した自画像で、一番目の前にある手が、顔の倍ぐらいの大きさで描かれている。その後ろには、凸面鏡で湾曲した窓がひとつあるだけで、あとは暗黒。つまり、密室の中の凸面鏡に自分の顔を映したものをデッサン、スケッチした、手の込んだ自画像である。それまでルネサンス絵画を支えていた表現原理の何をもってしても説明できないような不思議なアートになっている。彼をはじめとする狂った「アヴァンギャルド」の画家が一五二〇～一五四〇年代に輩出した。

その七年後、今度は北ドイツにミュールハウゼンの反乱が起こる。その指導者だったトマス・ミュンツァー（一四八九～一五二五）は、再洗礼派だった。再洗礼派の主張は、本人の判断力がつく前に洗礼を受けても、親の意思でやっていることだから意味がない、物心がついてから再び洗礼をさせるべきだという大変合理的な考え方である。しかし、これはローマ公教会にとっては大変都合が悪い。

そこで再洗礼派をつぶすために、「あいつらは乱交《オージー》パーティーばかりやっている」とデマを流して、片っ端から殲滅《せんめつ》する。この殲滅戦は大変過激なものだった。ミュンツァー自身も、一五二五年に処刑されている。今風にいえば、至福千年王国論（chiliasm）はこのとき決定的にとどめをさされる。

ミュンツァーの反乱のときは、マルティン・ルター（一四八三～一五四六）がいた。最初は、彼はミュンツァーを「素晴らしい！　絶対力を貸す」と賞賛する。しかし、ルターは、ミュンツァーを攻める方をサポートすることになる。変節と背信のなかなか深刻な状況だった。

こういった大変革を背景に、フランソワ・ラブレー（一四九四頃～一五五三）の『ガルガンチュアとパンタグリュエル』（一五三二～一五六四）は登場するのだ。一五二七～一五三五年あたりのドラマチックな展開には圧倒されるよりない。

一五二〇年代といえば、ルネサンスの絶頂たるレオナルド・ダ・ヴィンチが死んだ直後。そこで前期ルネサンスは終わり、後期ともいうべきもうひとつの、驚異的碩学エウジェニオ・バッティスティのいわゆる「夜のルネサンス」が始まる。

ルネサンスの前期、後期の区別をするために、ハイ［盛期］・ルネサンス、レイター・ルネサンスという。一九五〇年代からは、レイター、ハイの区別も面倒なので、後半をマニエリスムと呼ぶようになる。

政治ではマキャヴェリズム、そして宗教改革、そして市場経済……と重なる断裂の社会学を背景にマニエリスムの誕生を説いたのがアーノルド［アルノルト］・ハウザーの『芸術と文学の社会史』（平凡社）だ。ハイ・ルネサンス、マニエリスム、バロック、後期バロックという様式の歴史の中におさめてみせたのがワイリー・サイファーの『ルネサンス様式の四段階』（河出書房新社）である。マニエリスムとバロックとの関係をごっちゃにしてしまう凡百の論の中できわだった明察の二著。早々と一九五〇年代の仕事である。

「つなぐ」ことで「驚かせる」

未曾有の断裂は未曾有の結合をうむ、とでもいうか。マニエリスム・アートが「アルス・コンビナトリア（ars combinatoria ＝結合術）」と呼ばれるのは、そのためである。合理的には絶対につながらない複数の観念を、非合理のレヴェルでつなぐ超絶技巧をマニエリスムという、といってもよい。

マニエリスムが一九二〇年代のシュルレアリスムによみがえるという発想は、だから説得力がある。シュルレアリスムの本場フランスの人がホッケの『迷宮としての世界』をフランス語に翻訳する際には、副題を「シュルレアリスムの出発点」としている。マニエリスム概念は、基本的には東ヨーロッパ、中央ヨーロッパで発展し、第二次世界大戦を契機に、今のドイツに必要なのはこれだとばかりにドイツ人が流行させた概念なのに、シュルレアリスムの母国のフランス人たちは、知ったことではない。

IL
CANNOCCHIALE
ARISTOTELICO,
O' sia, Idéa
DELL'ARGVTA ET INGENIOSA ELOCVTIONE,
Che serue à tutta l'Arte
ORATORIA, LAPIDARIA, ET SIMBOLICA.
ESAMINATA CO' PRINCIPII
DEL DIVINO ARISTOTELE.
Dal Conte
D.EMANVELE TESAVRO,
CAVALIER GRAN CROCE DE' SANTI MAVRITIO, ET LAZARO.
SECONDA IMPRESSIONE,
Accresciuta dall' Autore di due nuoui Trattati, cioè,
DE' CONCETTI PREDICABILI, ET DEGLI EMBLEMI.

All'Illustriss:mo & Eccell:mo Sig.r
LORENZO DELFINO.

IN VENETIA, Presso Paolo Baglioni. M. DC. LXIII.
Con Licenza de' Superiori, e Priuilegio.

18　文学における「驚異」の称揚。マニエリストの比喩と奇想を称讃したエマヌーエレ・テサウロ『アリストテレスの望遠鏡』(1645)。

19 「多は一の中に（Omnis in Unum)」という銘句をアナモルフォーシスとして読む。テサウロ書扉絵。

20　詩とは手術台の上でこうもり傘とミシンが出会うようなものとロートレアモンはいったが、これは「相反し合うものの一致」を想像力の定義としたS・T・コールリッジを、そしてシュルレアリスムとマニエリスムのつながりを思いださせる。

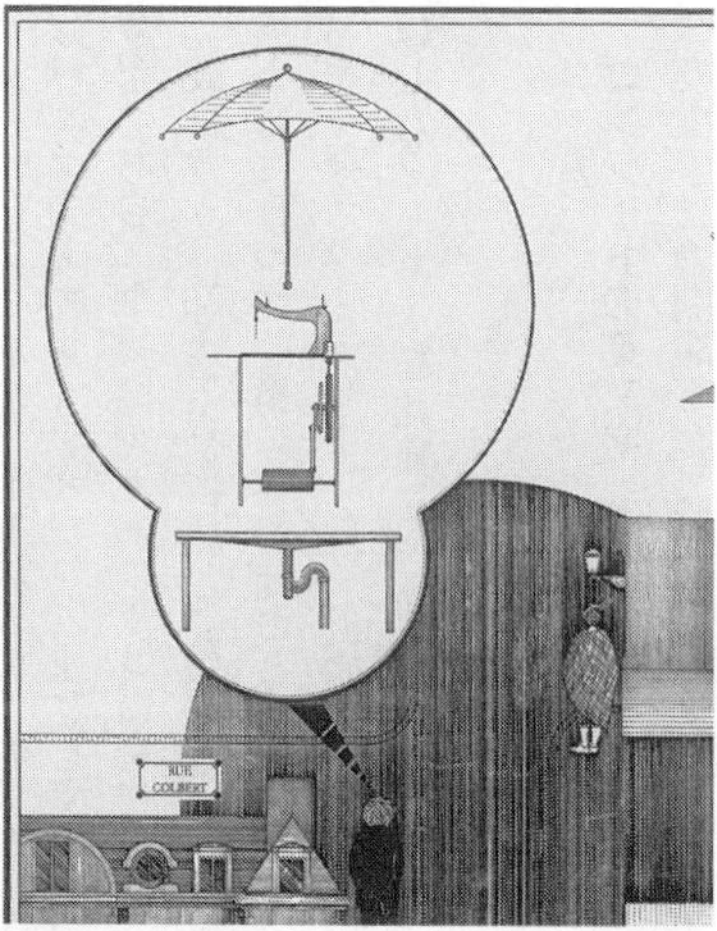

21　ジョン・トラデスカント（父）肖像。17世紀前半に英国を代表する驚異のキャビネット（「ノアの箱舟」）を持っていた。キャビネット自体は図48に。

十九世紀の終わりには、南米出身のフランス詩人ロートレアモン（一八四六〜一八七〇）がいった「手術台の上のミシンとこうもり傘の出会い」という言葉が、シュルレアリスム芸術のめざす「驚異」の定義になっている。つい最近も『文化解体の想像力』（人文書院）といって、シュルレアリスムと「驚異」の関係を追う日本人研究者たちのすばらしい論集が出て、うならされたばかりだ。

人をびっくりさせる、するとその人の心の中で眠りこけていたものが動き出すと考えるのだが、マニエリスムも同様なアートである。マニエリスムに「驚異」の問題を持ちこんだのは、エマヌーエレ・テサウロ。まさしく王立協会ができたころにイタリアで活躍していた批評家である。ウンベルト・エーコの奇作小説『前日島』の陰の主役でもある。

彼は言う。「文学者の目的はただ一つ。人をびっくりさせることだ。その能力のない者は馬小屋に行って、馬のしっぽでも梳《す》いていろ」。そういう彼がほめたたえた詩人が、ジャンバッティスタ・マリーノ（一五六九〜一六二五）。ともかく人をびっくりさせる比喩、時にはむちゃくちゃな比喩を「奇想《コンシート》」というが、マリニスモ（マリーノ風）はそれを駆使した。

コンシートの英文学

英文学史の問題として話してみよう。

英文学におけるマニエリスムの代表選手はジョン・ダン（一五七三〜一六三一）である。

端的な例として「別れ――泣くなと言いて」という彼の一篇が有名だ。

「君と僕は熱愛し合っている。でも僕は旅に出ないといけない。別れなければならない。しばらく君と僕は離れるが、よそで悪いことをしているとは決して思わないで」と、旅立ちの前に二人の切れない絆を確認し合うという、すでに怪しい（？）内容のものだ。普通だったら、切れない絆を二人の指をつなぐ赤い糸とか何かにたとえることだろう。それを彼はうち延ばされてどこまでも薄くはあるが、切れてはいない「金箔《きんぱく》」に、そして挙げ句は幾何で円を描くためのコンパスにたとえる。

「君がセンターにいて、ファーム（firm）でいてくれたら、どんなに遠くに行っているように見えても、僕は一定の距離を保ちながら、君の周りを回るもう一方のコンパスの足だよ」というのだ。

ルグイというフランスの批評家は、「ジョン・ダンの詩はよくできている。思弁的であればあるだけ、実はただの女たらしの説得の詩だ」という面白い説を唱えていたが、たしかにそうだ。「ジャック」・ダン、蕩児ダンと仇名《あだな》された相手の作である。

普通の人が簡単にわかるメタファーではない。「足を開いて回るコンパスの右の足と左の足」は、愛し合う二人のイメージにはつながらない。これがなぜ有効なメタファーかを、詩の残りで延々と説明していく。「君の足がファームであってくれれば」でいう「ファーム」

とは、動かないコンパスの軸足と同時に、「操《みさお》がかたい」という意味を指す。それが、「円」満な愛の軌跡を描くのである。

そう、コンパスであれば、当然軌跡ができる。コンパスの針で真ん中にぷつんと穴の空いた円は、錬金術では実は金《ゴールド》のシンボルでもある。読みこんでみると、最初から最後まで「ゴールド」が貫いていることがわかる。たとえば金箔の比喩もこの線にのっていたのだ。相いれない二つ以上のものをつなぐ。無理があっても、とにかくつなぐためにつなぐ。そうした比喩をコンシートというが、説得されたときにあるのは「ふうん」という驚きである。

アンビギュアスなシェイクスピア

シェイクスピアの詩ひとつとってもそうである。シェイクスピアの詩と聞くと、「あれ?」と思う人もいるかもしれないが、シェイクスピアはいくつかの詩集を出しているし、第一、シェイクスピアの時代には詩と劇の区別は現在のように歴然としたものではない。彼の劇そのものが、ブランク・ヴァース(無韻詩)といって、朗々たる詩でできている部分が多い。

英文学の悦びのひとつに、中・高で六年やってきた英語の力、そして大学で二年とか三年とかやってきた英語の力を使って原作・原文をじかに味わえるという点があると信じられている。これを木《こ》っ端微塵《ぱみじん》に打ち砕くのが、たとえばシェイクスピアの『ソネット集』だったり、ダンの『唄とソネット』だったりする。「アンビギュアス」な言葉をアクロバットのように次々重ねていく。解く方は辞書片手に順列組み合わせに苦しむ。たとえば、シェイクスピアの有名な次の詩はどうか。

When my love swears that she is made of truth
I do believe her, though I know she lies,
That she might think me some untutored youth
Unlearned in the world's false subtleties.
Thus vainly thinking that she thinks me young,
Although she knows my days are past the best,
Simply I credit her false-speaking tongue:
On both sides thus is simple truth suppressed,
But wherefore says she not she is unjust?
And wherefore say not I that I am old?
Oh, love's best habit is in seeming trust,
And age, in love, loves not to have years told,
　Therefore I lie with her, and she with me,

And in our faults by lies we flattered be.

光学的文学

思いつきで訳してみる。

私の恋人が、自分は貞節そのものだと誓うとき、
私は彼女が嘘を言っていると知りつつも信じているふりをする。
それは、私が、偽りの浮世の手管《てくだ》を何も知らぬ
うぶな若者だと、彼女が思ってくれることを願ってのことなのだ。
私の盛りは疾《と》うに過ぎ去ったと彼女が知っていても、
私を若いと考えてくれるものとうぬぼれて、
純情めかしく彼女の偽わりの言葉を信じ、
二人とも、このようにして解り切った事実を隠し合っている。
だがなぜ彼女は自分が不実だと言わないのか。
そしてなぜ私はもう年老いたと言わないのか。
ああ愛の最良の装いは、みせかけの信頼である。
それに恋する年寄りは年齢のことを言われるのを好まない。

だから私は彼女に嘘をつき、彼女も私に嘘をつき、
こうしてお互いの過ちを嘘でごまかし合っている。

この訳詩は多数ある解釈のうちのひとつというにすぎない。たとえば、"vainly" は「うぬぼれて」という意味と同じに「むなしく」も意味し、"simply" は「純情めかしく」と同時に「間抜けにも」を意味する。第一、そもそもの一行目の "made" を先に述べたように「耳」の時代だから、人は "maid" と聞いたかもしれない。一語一語がこんなふうにアンビギュアスだから、その順列組み合わせは、気の遠くなるようなもののはず。

こういうのをゲームとして楽しめそうなあなたは、ウィリアム・エンプソンの『曖昧の七つの型』(一九三〇)を耽読《たんどく》されるとよいし、才媛蒲池美鶴《さいえんかまちみつる》さんの『シェイクスピアのアナモルフォーズ』(一九九九)が、言葉のアンビギュイティを、見るアングルによって物を別物に見せる光学装置――アナモルフォーズ――と同じようなものとして、シェイクスピアの「光学的」文学を追っていて、その面白さは既往のシェイクスピア研究のほとんどを「超」えているので、ぜひ一読を。

「本当」は「うそ」

シェイクスピアの難しさ、楽しさをいうためのモデルになった詩の究極のアンビギュイテ

イは“true”と“false”の関係、そして“lie”の両義（だれかと寝る《セックスする》／うそをつく）にかかわるものである。「おまえはぼくにうそをついて裏切った《フォールスだ》が、うそをつくことを本質とするおまえ自身のその本質にはだから『正直《トゥルー》』なわけだといった、ひとひねりきいた論理でいっぱいなのだ。

これが作者その人も巻きこんで、さらに厄介なことになっているのが、ダンの次の詩である。この詩の面白さゆえにぼくはなお十七世紀英文学に恋々《れんれん》としているくらいのひねくれ詩である。参考までに例を挙げよう。

No lover saith: ‘I love,’ nor any other
　Can judge a perfect lover;
He thinks that else none can, nor will agree
　That any loves but he:
I cannot say I lov'd, for who can say
　He was kill'd yesterday?
Love with excess of heat, more young, than old,
　Death kills with too much cold;
We die but once, and who lov'd last did die,

He that saith twice, doth lie:
For though he seem to move, and stir a while,
　It doth the sense beguile.
Such life is like the light which bideth yet
　When the light's life is set,
Or like the heat, which fire in solid matter
　Leaves behind, two hours after.
Once I lov'd and died; and am now become
　Mine epitaph and tomb.
Here dead men speak their last, and so do I:
　Love-slain, lo! here I lie.

人は、すぐれた、あるいは美しい相手になりたいと願う。それが「愛する」ということの定義だ。ところで「相手になる」とすると、その時、もとの自分は消滅する。それが「エクスタシー」（「脱我」が原義）の定義だろう。では、ここで「きみを愛した」といえている私は、もう自分ではない、つまり死んでいるはずだから、愛したなんて口にできるわけがない。ない、のに、たしかにそういっている。なかなかパラドキシカル（逆説的）な構造だから、もともと無題だったこの小品に人々は「パラドックス」なるタイトルを与えた。

ところが、ぼくの心から敬愛するロザリー・L・コリーというすぐれたルネサンス研究家は異論を唱えた。最後の行の"here I lie"はラテン語なら"hic jacet"(ここに眠る)というはずの、つまりは墓碑の文句である。するとこの詩全体が、たしかに愛したがゆえ、たしかに死んでいながら、なお「きみを愛した」と表現する、つまりは墓碑の文句ということなのだ。

それはそうだが、とコリー女史はいう。そもそも"here I lie"を「ここで[この詩で]私はうそをいってる」ととっていけない理由があるのか。ないのである。すると、「クレタ島人某《なにがし》がいった、『クレタ島人はうそをつく』と」という有名な「うそつき」パラドックス(Liar paradox)を、この詩はそっくりなぞっていることになる。

コリー女史の名著『パラドキシア・エピデミカ』(一九六六)は、アンビギュイティをも含むこうしたパラドックス万般を偏愛した時代として、マニエリスムの時代を彼女なりにとらえてみせた。英文学が、哲学でいう認識論へ、自然科学の光学へ——ニュートン詩人へのつながり!——と、あっさり「超」えていく。ホッケの『迷宮としての世界』に英語圏で最初に言及したのが女史である。

認識論か存在論か

一六一六年は、シェイクスピアとともにセルバンテスの亡くなった年。シェイクスピアは一五六四年に生まれ、一六一六年に亡くなった。「人殺しがいろいろ書いて死んだ」と覚えるとよい！

セルバンテス作『ドン・キホーテ』の面白さにもシェイクスピアやダンに通じるところがある。ドン・キホーテが「おお、そこにあるのは伝説のマンブリーノのかぶとではないか！」と、ガバッと頭にかぶるのを見て、太っちょリアリストたるサンチョ・パンサが「だんなはん、洗面器に、何すんねん」という。すると、ドン・キホーテが「マンブリーノのかぶとに向かって何をいう！」と受け答えする場面だ。英文学を言語学へと「超」えた名手レオ・シュピッツァーに「『ドン・キホーテ』の言語遠近法」（一九四八）というすばらしい分析がある。

マンブリーノのかぶとひとつをとってもそうだが、マニエリスムは要するに認識論《エピステモロジー》の世界になる。

「そこにあるお茶が、なぜ僕にはウイスキーに見えてしまうのか」。この問いは、喉の渇きを問題にしているのではない。「この人には赤に見えるものが、なぜ僕には緑なのか」。決して色覚異常なのではない。これらの問いを突き詰めていくと、哲学でいう認識論の問題になる。

存在論の哲学とは、自分の認識と関係ないレヴェルのところにある何か、神とは何か、悪魔とは何かを説明するためのものだ。それに対して神も悪魔も国家もない、自分の心の感受性のメカニズムが説明できればいいと考える時代がある。哲学の関心が存在論にあるか認識論にあるかで、その時代の趨勢《すうせい》を語ることができる。マニエリスムの時代が、そのいずれかはいうまでもない。"true"か"false"かを問う恋愛詩の構造にことよせて、実のところは存在の「真」と「偽」を問う認識知狂い（epistemophile）の時代だったのだ。

またしても光学

「我思うゆえに我あり《コギト・エルゴ・スム》」のルネ・デカルト（一五九六〜一六五〇）以降、ヨーロッパはなだれをうって認識論の世界に突入する。それが同時に光学の時代であるのは偶然ではない。たとえば、デカルトは一六三七年、『屈折光学』他に有名な序文『方法叙説』をつけて出版している。パリのミニモ会の修道士たちの周辺、ニスロン、メニャン、マラン・メルセンヌらが反射光学、屈折光学に夢中になる動きの中にデカルトも巻きこまれていた。そのことは、リトアニア人バルトルシャイティスの名著『アナモルフォーズ』に詳しい。早速、国書刊行会のバルトルシャイティス著作集に拙訳した。東・中欧的想像力が十七世紀観を変えた典型たる名作だ。

デカルトの『屈折光学』は、目とは何か、レンズとは何かを問うた書である。哲学者はぜひレンズに注目すべきだ。スピノザにいたっては、二十年間レンズばかり磨いていた。

こうして、またしても十七世紀のオランダ、というかフランドル地方が登場する。実際、デカルトが主に活躍した場所もフランドルだった。なぜ十七世紀のフランドルから認識論の哲学が出てくるか。そこは同時に世界のレンズ工場であり、地図製作の中心だった。

バルーフ・スピノザはレンズを磨いていたと述べたが、尊敬する中沢新一氏のスピノザ論が指摘するところによると、レンズの中にいろいろな縞模様が変化をしながら生じてきて、最終的に、それが秩序ある形に統一されてくる。それまでの過程、つまり「スケーリング」の構造がわからないと、スピノザの『エチカ』はわからないという（『雪片曲線論』）。

デカルトが直交座標を発明したのもまたフランドルの野営であった。病身のため、軍人になって軍営に出ても、横になっているばかりだった。軍営の中で、テントを張って天井を眺めていると、すべてがx軸とy軸の世界に見えてくる。そこにとまった一匹のハエを目で追っているうちに、いつの間にか彼は3－6、4－2、8－-1とつぶやき始める。これがカルテージアン・コーディネート（直交座標）の出発を語るエピソードである（デカルト＝*Descartes* の形容詞が「カルテージアン」）。

なぜ哲学と光学が一体化していったのかは、当時のオランダ、フランドルを抜きに考えることはできない。顕微鏡の発明、望遠鏡のレンズ磨き、そして近代地図製作術《カートグラフィー》の歴史は、十七世紀前半のオランダに集中している。とびきりの表象の問題だ。これらをフーコーは問題にすべきだった。S・アルパースが、した。こうして「マニエリスム」と「表象」フランドルがつながる。

魔術哲学の系譜

世界がばらばらだという絶望を認識論の深まりとして受けとめたマニエリスムは、でも世界はひとつ（であってほしい）という希望を魔術思想にかけた。先に述べたテサウロの著作、『アリストテレスの望遠鏡』（一六四五）扉絵のアナモルフォーズが、その「多」と「一」の関係を絶妙に示してやいまいか。「多は一の中に」と銘にある。珍しいが、重要な図版なので入れておいた（六六ページ図19）。

政治的にはばらばらで、大戦争が続いた十七世紀ではあったから、当然ともいうべきか、その中から協調したい、和解したいという動きが猛然と出てくる。合理的には絶対不可能だと思いながら、和解を夢見るシェイクスピアが、魔術を求めた話はしておいた。シェイクスピアが抑圧されたのと同じタイミングで、魔術哲学《オカルト・フィロソフィー》が消滅した。現在、日本の高等教育の哲学科は、魔術哲学など存在しなかったかのごとくで、基本はデカルトに始まり、たとえばデリダまでといういとも不思議な状況になっている。その倍ほども長い哲学史が無視されている。

ルネサンスの魔術思想家ピコ・デラ・ミランドーラ（一四六三〜一四九四）は「協調の王」と呼ばれたし、『学識ある無知』というタイトルからしてパラドックス三昧《ざんまい》の本を著し

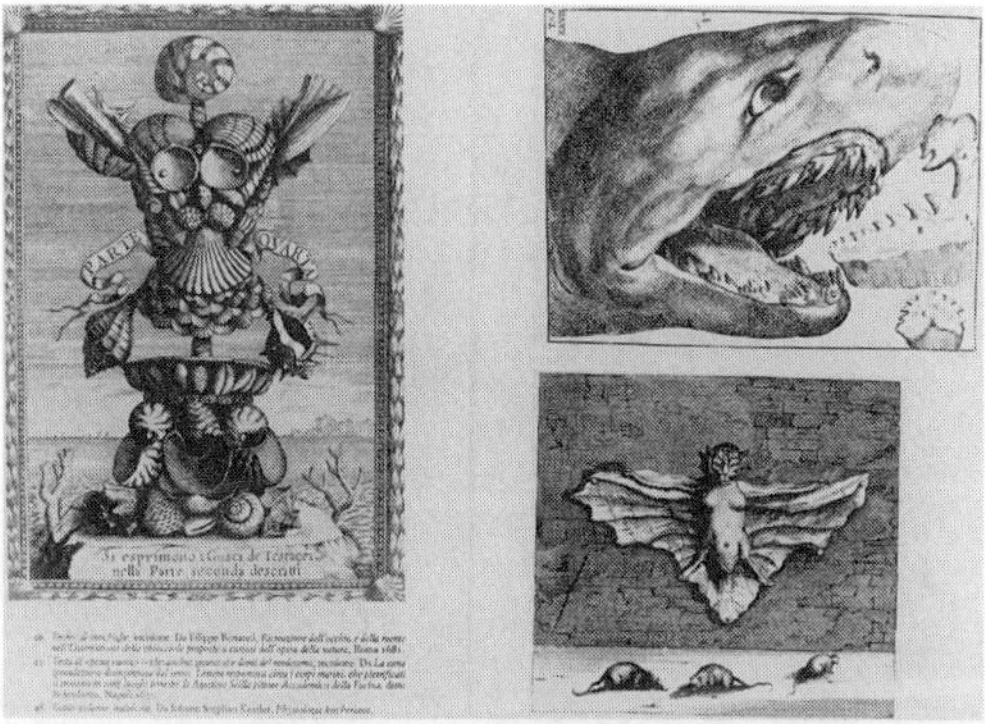

22

23

22 「驚異」の知としてマニエリスムを説く研究書のページ自体がマニエリスムの「驚異の書（Wunderbuch）」と化していくのは面白い。マンリオ・ブルーサティン『驚異の技』（1986）より。
23 「多」が集まって「一」であることを目のあたりにすることで生じる「驚異」は、その典型的な画家の名をとってアルチンボルデスク（アルチンボルド風）と呼ばれる。フランチェスコ・ズッキ（1562〜1622）画の『夏』。

たドイツの神学者にして哲学者ニコラウス・クザーヌス（一四〇一～一四六四）などは、たとえば神について、「中心がどこにでもあって、円周がどこにもない球である」と不思議な定義をしている。まるでダンだ。

非合理といいながら、幾何学のメタファーを使う。合理的な頭を使いながら、あえて非合理な超越を目指す哲学である。中世の後半は、魔術哲学が主流を占め、ネオプラトニズムから錬金術まで、哲学も、民衆的なわけのわからないものも含めたひとつの巨大な文化圏をつくり上げた。その研究は、これまた実は一九五〇年代にやっと本格化し、急速に進む。

たとえば、かりにこういった魔術的な考え方を葬《ほうむ》ったのがロンドン王立協会だったとしよう。その四代目の総裁がニュートンだ。ニュートンの墓が暴《あば》かれたことがある。髪の毛を調べたところ、水銀中毒、砒素《ひそ》中毒であることがわかった。毒殺説もあったが、しかし調べてみると、彼は造幣《ぞうへい》局の長官を務めていた。水銀を自分ではかり、砒素の処理を長年やっていたために吸収されたとされた。

ところが、この二、三十年で、ニュートン研究は一変する。錬金術師だったという説が出てきたのだ。王立協会は薔薇十字団の巣窟《そうくつ》だったということを歴《れっき》とした科学史研究家がいい始めたのである。その中心的人物たるドブズ女史の大著『ニュートンの錬金術』も最近邦訳された（平凡社）。

こうなると、久しく嘲笑の対象でしかなかったフランセス・イエイツもシェイクスピア学者として本物だったのではないかということになってきた。フランセス・イエイツの言い分とは、こうだ。

シェイクスピアの生きていた頃から、彼の周辺にはヨーロッパに根城を持つ薔薇十字団が出入りしていて、イギリスの王女がボヘミアに嫁ぐときの媒介者になった。そのため、ボヘミアを追放されたコメニウスは一六五四年、ロンドンを亡命先に選んだ、と。そのことは先に述べたとおりだ。

ニュートンと同様、デカルトも、最近はほとんど魔術的な人という伝記が主流になっている。種村季弘『怪物の解剖学』にくわしい。

幼い愛娘のクリスチーヌを亡くしたデカルトは、娘そっくりの生き人形をつくり、クリスチーヌという名前をつけ、折りたたみ式にして、トランクに入れ、どこへ行くにも持っていった。

あるとき船が沈むかと思うほどの嵐に見舞われる。船員がデカルトを「あいつはいつも物を考えていて、怪しい人間だ」という。そこで、トランクを開けてみると、「性器までそなわっていた」と伝説になるほど生々しい人形が出てきた。このせいだというので、その人形は、スウェーデンとフランドルの間の海に捨てられてしまった。彼は、そのことをひどく嘆いた。どこが合理主義の哲学者かと思わせるエピソードである。フロイトも「三つの夢」という論文で、デカルトの口に出すのもはばかられる非合理な夢を取り上げて分析している。

マニエリスム論の流行

むちゃくちゃな「つなげる」方法ということで、先に比喩狂いの詩法、そしてこの魔術思想、(そして「つなぐ」といえばこれ以上ない「つなぐ」営みとしての)エロティシズムをすべてとりこみ、一線に並べて、それをマニエリスムと呼ぶ運動があったのだ。一九五七年に出たホッケの『迷宮としての世界』および一九五九年の『文学におけるマニエリスム』という二冊の本である。これの衝撃は、とくに日本では大きなものだった。独文学者の種村季弘氏の渾身《こんしん》の訳業である(まず故大岡昇平氏がこれの仏訳本を持ちこみ、澁澤龍彦氏に読ませて、澁澤氏は種村氏とともに訳させるために、奥さんだった矢川澄子氏をあてた由《よし》である)。

ともあれ一九五七年刊のドイツの本が一九六六年の東京で読めたというタイミングもよかったといえる。七〇年安保をひかえて大学も町もざわざわとしはじめていた。一九七〇年、雑誌『昴《すばる》』(集英社)の創刊号が、かつては奇天烈《きてれつ》な芸術形式と酷評されていたマニエリスムの特集だった。その四、五年後、文芸誌の『海』(中央公論社)が、「綺想と迷宮」というマニエリスム特集を組んでいる。これはなかなか好対照の特集となった。『昴』の監修は高階秀爾氏であった。『海』は種村季弘氏の監修と想像される。この二つの企画で簡単に日本におけるマニエリスムの状況が説明できる。こういうことだ。

一九五〇年代、マニエリスムという概念が導入されるや、日本も含め、各国で論争が起こった。

元々、マニエリスムは、美術史から派生した概念である。プロポーションにしても、そんな人間がいるわけはないのに十二頭身の人間をエル・グレコ（一五四一頃～一六一四）が描く。美術史の中のある特定の傾向なり様式という形で、こういう描き方をする伝統を整理しようとした動きがあった。

幸か不幸か、日本では様式史に収斂《しゅうれん》するこの方向でおさまって、教科書の一ページになった。したがって、一九八〇年代以降、マニエリスムを論じている美術史家は日本では皆無である。種村季弘氏の跡を継ぐマニエリスム論新世代がないことは、ぼくにいわせれば学恩を忘れた背信行為である。

マニエリスムは、内容よりも形式の遊びのことであるから、コンピュータソフトをつくる若者たちも、皆マニエリスム理論に乗ったマニエリストなのである。そういう位置づけをする者がいないことは、もったいないというのが、ここ十五年来のぼくの主張である。シェイクスピアの『テンペスト（嵐）』をメタ映画『プロスペローの本』に変えたピーター・グリーナウェイをそっくりゲームソフト化したデザイナー、小林孝志氏など、マニエリストと呼ばずして何と呼ぶべきか。「オタク」のコレクション狂いなど、いわゆるサブカルチャーも、大方はネオ・マニエリスムの一局面というにすぎない。

24 「私は凍りつく炎」、「二人は愛し合う　コンパスの両脚」。異様にねじくれた比喩によってマニエリスム詩は「驚異」をもたらす。

25 「驚異」の文化として説明する必要があるのは江戸中・後期も同じ。司馬江漢『和蘭通舶』(1805)より。世界七不思議の一、ロードス島の巨人像図（1660）の模写。

26　17世紀前半フランス人の、見ることへの強い関心。ミニモ会士フランソワ・ニスロンの『魔術的遠近法』。枢機卿マザランに献げられている。

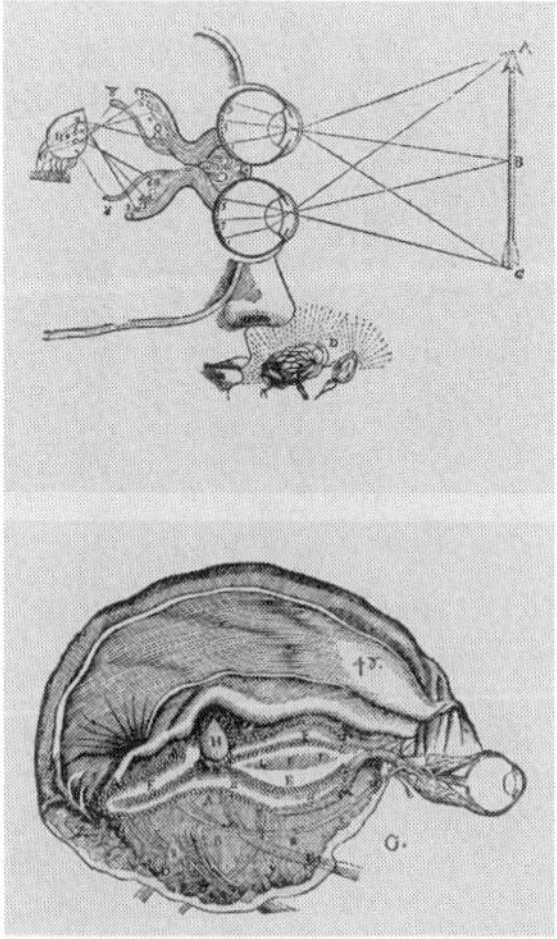

27　合理の代名詞となる「目」がいよいよ誕生。デカルトの論文（1664）より。

ところでマニエリスム論には、もうひとつの立場がある。それが、グラン・メートル種村季弘が精力的に紹介したホッケである。ホッケは現象学を勉強した哲学者でもある。

ある時代のある絵の具の使い方、言葉の使い方だけがマニエリスムなのではない。そういう言葉の使い方、絵の具の使い方をせざるを得ない人間の類型がある。どんな時代、どんな国だろうと、ある条件がそろえば、そういう類型の人間が出てくるということをホッケは『迷宮としての世界』でいっている。そういう時代は単純に分けても五つないし六つあり、アレキサンドレイア期の退廃ギリシャ、「白銀ラテン」時代の頽唐ローマ、中世初期、「ローマ劫掠」以後の醇乎《じゅんこ》たるマニエリスム時代、ロマン派期、そして一八八〇〜一九五〇年という時期がそれにあたる。

これらがサイクルを描いて何度も展開してきたというのが彼の理論骨子である。

一回きりの現象だという美術史家の主張とまったくちがうのは、その点だけではない。現象学という哲学の立場に立つと、たちまちあなたのきょう、あしたに起こり得る状況がいくらでも、マニエリスム的だということになる。マニエリスムは、現代のぼくたちにとっても、歴史的な一研究対象にとどまらず、自分のきょうあしたの生きざまを定義するのである。ホッケはそれを、マニエリスム的「問題人間《プロブレマチカー》」の「原身振り《ウルゲベルデ》」と名づけた。

二十一世紀のマニエリスム

一九八〇年以降、マニエリスムをきちんとフォローしてきたのは、日本ではおそらくぼくだけだ。ぼくは、あらゆるメディアを通じてマニエリスムの二十一世紀的可能性をとらえてきたつもりである。是非あなたに引き継いで欲しい。

マニエリスムの表面に表れる狙いは、「人を驚かせること」である。それをホッケは一言「驚異（ワンダー＝英、ヴンダー＝独）」といった。これがマニエリスムの一番の根本義である。人を驚かせることに情熱、人生を懸ける人間類型があるのだ。

ところが日本ではこの「人を驚かせること」を「外連《けれん》」といって軽視する風潮がある。「外連」といえば歌舞伎では邪道の扱いだ。宙乗り芸のスーパー歌舞伎市川猿之助こそ、出《いず》雲阿国《ものおくに》から大南北《おおなんぼく》にいたる歌舞伎の、むしろ本道なのに、邪道呼ばわりされている。

一九九一年に「驚異の時代」という大巡回展が北米を回った。それ以後、つながらないものがつながる「驚異」の情念や現象が、マニエリスムがらみで二十世紀末知識世界のキーワードになった。考えてみれば、オブジェの「つなげ」方が展覧会という空間のありようを決める。そうやって本来マニエリスムそのものである展覧会が、さらにむきだしに「マニエリスム」や「驚異」をテーマにもする。こういう動向を組織的にだれも伝えてはいなかった。

ホッケは、二十世紀末、最も意味深い美学者である。そのマニエリスム論は主に次の二点を目指している。

①つなげることで人を驚かせる技術論。

②つなげる方法として魔術的なものをいとわない。

「その飲み物はお茶であって、ウイスキーではない」という当たり前の感覚の人に対して、「この飲み物はウイスキーだ」と断言するのだ。普通の人の理解は「AとBはちがう」という形で成り立つ。

日本語の「分かる」というのは、「分ける」から派生したという、ぼくにとってもなかなか都合のいい説がある。近代人が「物を分かる」というのは、AとBがいかにちがうかを認識できたときに出発する。ところが、それでは世の中が見えないと考えるところから、「分け」ないで「つなぐ」というオルタナティヴな方法が目指される。

つなぐことによる驚異の学、驚異の知識という観念を立てた瞬間に、十七世紀前半がすべて一線にまとめられる。これがマニエリスムのホッケ的なとらえ方のすばらしいところだった。シェイクスピアもダンも、英文学中もっともスリリングかつ難解な部分がマニエリスムを通して一貫して見え、かつホッケ、そしてヤン・コットを通してマニエリスムは「われらの同時代人」となるのだ。林達夫「精神史」が、そこを実に巧みに整理し、紹介してくれている。

駄洒落がつなぐことの低いレヴェルだとすれば、一番高いレヴェルが魔術思考、魔術哲学である。全世界は、現象的にはばらばらなものの集積に見えるが、全部を貫くあるひとつの原理があるという発想に基づけば、歪《ゆが》んだ、変異な現象も、「マニエリスム」概念で根本的かつ究極的に説明できる。

十七世紀前半の英文学も、さまざまな現象があるように見えるが、上位概念にホッケのマニエリスムをしつらえると、すべて一貫したものとして説明できるというのが、ぼくの研究の出発点である。遠い昔の異国に起きたことが、今まさしく自分に生じているという大変ストレートな効力を、マニエリスム英文学史はもたらしてくれる。

魔術哲学の重要性

一九五〇年代に出発し、一九六〇年代に成熟した魔術哲学研究がある。代表選手がフランセス・イエイツに象徴されるワルブルク研究所（ウォーバーグ研究所）である。

さらに、ホッケが五〇年代、六〇年代にかけてのこうした魔術復活の動きを巧みにとりこみながら、二十世紀人文学の大きな傾向をマニエリスムとしてひとつにまとめあげた。先に挙げた二著に加え、ホッケの『絶望と確信』（朝日出版社）まであわせ読むことだ。マニエリスムを「二十世紀末の芸術と文学のために」さらに開く、とその副題はうたっている。要するに、どんな駄洒落にも、魔術的思考にも、その背後には「世界はひとつ」という発想があり、それをなかなか信じられないところでとにかく信じようとするのがマニエリスムなのである。

コンピュータのキーボードをたたいている君たちは、ひょっとすると魔術哲学の手先かもしれないとは、最新刊『ヴィジュアル・アナロジー――つなぐ技術としての人間意識』(産業図書)のバーバラ・スタフォードの主張だが、コンピュータも愛も、コンシートもオカルトもすべて、つなぐ知としてのマニエリスムに行き着くらしい。ちなみに、このスタフォードもウォーバーグ研究所で修業を積んだ人。ヴィジュアル感覚抜群の著作にそのことが窺える。

早い話これまでの十七世紀英文学の研究が、ホッケのマニエリスム、魔術哲学を勉強した人間にはほとんど無効になってしまう。

シェイクスピアにしたところで、舞台をどうしつらえて、何幕何場に分けた方がいいか悪いかというドラマトゥルギー、つまり作劇術だけの議論では説明できなくなってしまう。かわりにあらゆるばらばらだったものが、無理無体でもいいから、最後には全部まとまるところに大団円ができるということの意味を考えるようになる。我々は、マニエリスム演劇の持つ魔術的な力を忘却してきた近代の三百年を経ているから、シェイクスピアをつい「ハイ・アート」として考えるが、はたしてそれだけでいいのだろうかということである。そういう考えのシェイクスピア研究が限りなくつまらぬ暇つぶしにしか見えないのは、まあマニエリストたるぼくの偏見かもしれない。

2　絵と文字の関係

王立協会は深い

シェイクスピア研究も含め十七世紀前半の英文学研究も研究者の数が多い割に全然お寒い状況だったのだが、十七世紀後半の英文学研究は輪《わ》をかけてひどい状況だった。ミルトン、ポープ、ドライデン研究の「じじむさい雰囲気に嫌気がさして」若き山口昌男氏は英文学の道を断念したというが、基本的には状況は今も同じだ。そのうえ、ぼくが再三述べているようにシェイクスピアを抹殺した王立協会を文化史的にまともに調べている学者が日本には存在しないのだ。

経済学者のウィリアム・ペティ（一六二三〜一六八七）は、イギリスがオランダなどとの戦争で、国庫の金属貨幣、つまりはお金が底をついたのを前に「これからは紙切れに数字を書いて、それを流通させよう」と提案する。紙幣の登場だ。実はこれにも王立協会がからんでいるのだ。

王立協会をさらに研究してみると、これが大変面白い。表象論プロパーにかかわる言語のラディカルな、画期的なポイントがいくつもある。

①「普遍言語」といわれる言語のラディカルな改革運動。

②紙幣導入の可否を論じた。

③旅と探検をプロモート。

①の普遍言語運動は、記号やメディア一般に対する問題意識を初めて提示した。一番端的なのは、絵と文字の関係である。

この章の冒頭で名前だけ登場した、世界最初の絵引き辞書をつくったコメニウスは、この協会の成立にあずかっている。彼は、ボヘミアからイギリスに亡命してくると、「インヴィジブル・カレッジ（見えない大学）」という秘密組織をつくった。それが、勅許を得て浮上し、姿をあらわしたのが王立協会である。

①はコンピュータ言語につながり、②はついには電子マネーにいたる原理だから、まさに今の我々はこの王立協会マインドの末裔《すえ》なのにちがいない。③についていえば、やがてすぐジェイムズ・クック（キャプテン・クック）にサポートを与えたのが、この協会のセクションである。

近代教育史の不思議な出発

ボヘミア秘密宗教結社の末裔《すえ》コメニウスと、もともとあったフランシス・ベイコン（一五六一～一六二六）のベイコン主義が英国で合致して、どういう成り行きになっただろう。

三十年戦争以前のかつて、情報、知識はラテン語のできる一部エリートが独占していた。

その知識も、宗教、哲学に迎合した、わけのわからないものだった。

　その逆は、万人に教えられる教育である。どんな知能の程度の人でも、ステップ・バイ・ステップで教えていけば、ある段階にいたることができる。そのパッケージを最初につくったのが、ベイコンとヨハン・コメニウスなのである。コメニウスにいたっては、そのための教科書と辞書までつくる。それが先に名のみ挙げておいた『世界図絵《オルビス・センスアリウム・ピクトゥス》』である。

　あらゆる概念をまず絵で示す。その下に、ラテン語で何というかを記しておく。また、当時はラテン語がすたれつつある時期に当たっているため、ラテン語と現地国語（ヴァナキュラー。英語、ドイツ語、フランス語など）の対比で言葉が出ている。たとえば「教室」という絵には、鉛筆や本、先生や生徒が描きこまれており、1、2、3とナンバーを振ってある。そして、「鉛筆」はラテン語では何、英語では何、フランス語では何と書かれている。そう、今日のドゥーデンの絵引き辞書の元祖に当たる。

　こうして絵と文字を巧みに使う教育デザインを考えた人が秘密結社薔薇十字団の中心メンバーであり、その彼がイギリスに入って、王立協会をつくっていったのである。

　十七世紀後半に、近代の教育原論《ペダゴジックス》ができた。エリート教育をやめて、万人の教育に切りかえようとする薔薇十字団の教育理想である。我々だれしもが、今学校で机を前に座っていられることの根拠は三百五十年前のある秘密結社の動きの中にあったのだ。

　それからもうひとつ、わけのわからない鵺《ぬえ》みたいなことを教えるのはやめて、自然科学教育をメインにするようになり、その結果、今風のテクノロジー教育、万能教育の原型もこの時でき上がったことになる。

「リアル」な文字

ところで、この時代に一番はやった英語が「リアル」という言葉である。これで次の十八世紀初めに大流行の「リアリズム」のことへと話をつなぐことができる。ジョン・ウィルキンズという人物がいて、王立協会の初代総裁であるべき人だったが、彼はカトリック信者であったので、当然ピューリタン組織のトップにはなれなかった。王立協会綱領文は、ほとんど彼が書いたものといわれている。さらに一六六六年にウィルキンズは「リアル・キャラクターのための試論（Essay toward a real character）」というマイナーな論文を書いている。

リアル文字とはどういうことか、ビールという飲み物を例に説明しよう。麦から発酵してある状態になるということを「ビー」という音があらわすとする。「ル」という音は、「缶に入っている」という意味をあらわす音だとする。そうすれば、ぼくが「ビール！」というと、十人のうち十人が、缶に入って発酵した麦からできた飲み物を持ってきてくれる。それこそが「リアルな」関係として、五十年間イギリスの言語哲学者はこういう「リアルな」言葉の実験に狂う。

実際「たんす」は、「た」「ん」「す」の三つの音のどれも実体に即したものではない。ところが、思い切りたたくと「た」という音がするとか、どこかを開けば「ん」があり、蹴ると「す」の色に染まるものが「たんす」であるというふうに、事物の性質がそっくり言葉に体現されるような言葉が存在しうると思いこんでしまった。こうした愚かしい言語を「リアル・キャラクター」といって、王立協会メンバーは追求し始める。こうして行き着いたのが「普遍言語《ユニヴァーサル・ランゲージ》」運動である。英語、フランス語を知らないどんな人でも、要領さえ覚えれば通じる国際汎用語を、この時期のイギリスは大量に発明する。

構造主義の代表的批評家ジェラール・ジュネットの書いた『ミモロジック』（水声社）がこの辺の経緯を一種の奇人列伝として書いて、面白い。フランス構造主義批評を見て笑えるのはこの本だけだ。「ミモロジック」とは、「ロジック（言葉）はマイム（真似）する」の意。

「たんす」という言葉が、たんすの性質を「マイム」してくれれば理想なのだが、まさしく同じ時代を巡ってフーコーが名づけた「表象」とは、「言葉」と「物」のこうしたマイムの関係をあきらめたシステムに他ならない。この関係を唯一保たせるものが「絵」であると、山口昌男氏はいう。山口氏と対談を行うたびに必ず、その話と、「絵」の教育的力を知っていたコメニウスの話になり、それを今日に引き継ぐモーリス・センダックの話になる。

天才的フィールドワーカーたる山口氏がいうには、どんな未開の地に行っても、紙と鉛筆さえあれば、コミュニケーションができる。原始的な絵引き辞書をつくるのである。言語が「リアル」でない、「ユニヴァーサル」でないと悩み抜いた最後に行き着いたのが、ライプニッツの場合、0と1の二進法表記であり、もっと表象の「リアル」さにこだわるコメニウスの場合、絵であった。

コメニウスの『世界図絵』が今面白いのは、絵と文字のどちらが教育能力、伝達能力があるかという問いかけをし続けるからである。コンピュータが教育の現場に入りだして、再び絵と文字の関係が面白くなりかけている今こそ、コメニウスを読みぬく価値がある。

それが一六五八年、ほかの国ならぬイギリスで初版を出し、それをサポートしたのが王立協会だったことの意義は大きいが、しかし反面、数学者、自然科学者の集団が、人々の日常言語に手をつけてしまったことは、一言でいうならば、文学的言語の終焉《しゅうえん》であった。

復習しておこう。

文学的言語は、シンプルに何かを伝えるよりも、あいまいに伝えることに価値があった。あいまいな世界だったからだ。しかし、あいまいな文学言語は、一六六〇年代にとどめを刺されてしまった。ダンは忘れられ、シェイクスピアは読まれなくなり、まともなシェイクスピアは上演されないばかりか、近代各時代の市民的な道徳に一致するようなものに改作されていった。

だれも知らなかったシェイクスピア

シェイクスピアの使う言葉のあいまいさについては前に話した。悲喜劇《トラジコメディ》と称して、悲劇は悲劇とし、喜劇は喜劇として一貫せよというルールにはずれてごちゃごちゃにしてしまう彼の作劇術そのものが「インピュア・アート」、不純な文学と呼ばれてばかにされてきた。そうなると一番叩《たた》かれるのが肉の愛のテーマだろう。

後にボウドラーが改竄《かいざん》を加えたいわゆる「ボウドライズド・シェイクスピア」では、シェイクスピア劇からセックスの用語がすべて消える。シェイクスピア劇は、よく冗談口に「セックスピア」といわれるほどで、王立協会以降絶対口にできないようなことが、ジョークの中にちりばめられている。セックス用語のカットで、シェイクスピア作品が三分の一以下の量になってしまうというジョークもある。

そのうえ、元々ウィリアム・シェイクスピアを省略するとウィル・シェイクスピア。「ウィル」とは、「強い意志」の意であると同時に、エリザベス朝では直截《じか》に「勃起したペニス」を意味した。

シェイクスピアが詩の中で「マイ・ウィル・イン・ユア・ナッシング」といえば、「君の虚無の中の僕の意志」と直訳してすますことはできない。「ナッシング」はイギリスでは0、マル、穴、女性陰部を指すことから、「勃起した僕のナニが君の丸いナニの中にある」の意になる。『ソネット集』は近代エロチック文学が最初にして、いきなり極点《アクメ》をきわめた傑作なのである。

「シェイクスピア」という名前だって、売れた彼をひがんだ人のひとりが「あの槍振り男」とこきおろしている。シェイク・スピア、即ち「槍を振る」ウィル、結構おげれつな名前だった(!)。

シェイクスピアを初めとするあいまいさが豊かだった時代が一六六〇年代に滅び、ニュートンに「毒された」まったく別の英文学になってしまう。こうして十七世紀英文学の流れを一世紀通してトータルに論じるには、ぜひともマニエリスムと普遍言語の研究が必要だ。王立協会の研究が必要だ。

そしてそのための基本書たるジェイムズ・ノウルソンの『英仏普遍言語計画』も、マリナ・ヤグェーロの『言語の夢想者』も、ぼくのプロデュースで日本語にした。変わったことしていますねという反応だった。それがたとえばウンベルト・エーコの『完全言語の探求』邦訳(平凡社)が出て、やっと常識になったのである。ゆっくりとだが、英文学も進む。

第三章　「ファクト」と百科——ロビンソン・クルーソーのリアリズム

1　だれも知らない王立協会

二進法と文学

今から二十五年前、ユニヴァーサル・ランゲージ（普遍言語）を議論する文学者はおろか、言語学者もいなかった。万国共通の理想の言語をつくり上げることや、擬音語だけの言語まで考えるにいたる理想言語は、いかにも愚かしいアイディアとずっと考えられてきた。

しかし、その中から0と1のバイナリー（二進法）で何もかも全部あらわせるという考え方が、数学者ジョン・ウィルキンズと、大陸の方のもう一人の数学者ライプニッツ（一六四六～一七一六）にはぐくまれ、そして突然今日よみがえる。つまりコンピュータ・ランゲージである。

一六六〇年代はそのことだけでも大転回点である。これがわかるだけでヨーロッパの文学観、文化認識が一変する。

「表象」をコンピュータの問題に近いところにまで追求したのが王立協会だった。そこが見えてくれば、なぜシェイクスピアが一時的にでも滅ぼされたのかが解けるし、これから後に述べる問題、メディアと文学との関係も見えてくる。さあ、十八世紀に突入だ！

ジャーナリストなのか小説家なのか

王立協会ができたちょうど一六六〇年に生まれた人物がいる。ダニエル・デフォー（一六六〇〜一七三一）である。この小説家は、王立協会の草創期から確立期全部に、その生涯が重なっている。

今、ぼくは大変不用意に「小説家」といったが、彼自身に自分が小説家だという認識があったかどうかは定かではない。彼の書いているものが何なのか、彼がはっきりわかっていたとは思えない。自らの作品を「ロマンス」といい、人はこれをうそだと思うだろう、南米の島にたどりついて、ヤギを飼って、麦をまいて生きられるわけがないと思うだろう、無事に帰れて大成功というのもうそだと思うだろう。でも実は……と、うそ《フィクション》か本当《トゥルー・ストーリー》かをめぐって延々としつこいまでに書き連ね、挙げ句の果てに編集者に作品の責任を全部転嫁《てんか》している。

今日、ニュース（news）は、あったことをあったまま伝えるものということになっている。一方、小説（novel）は、いくらでもうそ（フィクション）を書いていいことになっている。

ところがデフォーの時代は、ニュースとノヴェルをまったく区別しなかった。なぜならば、元々ノヴェルは「小説」という意味の名詞ではなく、「新しい」という意味の形容詞である。新奇さを好奇心満々で追うためのジャンルがあったのであって、その前に「うそ」「本当」の区別などどうでもよかったのだという気すらする。

彼はジャーナリストである。イギリス最初期の新聞『レヴュー』を編纂した編集者だった。しかも、ロンドンのシティー地区の大商人である。当時のイギリス経済を全部握っていたシティーという地区に行くと、看板で大抵は何の店かわかるようになっているが、何の文字もなく、おなかがでっぷり出た中年男が帽子をかぶった姿をシルエットで描いた看板がある。これは、一七〇〇年初頭にシティー地区を牛耳《ぎゅうじ》っていた商店会の顔役のシルエットだが、その人こそがバブル時代の風をくらった商人ダニエル・デフォーである。

一七二〇年、サウス・シー・バブル（南海泡沫事件《なんかいほうまつじけん》）という、世界最初の株式暴落がイギリスで起こる。このとき株に入れあげていたデフォーは大損をして、債権者に追われる身になる。

イギリスとはつくづく変わった妙な国である。デフォーの時代には徳政令のような法律があった。日曜日だけは債務を負っている人も逮捕されないのだという。そこでダニエル・デフォーについた仇名《あだな》は「サンデー・ジェントルマン」。月曜から土曜まではどこかに姿を隠し、日曜日だけさっと買い出しに出てきたらしい。

発明家にして、スパイ

また、デフォーほどイギリス国内を歩いた人はいないともいわれている。彼は、「小説」も数多く書いているが、その他に二百五十数点という膨大なパンフレットを書いて、建白《けんぱく》している。多岐にわたるが、ほとんどが経済と流通にかかわる提案で、「もっと道路を整備しよう」「もっと運河をつくろう」「印税制度を始めて、その何分の一かで養老院をつくろう」など、なかなか面白いアイディアを出している。初めて女子教育促進をいったのも彼だ。『ロビンソン・クルーソー』を読んでいても、次から次へと思いつくアイディアのすばらしさには驚かされる。まさしく彼自身、そういう大発明家のところがあって、なかなか興味深い。当時その種の社会的発明家を「プロジェクター」といった。ガリヴァーもそう自称している。

中でも一番興味深いのは、デフォーのスパイ説である。しかも、トーリー党が政権をとると、トーリー党のスパイになり、ホイッグ党が主流になると、ホイッグ党のスパイになる。変節といわれるかもしれないが、ドライデンの「変節」もしかりで、そういう「契約」の自在は時代そのもののありようでもあった。

十八世紀の初頭というのは、トーリー党とホイッグ党が本格的に動き出した時代である。

ホイッグ党、トーリー党というのは、元々あったグループではない。当時ロンドンに三千からあったというコーヒーハウスに論客が集まったことから形成されていった。十八世紀メディア英文学を志す人は、この「コーヒーハウス」の研究を欠かしてはいけない（小林章夫先生は昔から「喫茶店をやらなければ英文学はわからない」とさえいっておられる）。

デフォーも喫茶店狂いだった。朝から晩までコーヒーハウスでコーヒーを飲んでいる。シヴェルブシュの『楽園・味覚・理性』（法政大学出版局）を読んでぼくは驚愕した。だれはコーヒーよりもチョコレートが好きだったから、これを書いたとか、だれはチョコレートよりも阿片《あへん》が好きだったからこうなったという論法で嗜好《しこう》飲料の文化史をやった。プロテスタントはコーヒー支持、カトリックはチョコレート支持なのである。シヴェルブシュによると、ピューリタンはあくまで覚醒を目指したのだという。

デフォーがコーヒーハウスに出入りするのは、自分でつくってきた新聞を置いて、読んでもらうためだった。内容は商情報である。きのうスコットランドから何ポンドの羊毛がどこそこの店に来たから云々《うんぬん》といった類の商いの情報を新聞に載せていた。

スパイとジャーナリストに共通すること、それは正確な「情報」の獲得ということに尽きよう。

「ファクト」という言葉が、「つくられたもの」というラテン語の原義から、今日いう「事実」「確証があるデータ」という意味になったのは、『オックスフォード英語辞典（ＯＥ

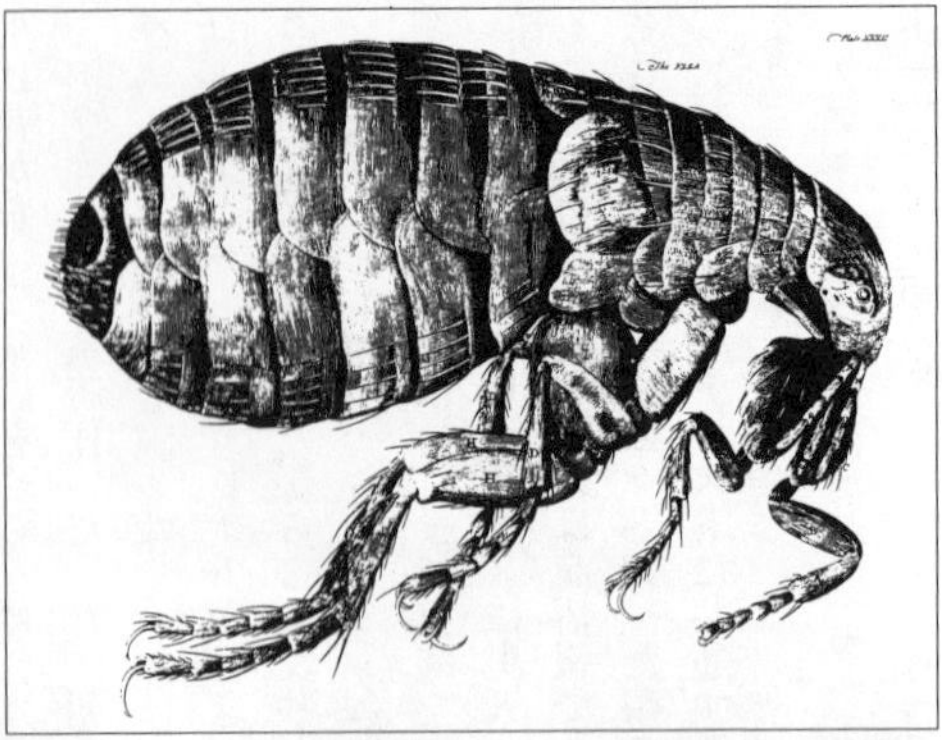

28　王立協会は顕微鏡学の発信基地となった。これは協会員ロバート・フックの有名な『ミクログラフィア、或は微小物体の生理学的記述』(1667)の「ノミ」。『ガリヴァー旅行記』(1726) の巨大と極微の世界はこういう世界を背景にしている。

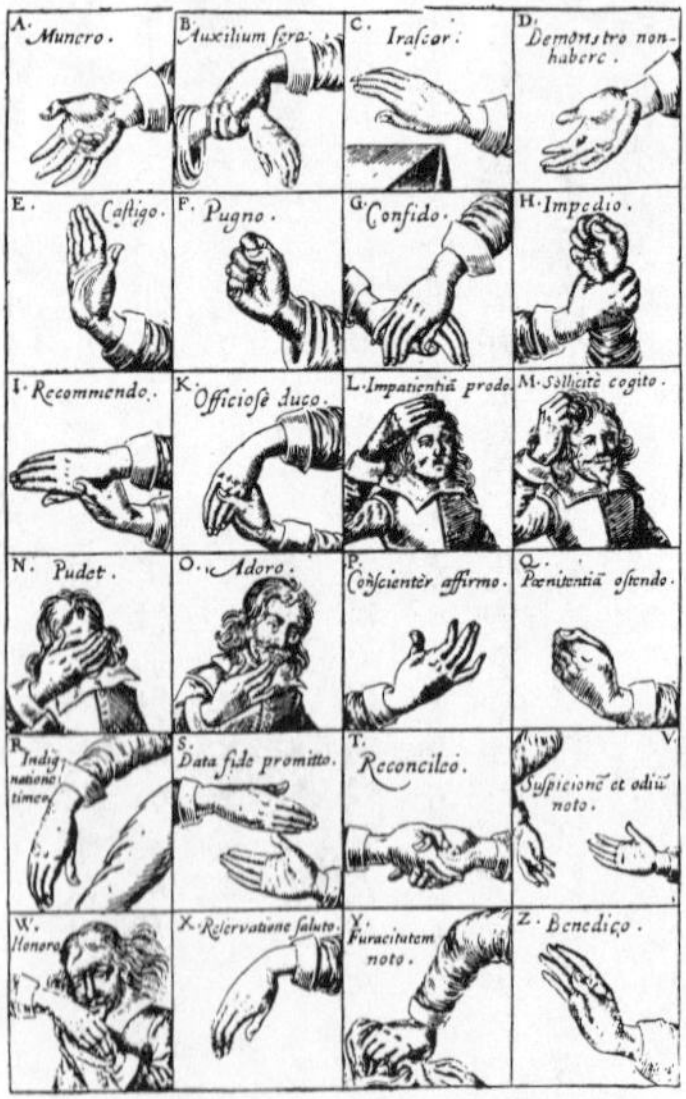

29　王立協会は普遍言語に限らず、新しい意味伝達システム万般に関心を持っていた。ピューリタン革命の時代全体が、というべきかもしれない。ジョン・ブルワー『手話術』(1644)より。

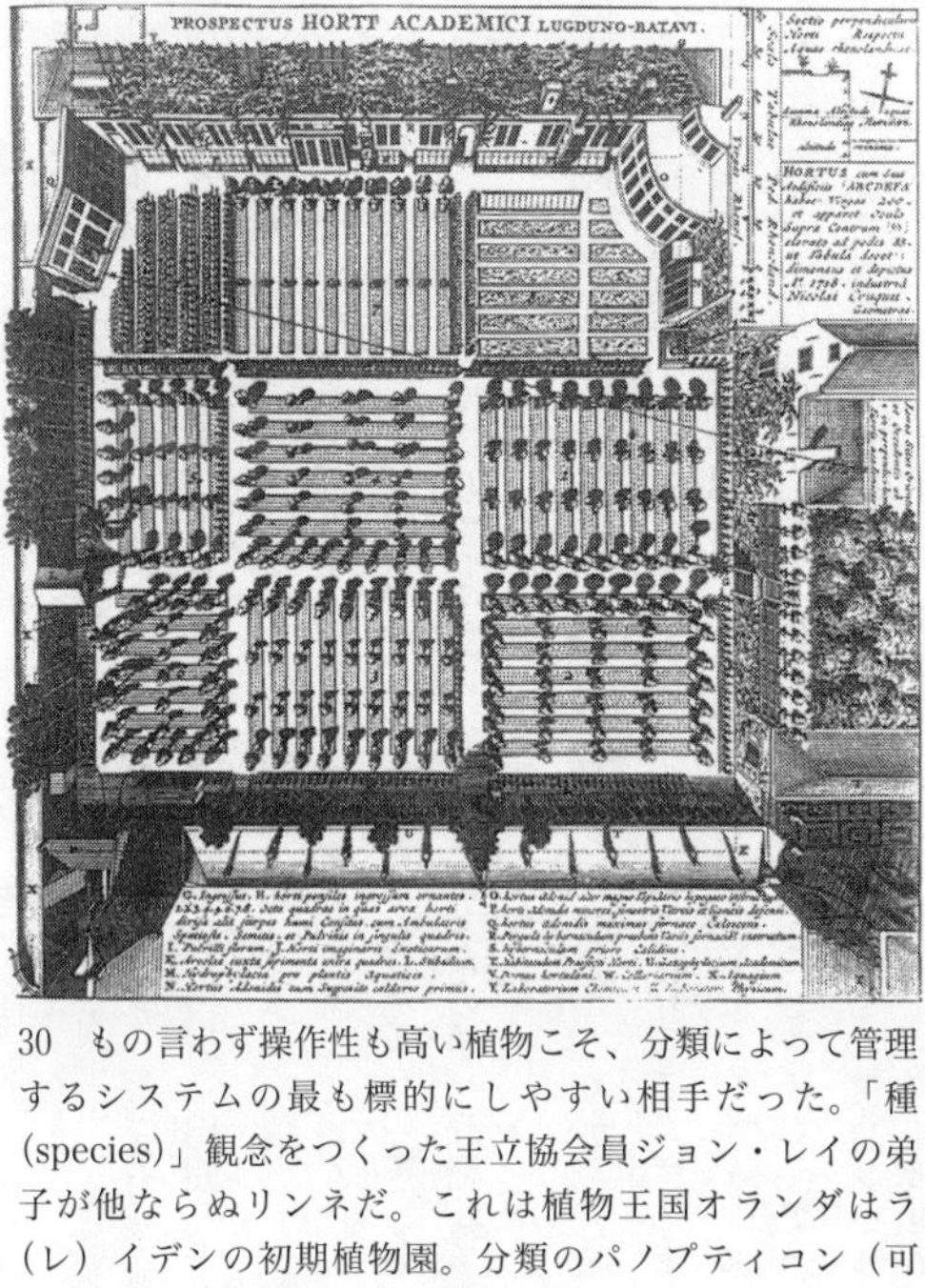

30　もの言わず操作性も高い植物こそ、分類によって管理するシステムの最も標的にしやすい相手だった。「種(species)」観念をつくった王立協会員ジョン・レイの弟子が他ならぬリンネだ。これは植物王国オランダはラ（レ）イデンの初期植物園。分類のパノプティコン（可視）化、とでもいうか。

D)』によると一六三二年である。あいまいぎらいのピューリタンがそうさせたのである。

「情報」概念は一六三〇年代から

データ、ファクトといえば、デフォーがすぐに思い浮かぶ。なにしろリアリズム、「リアルな」書き方の元祖だ。小説の過半がデータになっていて、この島は周囲二十七マイルあって、百何十本の木が生えていて……という感じでいく。

生えている木が百八十本だろうと百九十本だろうと、小説を読んでいく上ではどちらでもよい。拾《ひろ》った釘《くぎ》が六本だろうが七本だろうが、どうでもよいはずなのに、しっかり「七本だ」と断定する。すると何となく信じてしまう。これはなぜなのか。詳細なデータが威力を持つ。

デフォーの時代以前は、雑駁《ざつぱく》な描写で少しも構わなかった。ところが、デフォーはとにかく克明《こくめい》だ。「ある日ぼくは難破《なんぱ》した船からペンとインクを見つけてきた」とあり、そこからデータの記述が急に詳しくなるのも面白い。考えてみると『ロビンソン・クルーソー』という作品自体が日記なのだから、日記〈中〉日記なのだ。書くことをめぐって結構メタフィクションなので、みごとにメタフィクティヴな奇作『前日島』をもってウンベルト・エーコが『ロビンソン・クルーソー』をパロったのも、うべなるかな。日記の草創期なのだ。これもデータ狂いの新ジャンル。一体書くということと人間の情報の関係とは何なのだろうか。

ともあれこの王立協会ができてから七十年くらいの間に、今日いうメディアの問題があらかた出そろう。その立役者が、英文学のというはもちろん、近代最初のメディア人間ダニエル・デフォーなのだ。

小説なんてあらかじめあったはずはない。文字と情報をめぐるかつて知られぬ混沌《こんとん》の渦流の中から、少しずつうまれつつあった何か、なのだ。日記については後で少しふれる。

デフォーをメディアから見、その「小説」を同じ頃うまれる百科事典と平気で比べる批評家、ヒュー・ケナーの『ストイックなコメディアンたち』（未来社）はすばらしい本だ。近代小説がメディアだという当たり前の、しかしわかりにくいあり方を、この小さな大著以上にうまくわからせてくれる本はない。ケナーは師マクルーハンとともに英文学をメディアの方に向けて一挙に「超」えた。

デフォー即《そく》小説家というのはひとまずやめよう。むしろこういうべきであろう。「デフォーはメディアの万能の天才」である、と。

イギリス人の頭の中からうまれたもの

大塚史学があった時代には経済学部の人にデフォー読書は必須だった。理由はひょっとしてくだらない。マルクスの『資本論』にデフォーの『ロビンソン・クルーソー』がたくさん引用されていたからである。世界最初のホモ・エコノミクス（経済人間）は、ロビンソン・

クルーソーだということになっていた。

しかし、かつての経済学部の人がデフォーをよく読んだ理由を考えてみる必要はある。なぜなら、近代の経済の基本的なシステムは、王立協会の中の経済部門がすべて発明していたからだ。紙幣、株式会社、株式形式の銀行、ロイズの保険などなど、考えてみると、我々の今日の経済活動はあらかた、この時代のイギリス人の頭の中からうまれたようなものなのだ。

その時代に、商人で商情報を編集していたデフォーがたまたま書いた、主人公がデータを担ってむやみやたら走り回る何だかわからない物語を、ヘンリー・ジェイムズやプルーストと同じレヴェルで「小説」と呼ぶのは少々ちがうのではなかろうか。

だれもが「デフォー」といえば「リアリズム」という。「では、その『リアリズム』って何、あなたのいう『リアル』とは何か」と聞くと、世界をあるがままに描くという説明しか出てこない。

一歩譲って、それはそのとおりなのだとしよう。しかし、その時代、外を取り巻く大きな世界で、同じ「リアル」な表象の追求を哲学者も宗教家も法律家もやっていたとしたら、それを文学だけでうんぬんしても多分仕方がない。「確実さ（certainty）」とか「蓋然《がいぜん》性(probability)」といった不思議な観念が十七世紀後半を席巻《せっけん》していて、それがロックの『人間悟性論』（一六九〇）などをうんだ。ここいらのことになると「観念」史派の独擅場《どくせんじょう》的フィールドで、そのことは後でダグラス・ペイティの仕事にふれて述べることにしよう。

十八世紀について英文学者が当たり前と思っていること、つまりピューリタン革命を経て、十八世紀冒頭にいきなりリアリズムが出てきて、小説がそれを担ったということ、それはそれでまちがいではないかもしれないが、この図式なり流れがほとんど無条件《ア・プリオリ》に教えられていることについて、ぼくは「ちがうでしょう」といいたいのである。『OED』によると、形容詞「リアル」の初出が新しくも一六〇一年だということを知る英文学者は本当に少ない。

本書にここまで付き合ってくれた人は、デフォーがリアルなものに狂ったのは、それに先立つ半世紀、あいまいな言語に代えて新しい記号をつくろう、英語を純正化しようと、国を挙げてドタバタやっていて、そのあげくに、全部だめ、ということになって、王立協会のユニヴァーサル・ランゲージ運動は終わるということが背景としてあったことを思い出してくれなければいけない。

推理小説と暗号学

少し脱線をしてみる。

江戸川乱歩は日本の推理小説をつくり上げた人といわれている。彼の処女作『二銭銅貨』(一九二三)では、一枚の銅貨がパクッと割れて、中から「南無阿弥陀仏」の六字の組み合わせで字ばかり書いた紙切れが出てくる。それを見つけた「私の相棒」こと「松村君」が、「暗号が解けた。これはどこそこにこれだけの金を隠しているという意味だったんだ。ほら、見つけてきたよ、この大金」という。では、「私」はなぜ暗号を知っていたのか。「私」は、「その暗号を書いたのは僕だよ」という。それは「一六六〇年代のイギリスの専門家だからだ」と、ぼくにとって死ぬほどうれしいことをいってくれている。

暗号学（クリプトロジー、クリプトグラフィー）の世界が文学と何の関係が、というようではだめだ。無限にあいまいな「テクスト」という観念を手に、そこから「意味」を「解釈」として引き出すことの可否をとやかくいったのがポスト構造主義。ポスト構造主義と暗号解読は同じではないのか？

文学をテクストとして読もうという一九六〇年以降の俗にいうデコンストラクション批評では、相手のテクストを暗号として読む。それはたとえば哲学者デリダから出てきたものだが、デリダのやっていることは暗号解読の一技術でしかなく、その暗号解読の技術さえ旧約聖書その他の経典を多様に解釈したヘブライ釈義学に根を持つところのマニエリスムだと喝《かっ》破《ぱ》していたのがホッケである。ちなみにぼくがホッケの次に心酔するジョージ・スタイナーは、デリダの哲学的「テクスト」を現代に蘇ったバロックの詩として読んだ。名作『アンティゴネーの変貌』（みすず書房）だが、本当に目からうろことは、このことだ。

そこまで行くと、江戸川乱歩も御本家のエドガー・アラン・ポーも、コナン・ドイルも、暗号を中心に成り立っているテクストだといえるだろう。端的にいえば推理小説は、マニエリスム以外の何ものでもないということになるが、これには後でふれよう。

推理小説のことを、自ら知らず「ミステリー」という人がいる。「ミステリー」は元々は宗教的な秘蹟《ひせき》のことなのに、である。なぜ推理小説がミステリーなのか。単に「なぞ」というわけではなさそうなのだ。なぜ西洋の推理小説には探偵が同時に僧侶というのが多いのか。G・K・チェスタトンが生みだしたブラウン神父が代表的だが、ウンベルト・エーコの『薔薇の名前』やその映画などなど、尼さんや坊さんが探偵をしている。日本でいえば、「〇〇上人《しょうにん》」といわれる人が探偵をしているようなものだ。この背景は実はだれも問うていない。

暗号技術と紙幣

『二銭銅貨』の「私」というか、江戸川乱歩が一六六〇年代のイギリスの専門家だから暗号に詳しいというところに話を戻そう。

暗号学では、ABCDEFG……Zまで書いた二十六文字の列を一字だけずらす。すると、AがBになり、BがCになりという、別のアルファベットの一系統ができる。今度は二文字ずつずらす。こうして別のアルファベット・システムをつくり、使う。このやり方が基本。暗号学でグロンスフェルト暗号と呼ぶ。ルイス・キャロルも好きだった。

「暗号学」は本当に一六六〇年代にうまれたのだ。フーコー表象論はあれほど一六六〇年代に入れこみながら、英国事情に通じぬ中華思想がわざわいして、最も愉快な隠蔽の表象論を欠いてしまったことになる。

ピューリタン革命が終わった十年後、王党派狩りがあった。王党派狩りで処刑された人の数は無数である。王党派同士の手紙が証拠に挙げられ、「あしたどこで会いたい。ほかに〇〇も来るよ」という手紙がバレると、当事者は三人とも御用になってしまう。

そこで、暗号で書く。解読される頃には密議は済んでおり、つかまっても「そういう意味じゃない」と、いくらでも弁明できる。妙な話だが、この王党派狩りのテロリズムの中で、暗号技術は未曾有の盛況をきわめたのである。これと王立協会主導の新言語工夫が表裏になっているわけで、ここいらについては、いくらでもダイナミックに書ける。

一方、江戸川乱歩という推理小説作家の処女作で注目すべきは、暗号解読の技術の話だけではない。一九二〇年代の東京が一六六〇年代のイギリスを呼び起こすほかないびっくりするような脈絡が隠れている。それは一六六〇年以降のイギリスにおける紙幣問題であり、つまりは兌換《だかん》という、「契約」でのみ成立する経済的表象の問題である。

何でもない紙に、大英銀行頭取が「一〇〇」と書けば、その紙切れは、あしたから百ポンド相当のものと同じ値打ちを持つようになる。でも単なる紙切れだ。紙幣とはおかしなものなのだ。兌換とは完全に「契約」以外の何ものでもなくなる。キリストによる「贖い《あがな》」を意味する“redemption”で「兌換」を意味させるのも痛烈だ。

そういう一六六〇年代を一九二〇年代の日本が呼び出したのは、日本がこの頃に第一次世界大戦との関係で、金本位制を捨てていたからである。世界的にもそのタイミングだったはず。十九世紀末から一九二〇年前後のハイ・モダニズムにかけていろいろある時期を、金本位制の確立と停止、再帰の半世紀としてとらえてみると、十七世紀末との酷似に驚かされる。ゴールド・スタンダード（金本位制）と文学革命の直結をいったのは、アメリカについての、俊才ウォルター・ベン・マイケルズの仕事だけだ。もう一人、アメリカの岩井克人というべきマーク・シェルがポーの『黄金虫』を分析した仕事もある。とまれ、経済の中の兌換システムが壊れるとき、言語にも同じ痕跡が残るのである。

「金に異変あるとき、言葉にも何かがおこる」のだ。これが当てはまる時期は七つも八つもある。井原西鶴《いはらさいかく》の貞享《じょうきょう》・元禄《げんろく》時代、平賀源内《ひらがげんない》の宝暦《ほうれき》・明和《めいわ》時代、ポーのジャクソン民主主義時代などなど。なぜだかおわかりだろうか。答えは簡単。一六六〇年代に立ちあげられた表象の構造が原因である。言葉とお金を同じ「契約」の構造として出発させたのだ。

2　断面図とアルファベット順

百科事典の知

その一六六〇年代から文化を動かしていった「ファクト」の問題に戻ろう。

たくさんのデータを蓄積していくことを「教養」と思う時代が、この頃から始まっている。その証拠に、主な辞書、百科事典はこの王立協会以降にできてくる。表象論をうんぬんするくせに英文学研究者が、各種ディクショナリー、エンサイクロペディアをひたすら何かを調べるためのトゥールとしてしか見ていないのには常々呆れている。表象と編集の術《アルテ》の極致がレキシコグラフィー、すなわち辞典・事典制作の技術知のことだ。

一七二八年に、ある百科事典が出た。デフォーの『ロビンソン・クルーソー』の九年後、ジョナサン・スウィフト（一六六七〜一七四五）の『ガリヴァー旅行記』の二年後に出たイーフリアム・チェンバーズ（一六八〇頃〜一七四〇）の『サイクロペディア』である。

実は、ぼくが英文学をやっていて、広く思想史にと開かれたのは、この『サイクロペディア』の中の一枚の絵が契機になっている。見てみよう（一一八ページ図31）。

これは、解剖図が、経文折りに入っていて、開いて見るようにできている。この『サイクロペディア』は経文折り挿し絵を採用した最初の本でもある。「ペディア」は、ギリシャ語の「パイデア＝教養」に由来する言葉である。それを全部勉強すると、知識が丸く閉じる《サイクルになる》。これは日本でいう円相もしくは円満具足の感覚だ。あらゆるものを勉強すると、丸く完結したひとつのまとまりになる。それがサイクロペディアのもとの、大変ヴィジュアルにわかりやすい意味である。

ダンテの『神曲』、メルヴィルの『白鯨《はくげい》』からピンチョンの『重力の虹』まで、文学に名を借りた各時代の百科事典がある。今ならボルヘスとエーコ。ぼく周辺でいえば高野史緒とか佐藤亜紀のあたり。「日本人ばなれ」している。こういう形で文学をメディアの方へ「超」えたのがノースロップ・フライの『批評の解剖』（法政大学出版局）である。カナダはトロント大学であのマクルーハンとフライが仲間だったのは、やはり意味があるのだ。

さて、この画期的な出版物『サイクロペディア』は、なかなか面白い特徴を持っている。テクノロジーというか「手わざ《メチエ》」の百科事典である。魚の釣り方、その釣り針のつくり方、ヤギの飼い方、その飼料のつくり方、穴の掘り方、屋根のつくり方……。そう、つまりは『ロビンソン・クルーソー』と同じ主題なのである。

この百科の知識は学者の知識ではない。デフォーはそれを、いみじくも「商人の知」と呼んだ。実践的《プラクティカル》でないものは知識ではないという時代の中で、百科事典も大変プラクティカルなものだった。デフォーは自らを“mercator sapiens”（知ある商人）と号した人物である。

しかも、これは世界最初のアルファベット順検索事典である。だから一番最初に出てくる経文折り挿し絵が、「A」ではじまる「アナトミー（解剖学）」なのだ。美学・美術史を専攻する諸君は、この絵が一七二八年のものだということを踏まえてよく見てほしい。この異様な精密画は木版画である。人間の体の中を見る医学は、ルネサンスの終わりからずっと整備され、十八世紀の前半に完結する。

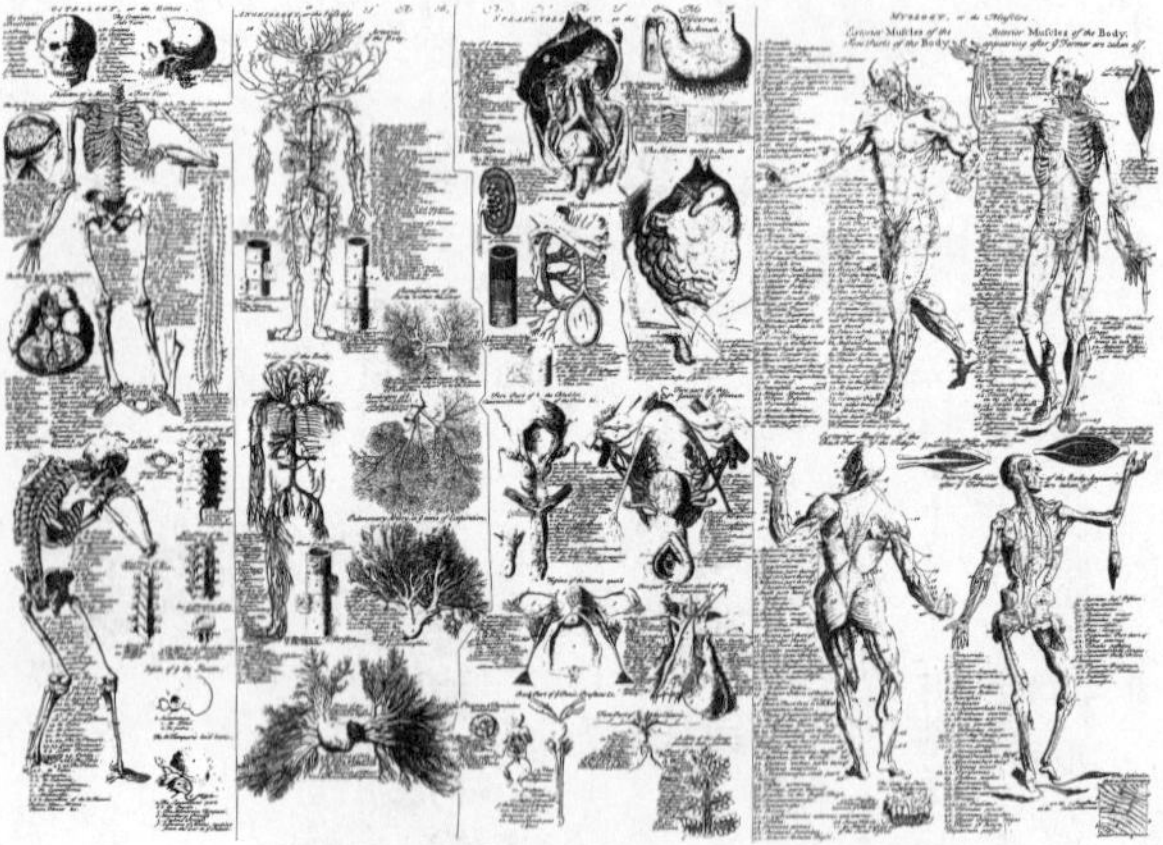

31　イーフリアム・チェンバーズ『サイクロペディア』(1728) の「アナトミー」解説図。

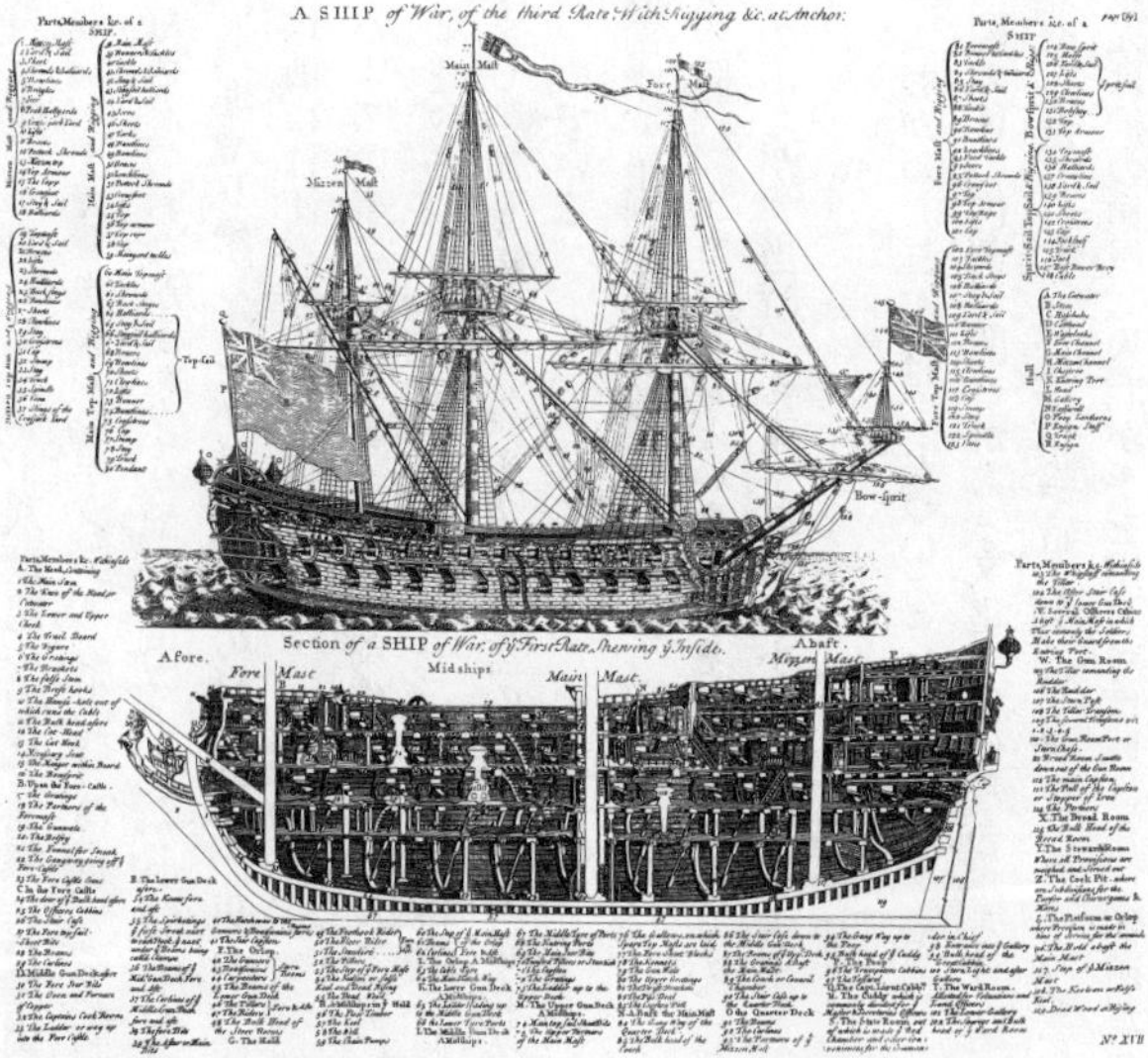

32　同「船」解説図。
見事な断面図。「セクション(断面図)」という語の初出もこの頃だ。

とくに、お産《オブステトリックス》については、十八世紀中期に妊娠、お産小説が簇生《そうせい》する。ローレンス・スターンの『トリストラム・シャンディの生涯と意見』を読むと、トリストラム・シャンディが、お母さんのおなかからどうやって出てくるかの話である。助産婦ではなく、助産「夫」が来て、無理やり鉗子《フォーセプス》をかけて、彼の鼻を壊す。男の「産婆」もこの頃だし、鉗子《かんし》は一七五〇年以前には使われていない。

　このチェンバーズの事典をそのまま「二次創作」して、一七五〇年代から七〇年代につくられたディドロとダランベールの『百科全書』には、「産科学」という絵があって、鉗子類その他のおぞましい挿し絵がある。鉗子が子宮の中に差しこまれて、鼻やら耳をつまんで出している絵がついている。

　要するに解剖学、生理学の全盛時代。イギリスでいえば、ジェンナーの先生の名医ジョン・ハンターの時代。エリクソンという人のそのものズバリの『マザー・ミッドナイト』なる大型研究書が出たが、当時、お産をめぐる小説がまとめて出ていたことがわかる。

「I see that.（わかった）」とは、どういうことか

そこまで人間の体の内部に関心がある文化とは何なのだろうか。端的にいって知識、教養のあり方が変わったといえる。今まで見えないものをあきらめていた教養があったのであり、そこから先は神の領域、人間が手を出してはいけない領域だった。技術論的にいえば、

不可視の領域である。見えないものは理解しない。「好奇心」というものと直結した目が現象の表層をやぶって、どんどん世界を可視のものに変えていく。「啓蒙」とは文字通り「蒙《くら》」きを「啓《ひら》」く光学の謂《いい》なのだ。「真理の面帕《ヴェール》」をはぐのである。

近代をこの可視化のテクノロジーとサイコロジーの世界ととらえるバーバラ・スタフォードやスヴェトラーナ・アルパースの仕事が人文学では今一番面白い。江戸について『大江戸視覚革命』のタイモン・スクリーチや、『江戸の好奇心』の内山淳一といった内外の秀才がやっている仕事も同じである。

「I see that.（わかった）」とは、まさに言い得て妙の英語である。「私が見る」ということと同時に「私はわかる」を意味するのである。「見ない限りは理解しない」のである。

土地の私有化進む十八世紀なればこその「私はわかる」の側面を哲学者ベルンハルト・グレトゥイゼンが実に的確に突いている。「君が所有すれば木はもはや遠くから眺めるだけの何かではない。『百科全書』の特徴がそれだ。百科全書派は君を所有地の検分に連れだして、こう言うだろう。見たまえ、これが君のものだ。こんな物持ちだとは思わなかっただろう。学者たちが君のために獲得したものだ。さあ、心ゆくまで楽しむがいい、と」（『ブルジョワ精神の起源』）。「見る」（voir）が「所有する」（*avoir*）の中に、さらに「わかる」（*savoir*）の中にひそむ十八世紀ではあったのだ。

チェンバーズの「アナトミー」の絵を見ていると、見えるものがわかるものだ、見えないものも開いてしまえばわかるものになるとする、今まで見えなかったものも無理にでも見るという「啓蒙」の構造がよくわかる。見えないものは見えるようにすることが、知識の根元的なメタファーになりはじめたのだ。バーバラ・スタフォードの大著『ホディ・クリティシズム』（一九九一）が真芯にそこを突いている。

知識のあり方が一変している背景には、まず内省ということがある。中に入ってまでも構造が知りたい。構造がわかることが「わかる」こと、なのである。

スコットランド研究の重要性

この辺でひとつ大きな誤解があるので、いっておこう。イーフリアム・チェンバーズはスコットランド人である。ジョン・ハンターだってそう。考えてみるとイギリスの大きな事典は、イングランド人がつくっているのではない。『エンサイクロペディア・ブリタニカ』の版元はエディンバラにあり、書いている面々は十中八九スコットランド人である。『大英百科事典』を号しながら、正しくは「大スコットランド百科」なのである。

『エンサイクロペディア・ブリタニカ』の歴史は、スコットランド啓蒙主義と切っても切り離せない。日本では惜しいことに、土屋恵一郎氏くらいで、スコットランドの精神史をやる人は数少ないが、ここを勉強しないと、早い話、十九世紀のアメリカは絶対にわからない。この頃からスコットランド思想はアメリカに多く流れこんでいくからである。

少し余談だが、スコットランド人経済学者にジョン・ロー（一六七一～一七二九）という人物がいる。この人は、ロンドンに向かって、「お金は紙幣にする。それから、どこかに担保をつくって国債を発行させる。適当な担保がないときには、どこかに土地を持ったといううそ、簡単に伝わらないようなうそを流して、たとえば一年間、集中的に国債を発行しろ。バレたときはバレたときだ」という話を持ちかける。

ところが、さすがにイギリス人は経験主義者であるから、「どう考えてもこれはおかしい。近々に崩壊するから、だめだ」という。ロンドンを去ったローは、次にパリにあらわれる。抽象的かつ観念的なパリの人間には受けいれられた。

イギリスで南海泡沫事件が起きた同じ一七二〇年にパリを揺るがせたミシシッピー泡沫事件がそのツケだ。当時、スペイン領だったミシシッピーを「フランスの国土だ」と偽り、それを担保に国債を大量発行させ、間もなく崩壊する。台湾人と称して英国学界を手玉にとったサルマナザールやデフォーを考えればよいが、十八世紀初めの英国は十九世紀アメリカに匹敵《ひってき》する詐欺師《コン・マン》の王国だった。ローも要するに国際的な大詐欺師だ。これがローのシステムである。英語で「ザ・システム」と定冠詞付きの大文字でいえば、このローのやり口を指すほどである。

「詐欺」を経済的マニエリスムとみて、詐欺の文化史を追った種村季弘氏の目のつけどころはさすがで、『アナクロニズム』でサルマナザールを、『ぺてん師列伝』でローを主人公に面白く描いている。

断面図の不思議

さて、「アナトミー」の絵とは要するに断面図である。

新規開店のデパートのチラシ、新しく分譲するマンションの広告の類は、なぜすべて断面図なのか、なぜ断面にするとわかったような気になってしまうのか、ぼくは昔から不思議だった。

そして歴とした断面図の出発点になったのが、このチェンバーズの百科中の「シッピング（航海）」という項目にある帆船の絵である。ヨーロッパのクロス・セクション（断面図）の第一号である（一一九ページ図32）。

岩波書店から、教会でもガレー船でも何でもすべて真ん中で切った断面を見せ、よくわかるようにした『輪切り図鑑』のシリーズが出て話題になったが、その元祖だ。

デフォーの『ロビンソン・クルーソー』は少なくともこれより九年前に出ているので、この絵を見ていたはずはないのだが、同じ文化圏に属していることだけはまちがいない。

初等教育における絵の意味ないしは、もっと徹底して断面図の意味がわかってくると、子供相手の図鑑の類に、ありとあらゆる表象の方法が使われるようになることの意味がわかるのである。

今売られている辞書を見ても、文字でわからないことは絵で示す、あるいは文字と絵が矢印で対応されているというコメニウスのやり方がそのまま残っている。また、人体だろうとカメラだろうと、中が見えないとなれば、切って絵で見せる。すべて、「薔薇十字の覚醒」の遺産なのである。

アルファベット順の驚異

そして、問題は何よりも辞書の類が、アルファベット順になっていることだ。ヨーロッパ文化の中で、アルファベット順の検索本が出たことの意味は決定的である。文化史的には、ここから近代が始まったといってもいいくらいの大転機ではなかろうか。

家族には、お父さん、お母さんがいる。おじいさん、おばあさん、息子や娘がいる。ところが、「アーント（aunt＝おば）」はaで始まるので最初に来る。「アンクル（uncle＝おじ）」はuで引くからずっと後ろの方に出てくる。「おばさん」「おじさん」の概念としての近さが分断されるわけだ。

長い、長い本の歴史の中では、アルファベット順で引く本ができてたった三百年である。それまでの本は、一ページに「ファミリー」や「アンクル」「アーント」が一括して説明してあった。本は世界の縮図なのだ。フーコーが「表象」の前にあった「類似」の世界と呼ぶのがこれだ。

一七二八年は、世界がどうなっていようが、私たち人間にとって納得がいくシステムであればそっちの方がいいというそうした時代の幕開けを意味した。どちらが世界への対応として正しいのだろうか。アルファベット順の秩序こそ、「表象」のあり方そのもの。アルファベット順で構成される世界など実際にはどこにもないが、でもアルファベット順は便利だ。一方で、「ファミリー」という大まかな概念で引く辞書が今、ひとつだけある。それが『ロジェのシソーラス（宝典）』である。風変わりな辞書だが、ものすごく親しまれている。一ページ目に、「ビー（be）」と書いた項目があり、「存在する。ある。消滅していない。とにかくそこに何かある……（be, exist, sustain……）」と、動詞だけでも、大きな版では百は並べてある。次に「alive, existent（生きている、元気でやっている）……」といった形容詞、副詞、フレーズが延々と並ぶ。その次には、「ノン・ビー」という項目があって、逆に「消える。死ぬ。消滅する。零落する」といった単語が動詞、形容詞で並ぶ。以下、この要領。

この辞書は永遠のベストセラーとなっている。クロスワードパズルのハイ・レヴェルのもの、リード（ヒント）の難しいものは、この辞書がないと解けない。『存在する』という意味で、五つのレターから成っていて、頭がeの文字」とあるとき、この辞書を調べれば、「exist」とすぐ答えを出せる。

世界最初にキオスクで売られた本のひとつが、この辞書だ。列車でA地点からB地点への移動の無聊《ぶりよう》をどうやってつぶすかという工夫を一八六〇年頃からクロスワードパズルが担うようになる。ちなみに一番複雑なクロスワードパズルは、後で登場する予定のルイス・キャロルの発明で、ヴィクトリア朝後半から始まった。

一八五二年に『ロジェのシソーラス』はできている。一八五〇年にはロイター通信社とピンカートン探偵事務所。そして一八五一年、ロンドン万博。そして一八五二年には世界最初のデパート、ボン・マルシェの開店。

つまり、一八五〇年代から、何かトータルなものをばらばらにして、断片をアレンジし直すことがお金になる時代が来た。語を文字にバラしていじるクロスワードパズルはやがて来るモダニズムの珍妙な嚆矢《はしり》。つまり表象文化の第二段階が十九世紀半ばに生じていた。このことは後の章で詳述しよう。

辞書の歴史のミニチュア

「存在」、「非在」……といった概念で引く『ロジェのシソーラス』は、辞書学の方では“thematic”な辞書、つまりテーマ引き辞書と呼ばれる。普通の辞書とちがってアルファベット順ではないので、アルファベット順に慣れた人にはすこぶる使いづらい。どの辺に「ファミリー」の関係の言葉が集まっているか、あらかじめ知らなければ皆目《かいもく》見当がつかない。

早速冒頭を見る。

大仰《おおぎょう》きわまる万有万象《ばんゆうばんしょう》の分類表がついているのが、大変十八世紀的で面白い。

十八世紀哲学の最大のテーマはポール・ド・マンという批評家の稀に見る名著の名で洒落《しゃれ》るなら「ブラインドネス・アンド・インサイト」であった。うまれつき盲目《ブラインド》だった人間が、長じて突然目が開いたときに、周りの世界をどういう順序で認識《インサイト》し直すかということを名だたる思想家たちが皆考えたのだ。右も左もわからぬゼロからどういうふうに世界を分ける／分かるか。ディドロの『盲人書簡』（一七四九）が名高い。

まず「ある」か「ない」かで分ける。そして第一ページ目には「ある」という言葉がズラリと並ぶ。ヨーロッパの辞書らしいし、いかにも旧約聖書的である。「神、あれといいたもう」というユダヤ、ヨーロッパの変な文化である。日本人ならさしずめ一ページ目は「無」だろう。これは辞書というよりは、ヨーロッパ的人間《ホモ・エウロペンス》とは何かを知るための奇想天外なテクストである。

冒頭の分類表をもとに、「ある」「ない」を並べ、「ある」の中で「神」「神でないもの」、その中で「実在」「非実在」、「実在」には「重い」か「軽い」か、「高い」か「低い」か、「光る」か「暗い」か……と、概念はどんどん分かれていく。

こんな辞書の破綻《はたん》は目に見えている。マラルメの有名な「本《リーヴル》」の観念、世界をそっくり入れてしまう表象の夢もそうやってついえた。分類しなければいけない概念がふえればふえるほど、分類表は長くなっていく。だから、ファミリーという概念の場所《アドレス》を探すのも一苦労なのである。

そもそも、辞書ができるまでにどういう歴史的な手続があったかを、この辞書はミニチュアで見せてくれる。概念別にまとまりがあるものを引くのが「不便」と思った瞬間にアルファベット順が登場するのだ。『ロジェのシソーラス』の最後の三分の一は失笑ものである。アルファベット順では世界はわからないとうたった辞書のはずなのに、最後の三分の一では収録語全部を解体して、アルファベット順に並べ換えた索引がつく。結局は、そのほうがはるかに便利だと自ら証言してしまっているのである。

一六六〇年から一七二〇年の間に起きた表象の誕生と整備がそっくりなぞられているのである。表象論を難しく考える必要はない。辞書をアルファベット順に引いてなぜ自分には違和感がないのかを、考えればよい。たとえば手もとの英和辞典を引いてみよう。

ぼくが勤めている大学で、英語科教育法という中・高の英語教師を養成するための科目があった。いい英語の先生をつくる自信なんかないので、考えた末いろいろな辞書を読み比べることにした。学生諸君には、『ロジェのシソーラス』でABC順に引けない辞書の不便さを、半年ぐらいかけて身にしみて感じてもらう。そして切り離してあったABC順に編集し直した索引を与えると、いかに近代をばかにしても、その便利さがよくわかる。ABC順さえ知っていれば、必ず目的の言葉に行き着ける。そのかわりに世界の構造は見えなくなる。uncle（おじ）とaunt（おば）との間にhatred（憎悪）が入ってくるからだ。

「アルファベット順が世界を変えた」のだ。

我々は無意識にイロハ順、アイウエオ順、ABC順に辞書を引く。かつて、角川書店が、日本語版ロジェ（『類語新辞典』）をつくったことがある。大好きな杉浦康平氏デザインの本なので買ったが、いろいろ考えさせられた。全然売れなかったらしい。当たり前である。一ページ目が「天文」で、天文、宇宙、空、天体、太陽……と書いてある。日々急いでめくる道具（トゥール）には、なりえない。

スイス人ロジェの言葉の周期律表

ピーター・マーク・ロジェ（一七七九～一八六九）の父親はスイスからイギリスに亡命した。子のロジェは化学者《ケミスト》だった。ぼくはロジェについて文化史のまともな論文を書いた世界で最初の人間だと自負している。ぼくの『世紀末異貌』（一九九〇）の冒頭を飾る一文だ。

ロジェは、十九世紀半ば、英語を勉強しようとしたが、ろくな語学の教材がない。ならば自分でつくろうということになるところがすごい。

ロジェは専門の化学の世界では笑気ガスの発明家でもあり、蟻酸《ぎさん》を発見した人としても有名である。そんなロジェがつくった『ロジェのシソーラス』という辞書は、自然科学者でなければつくれない同義語辞典である。なんだか言葉の周期律表の趣がある。こういう自然科学寄りの多芸な奇才を英国文化史では「ヴァーチュオーソ（virtuoso）」と呼ぶ。かつての王立協会はこういう族《うから》の巣だったのだ。

『ロジェのシソーラス』のオリジナル初版本はロンドンのロングマン社から出た。ロングマンは小出版社だったが、斯界《しかい》の帝王オックスフォード大学出版局を抜く辞書のシェアを占めている。コンピュータを入れて、オックスフォードに挑んだ見上げた出版社である。

ロングマンの『ロングマンズ・レキシコン・オヴ・コンテンポラリー・イングリッシュ』は、大ベストセラー『ロングマンズ・ディクショナリー・オヴ・コンテンポラリー・イングリッシュ』というアルファベット順の辞書を解体して、概念別に引く辞書にアレンジし直した奇想の辞書である。

ぼくは、なぜ巷《ちまた》の一《いち》啓蒙教育出版社が、こんな大胆不敵な「知的」試みに出るのか不思議に思い、『ロングマンズ・レキシコン』を読んでみた。するとそこには、我々の会社はあの王立協会員ロジェの血を引く出版社であると書いてある。調べてみると、たしかにロジェは王立協会員。それもただ者ではない。二十二年間、王立協会セクレタリーの要職にあった。

こう聞いたぼくは居ても立ってもいられなくなった。一六六〇年代に教育の大革命を起こしたあの集団、コメニウスの薔薇十字が、印刷やデザインの技術その他全部を巻きこみながら、十九世紀後半、ヴィクトリア朝後半にロングマン社の社是に突然姿を現したのだ。これになぜだれも注目しないのか。英語辞書をめぐる文化史が、まともに試みられたことがないからだ。脱領域の文化研究者にとっては必須の一課である。

辞書は文化の鏡だ

一体、英語辞書は、文化史の中でどう論ずればいいのだろうか。

たとえば、『オックスフォード・イングリッシュ・ディクショナリー（ＯＥＤ）』。世界最大の英語辞書である。本書に出てくる年記の過半はこの辞書が教えてくれた。『ＯＥＤ』には、あらゆる英単語のあらゆる用法の初出年が載っている。これが貴重だ。

一九九九年にサイモン・ウィンチェスター著『博士と狂人』というベストセラーが出た。『ＯＥＤ』編集主幹のマレーという学者はぼくの感じるところ編集知に長《た》けたユダヤ人の血が入っているが、彼と周辺は一八七〇年頃から『ＯＥＤ』を五十年かかってつくっていく。彼は、用法の初出同定に命をかけていた。自分が調べた初出年より前の年の用法があると困るので、その資料集めに奔走し、八方に協力を頼む。

ある精神病者の病棟にいた死刑囚が「どうせ死んでいく身だから」と、ありとあらゆる昔の文献を濫読《らんどく》し始める。そして、「もっと以前の用例を見つけた」という手紙を博士に書く。博士は「ありがとう」といいながら、信じられないような親密な長い付き合いへと発展していく。『博士と狂人』というのは、そうした不思議な伝記である。

こうしてできた『ＯＥＤ』は、きわだった特徴を持っている。用法の古い順に定義を並べるいわゆる「歴史主義」の辞書なのである。昔、これに倣《なら》って辞書家、田中菊雄氏が岩波書店から出した英和辞典は面白いことこの上なかった。今はもう、こんな悠々たる辞典づくりは、ありえない。

今の辞書は、使われている頻度の多い定義から並べていく。ところが『ＯＥＤ』は、便利不便は考えずにつくられている。不用意に“make”など引こうものなら、一日丸つぶれになりかねない。

この歴史主義のアイディアはどこから出てきたのか、ぼくはつくづく考えてみた。そうか一八七〇年代は、ダーウィンの『種の起源』のショックから十年たつかたたないかのころである。科学者はまだサイエンティストではなく、「ナチュラル・ヒストリアン（博物学者）」と呼ばれていた。「サイエンティスト」という用法は、二十世紀になってからのものである。「バイオロジー（生物学）」という語だって実は新しい。『ＯＥＤ』で調べて欲しい。ダーウィンを生物学者だという人はいなかった。彼は博物学者だった。植物も動物も鉱物も地質も天体も知っていた。彼の書いているものは比喩三昧の「文学的《プロット》」な作品だというのが最近の、たとえばジリアン・ビアの衝撃書、『ダーウィンの衝撃』（工作舎）などのダーウィン観である。衝撃さめやらぬロンドンにおり、ほとんど英文化史の一部といってよい英国的教養を持つ南方熊楠《みなかたくまぐす》の文章と同じなのだ。科学と人文学が区別されるようになったのは、二十世紀初めである。とくに第一次、第二次世界大戦で、戦争というファクターが入ってテクノロジーの独走が決定的になった。文理の分断を憂えたＣ・Ｐ・スノウの『二つの文化』

は一九五九年のことになる。

言葉の地質学

『ロジェのシソーラス』は化学者がつくっているが、『オックスフォード・イングリッシュ・ディクショナリー』の関係者は、過半が博物学者であった。きのうまで石を割ってルーペでのぞいていた人間が、次の日言葉の地層を割っていくと、意味の深い地層があらわれることに気がついた。定義の古い順に並べられている方式にしても、地質の構造は下のものほど古い時代のものだという、当時できたばかりの斉一論地質学のアイディアを言葉の世界に当てはめただけのことである。

「コラム」という言葉は活字の縦の一塊《ひとかたまり》の意で、だから記事を書く人を「コラムニスト」という。しかし、ヴィクトリア朝時代の「コラム」は、後には「シャフト」と呼ばれる炭鉱の立坑《たてこう》のことだった。辞書の縦の一列の活字の塊に、地層の成層を幻視したのだ。『OED』もまた、折からの「博物学の黄金時代《ヘイディ》」（リン・バーバー）が生みだした奇想のテクストなのだろう。

こういうことをいうと変人扱いされた。以前、普遍言語の研究をしているときに、十七世紀の言語学の研究者に聞いて回ったところ、ジョン・ウィルキンズを知っている人は皆無だったし、ライプニッツが言語学者だという感覚を持つ哲学者も皆無だったという話はした。

日々コンピュータのキーボードを打っているエンジニア諸君に「君はだれの子孫か知ってる？」と聞くと、せいぜい洒落たつもりで「ビル・ゲイツのいとこかな」と答えるくらいが関の山だろう。

そうじゃない。遠い祖先はジョン・ウィルキンズというイギリス人王立協会員なのだ。コンピュータを使っていることの意味や、少なくとも歴史に目覚めたときは、そのことを思い出して欲しい。

漫画で学習

たかがトゥールの辞書ですら、本と検索と記憶と記述、ありとあらゆる表象の問題、とくに文字と絵をどう案配するかを考え詰めている。その点では、たとえばいうところの漫画と近い存在なのだ。今日の教育の現場のトピックを二つほど挙げて、王立協会とのつながりをまとめてみることにしよう。

今から十五年ほど前から漫画をメディアとして論ずる風潮が出てきた。四方田《よもた》犬彦《いぬひこ》氏の『漫画原論』や夏目房之介氏の『夏目房之介の漫画学』など、いろいろ面白くなっている。

手塚治虫先生は、たしかに偉い。彼は薔薇十字団員ではないのかと思わせるほどの、教育力を持っている。子供でもステップ・バイ・ステップに教えていけば、ここまでいけるという教養の内容を、コマ割を工夫しながら、データを盛りこんでいき、彼ほど教育のシステムを変えた人は、世界絵画史上、大衆文化史上にも例を見ない。手塚治虫から十年遅れて登場する石ノ森章太郎もしかりである。漫画は百科全書的な「萬画」だ、とした。

たとえば藤子不二雄の初期の『海の王子』のことを思い出す。この漫画では、新しい戦車が出てきて、「オッ、あそこに敵の戦車が！」というと、ひとつのコマで早速この戦車を断面して、「ここに大砲がついて、ここに弾薬があって、食堂があって……」となっている。このあたりがなかなか楽しい。白土三平の忍者漫画の「萬画」ぶりなど、伝説的。歴史的には絵の学習効果発見の歴史の、すばらしい産物が漫画なのだ。

絵そのものの近代のことは次章で述べるが、ピクチャーをも含む広義のイメージング、フーコーのいう「タブロー」の近代史を考える時、当然「漫画」の歴史も落とせない。しかも元々、啓蒙の強力な具だったとなれば、なおのことではあるまいか。

教科書と「ミシガン・メソッド」

英語教育法といえば、ぼくは何年か前、英語科教育法で「ミシガン・メソッド」を実験させられたことがある。日本人の教師であろうと英語で英語を教えるのだが、penを日本語で「ぺん」といわず、現物を手にしながら、“pen, pen, pen, ……”と教えていくというやり方である。

どんな効果があるか、ぼくは甚だ懐疑的だったし、吹きだして止《や》めた。この方法は実は、言葉と物の関係が一意的でなくなってしまった一六五〇〜一六六〇年代文化の遺産である。フーコー流にいえば、「言葉」に即「物」を添わせることで「表象」一丁あがり、というわけだ。

はやりの英語第二公用語論の背後には、ミシガン・メソッドの理念が見え隠れするが、実体、内容を「リアル」に伝える言葉が見当たらないのをどうしようかという遠い昔の工夫が、今の現物外国語教育に生きているのだ。英語科教育法の人は、実は一六六〇年代に、コメニウスのもたらした薔薇十字教育革命と、コンピュータ化の原罪に自らは何も知らずに加担している。

絵とコンピュータが教育改革騒ぎの中心的役割を担おうとしている昨今、その根っこが英国表象文化史の遠い時空にあることを、少しあちこちする話として述べてみた。

現在の英語教育の矛盾を解消せんとして王立協会員ロジェの怪体《けったい》な一冊の辞書をモデルにつくられたトム・マッカーサー編『ロングマンズ・レキシコン・オヴ・コンテンポラリー・イングリッシュ』のページ一枚のそっけない序文には、コメニウスの事績なくばこの新型辞書はなかったとあって、利用者一同大いに首をひねった次第だが、今、あなたには一切が明らかのはずだ。いろいろなものが歴史の地下ではなんて面白くつながっていることか、と。

第四章　蛇行と脱線――ピクチャレスクと見ることの快

1　「見る」快楽

英国十八世紀は「見る」実験場

元来、人間は物を見ることが楽しい。しかし、十八世紀のイギリスほど物を見ることに執着し、物を見る方法が精密化していった時代がほかにあっただろうか。その話をしよう。極論すると、十八世紀以前、イギリス人は物を見ることができなかった。物の見方には一定の規準がいる。何となく見るなんてことは、ない。見るとしても、必ずだれかに教わった見方をしているわけだが、一番有名なのは遠近法である。遠近法は、図学の方からいうと、矛盾だらけ、うそばかりの描き方である。ところが、我々が世界を見る見方とはわりと一致する。遠くのものは小さく見え、近くのものは大きく見える。いつの間にか遠近法的に見る。だから遠近法的に見えるのである。

なぜ人間は、とくに近代において「見る」ことにそれだけ狂うようになるのか。かつて当たり前の器官だと思われていた目で、かつて当たり前だと思われていた「見る」という行為が、なぜとくにこの三百年だけ、これほど問題になるのか。

それはまさしく、ぼくがイギリス十八世紀を専門にしていたからわかったことでもあるが、イギリス人は、十八世紀まで物の見方を知らなかった。我々が物の見方を知っているのは、小さい頃から当たり前のように絵を見ていたからで、だれかがこういう形で何かを見ました、世界はこういう「構図」で、こういう「アングル」で眺めると気持ちいいらしいですよという証拠があったからである。

そもそも絵とは何か。日本語で「絵」というよりも、「ピクチャー」というべきだろう。例によって例のごとく、『ＯＥＤ』で「ピクチャー」（名詞・動詞）と「ピクチャレスク」（形容詞）の部分を読むと、面白いことがわかる。

たとえば、「ワールド・ピクチャー」とは、「世界観」を意味している。世界の代わりに我々がつくる模像を哲学者ハイデガーが指していった「世界像（Welt*bild*）」のことだ。"bild"も、英語の"picture"同様、何でも目に入ってくるイメージから文字通りの絵まで全部含む。ピクチャーとは、とにかく「目に入ってくるもの」をいう。それが比喩的な意味の目（心眼）であろうと、物理的な目であろうと構わないのである。それが「ピクチャー＝絵」という意味に限定されてくるプロセスが、十八世紀のイギリスにある。「ヴィジョン」という語も似ていて、こちらもぴったり対応する日本語がない。こういうときこそ、『ＯＥ

D』を引いてみよう。「イメージ」という語だって、そうだ。

端的にいえば、絵という感覚がほとんどないところから、少なくとも風景画については世界一の国になっていく激変の実験場だった。十八世紀のイギリス人にとって、最高の教養とは、「何か」をかつて見た絵にたとえて説明する能力であるとされていた。考えるほどに、珍なる国ではないか。そこで、家庭教師に連れられて名画を見まくるツアー、別名グランド・ツアーが大流行する。グランド・ツアーとは、まさしくサイト・シーイング＝観光だった。それまでは、何かを見に行く旅行どころか、旅そのものがなかった。

グランド・ツアーでパラダイム一変

近代の問題は、まったく同じレヴェルで、旅行の歴史として語ることができる。旅行が比較的自由にできるようになるのは、一六六〇年以降である。ピューリタンが勝って、政情が落ち着いただけではなく、たとえば旅の芸人たちを苦しめてきたヴァガボンド（放浪者）取《ア》締法《クト》が解除されたことによる。

ヴァガボンド取締法は、イギリスのみの法律だが、尋問の瞬間に居所が不明な人間はすべて逮捕拘引《こういん》される。これは演劇の人間にとって大打撃だった。当時は小屋がけの芝居がほとんどだったので、これもシェイクスピア時代の演劇がつぶれた大要因になる。旅の役者が街頭をさすらうことができなくなった。

それが解除になったことの反動もあり、人々が比較的自由に動き出す。ここから大きな変化がイギリスだけに起きた。その反動の最たるものがグランド・ツアーである。

グランド・ツアーの旅人たちは、主にイタリアに行った。そこから帰ってきた金持ちたちが描かせる肖像画にはきわだった特徴がある。まず、「どうだ、おれはイタリア旅行ができるのだ」と威張ってみせる。一枚の例外もなく、肖像の背景には空間に窓に見たてた穴を開けて、イギリスにあるはずのないイタリアの風景を描かせている。あいた窓なのか、本当は壁にかかっている絵なのか。この開口部によって四角に切り取られた空間こそ「ピクチャー」であると、これら貴族たちは感じている。実は、「絵」の誕生を描いた絵たちというわけである。

絵はルネサンス以来あったし、もともと貴族は自分の屋敷に絵をかけていた。それが十八世紀の初め、グランド・ツアーのツーリストたちが帰ってきて流したうわさ、金持ちの連中による名画買いの結果、かなりの下の階層の普通の人まで含め、かなりの規模で社会が初めて絵というものを見始める。

リチャード・オールティックという人の『ロンドンの見世物』に、一七六〇年くらいから版画屋《プリント・ショップ》が店頭に版画を貼り出し、見物で殷賑《いんしん》をきわめた様子を活写してある。絵の内容もさることながら、絵というもの自体が好奇の対象だった。サブカルチャー視覚文化論の木下直之氏のいうところの「見世物としての美術」である。考えてみれば一七六〇年くらいといえば、江戸でも錦絵《にしきえ》の登場によって版画屋（草双紙屋）は有卦《うけ》にいっていたはず。この東西文化のパラレリズムは実に面白い。

一七六八年にはロイヤル・アカデミーが創設。ということは「院展」を見る上《かみ》から巷《ちまた》のプリント・ショップにむらがる下《しも》まで、絵と、絵を集めた空間に、同時にとち狂っていたということになる。

クロード・ロラン・グラスという鏡

ぼくの欧米の友人たちに「ヨーロッパ最大の画家はだれか」というアンケートをとった。一位はレオナルド・ダ・ヴィンチである。二位はミケランジェロ。穏当なところだ。そして三番目にクロード・ロラン（一六〇〇〜一六八二）という名前が挙がった。フランス人画家だがイタリアで認められ、生涯のほとんどをイタリアで送った。

一九九九年に、西洋美術館で彼の大展覧会があるまで、日本ではほとんど知られていなかったが、彼の絵が十八世紀にもたらした意義は、十五世紀にレオナルド・ダ・ヴィンチがもたらした絵とは桁違いに大きいものがある。英国が、そして全ヨーロッパがクロード・ロランに狂ったのだ。

クロード・ロランの名前は、皮肉な道具に残っている。クロード・ロラン・グラスという鏡である。イギリス版お宝鑑定団番組を見ていて、ときどき見かける。直径が二十センチぐらいの楕円形の手鏡で、真ん中が高くなっているために、広角で景色をうつす。一種のパノラマをつくるための鏡だと思っていただきたい。しかも箔《フォイル》の取りかえがきく。こんな奇想天外な鏡、世界中に例がない。この鏡があれば、ロンドンのギラギラ陽の照った真夏の景色でも、イタリアはローマのセピア・トーンの夕暮れの光で見ることができる鏡なのだ。旅のスケッチャーたちはその楕円形の鏡に映る風景を見ながらスケッチした。

チョコレートの缶などをよく見ると、風景を楕円形に描いているデザインを見かける。これは十八世紀の風景画がよく楕円形の画面に描かれていたことへのノスタルジーである。

画家たちは、「きれいな風景」と思うと、くるりと背中を向けて、やおらこの鏡を出して覗く。縁取《フレームさ》られた鏡の中でそのまま一枚の絵として成り立った風景を楕円形のままスケッチする。肝心の自然には背中を向けていることになる。この鏡を覗きながら、間抜けな画家が後ろ向きに歩いてこけたという逸話もある。

後に反自然のあらゆる現象を主人公デゼッサントが演ずる『さかしま』という小説がある。フランスの批評家・小説家ジョリス・カルル・ユイスマンス（一八四八〜一九〇七）の書いたもので、英訳名が巧《うま》い。『アゲインスト・ネイチャー（自然に背を向けて）』というのだ。まさにクロード・ロラン・グラスを持ったスケッチャーたちは、そういう倒錯したことをやっていた。

この流行がもたらしたものは、すべて何らかの倒錯、つまり反自然的なものを含んでいる。フランスの人工性に対して「自然へ！」を声高に呼号した運動だけに皮肉である。この流行をすべてまとめて、「ザ・ピクチャレスク」と呼んだ。

イタリアから持ちこまれた美学

十八世紀に、ピクチャレスク趣味はイギリスを席巻する。ある人に会ったあと、あの人は「グィド・レイニーの描いた天使の姿に似た人」などという言い方をする。英国小説中にこういう表現が多いのも、そのあたりだ。たくさん絵を見ていて現代なら「動く美術館」とでも揶揄《やゆ》されそうなことを口にできることが絵の素養であり、つまりは教養のある印《しるし》だった。未知のものを既知の絵になぞらえながら説明できるかどうかだったのである。

絵のこうした伝統や技術を持たなかったイギリス人が、こぞってイタリアに行き、ちょうど百年後には世界最強の美術王国にのし上がる。ご存じの印象画派のハシリといわれるJ・M・W・ターナー（一七七五〜一八五一）に向け、ロマン派画派、とくに風景画を中心に、コンスタブル、ゲンズボロ、サミュエル・パーマーなど、第一級画家が続々輩出する。

それらの火付け役になったグランド・ツアーが、大問題を起こす。今紹介したクロード・ロランの絵をイタリア人は国宝扱いにしていたのに、イギリス人がこの過半を高値で買いあさり、英国に持ち帰ってしまったのだ。

イギリス人は、ネイチャー・ラヴィングの国だと自負するが、十八世紀以前は石ころばかりの国土だったわけだ。それをイタリアのまねに徹して緑に覆う。イギリスの田舎町にはあるはずのないギリシャ彫刻、あるはずのないローマの神殿が林立する。かつてシーザーに征服されたからではない。すべては十八世紀にイタリアかぶれの人間が金にあかせてイタリアから持ち帰った美学だった。

追いついて、そこで倒錯

もうひとつ奇想天外な話がある。

自分の庭が石ころだらけで木が一本もなく、寂しいと思ったある英国人銀行家がイタリアへ行き、クロード・ロランのきれいな風景画を一幅買ってきた。この絵は大きな画面でなかなか魅力的である。しかも、セピア・トーンで、カンパーニア平原の夕暮れのようである。そして、描かれているのはすべてギリシャ、ローマの古典、神話に出てくる場面。そして、風景も建物も木の構図も、すべて左右相称ではない。徹底してアシンメトリー（非対称）になっている。その絵を買って帰った富豪は、陶朱《とうしゅ》の財を費やして、その絵と寸分たがわぬ風景を自分の庭に三次元で再現したのだ。

イギリス中の貴族がそれに倣《なら》ったために、外国人がイギリスへ来ると、「まるでイタリアの名画ギャラリーを見歩いているようだ」という印象を持ったらしい。

さらに傑作なのは、田舎の貴族が自分のお抱えの絵師を、その話題の庭に派遣して、風景

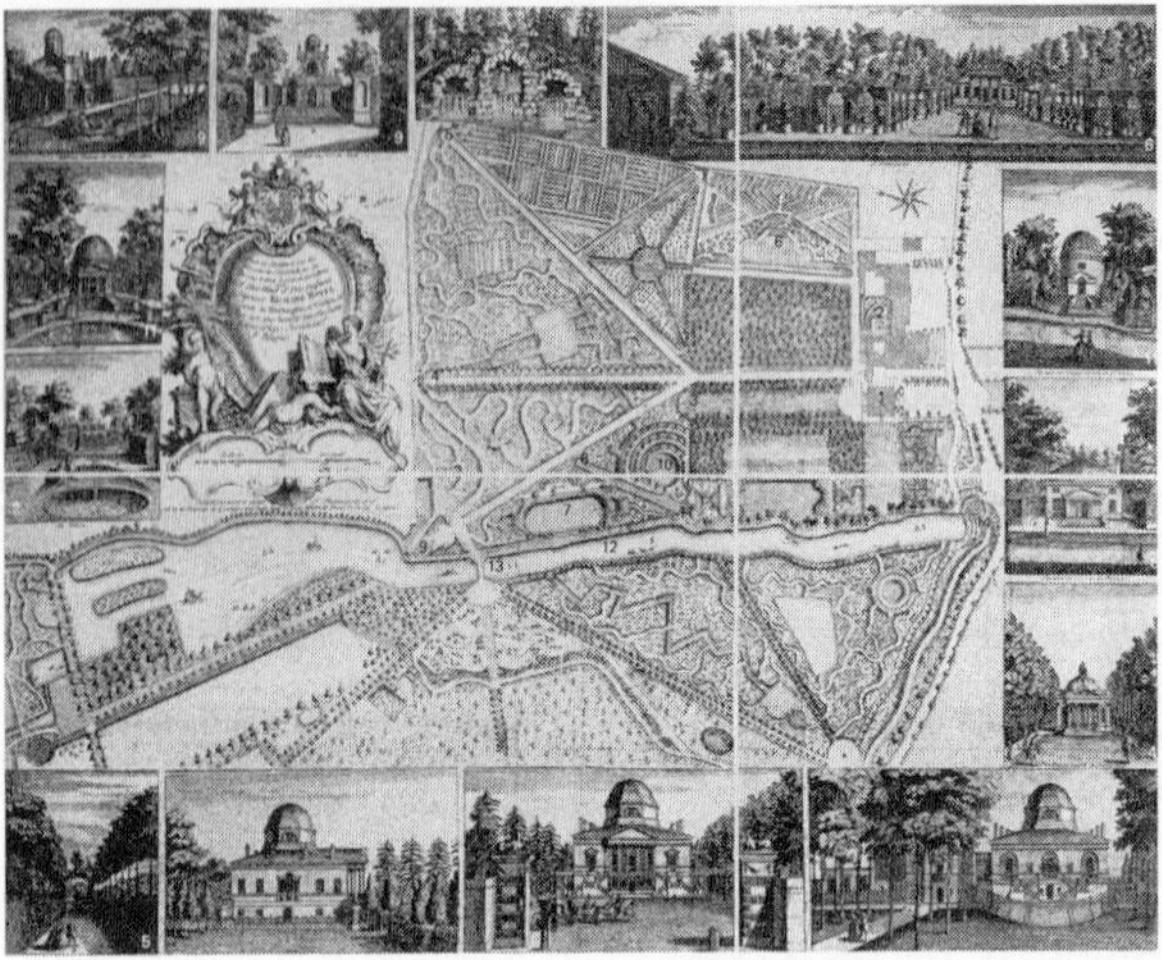

33

33　ピクチャレスク・ガーデンの典型。チジック・ハウス。1736年頃。画中に指示ある地点から見ると、周りの風景画のように見えるはず。世界がギャラリー（画廊）化している。道の蛇行ぶりにも注意。
34　楕円形の風景画が多いのはクロード・ロラン・グラスに映じた楕円形の風景を引き写したため。「ピクチャレスクの司祭」ギルピン師愛用のため「ギルピン」グラスの名も。
35　鎖国した江戸になぜかピクチャレスクが。司馬江漢の銅版画。「Serpentine池」とあるが、ロンドンはハイドパークのサーペンタイン池をあしらった英国版画を模刻したものと知れたのはつい最近のことである。

34

35

を写生させる。その写生画をもとに、話題の庭と寸分たがわぬ同じ風景を自分の庭につくってしまい、今度は別の田舎貴族が……。

こうしてイギリス中がイタリア亜流の風景に満ちあふれる。こんな人工的な世界は、今までどんな歴史、いかなる空間の文化史を見ても、この百年のイギリス以外にない。まるで一国の国土を使って乱歩のパノラマ島がつくられた感じ。倒錯以外の何ものでもないが、こうやってこの百年間に、ルネサンスも何も持たなかったイギリスは、何十倍というスピードでイタリアを消費し、フランスを出し抜いていった。

当時のイギリスの貴族は朝から晩までピクチャー三昧だった。彼らがイタリアで一番興味を持った絵は「ギャラリー・ペインティング」と呼ばれるジャンルである。ぼくなど古い日本人には少々脂《あぶら》っこくてかなわないが、ある意味では経済的な絵でもある。一枚の画中に百枚の絵がミニチュアで描きこまれている。百枚の絵を買う資力がなければ、百枚の絵が壁に並んでいる画廊を描いたこの絵一枚買ってくればよいのである。

十八世紀最大の画家G・P・パニーニは、日本でなら横山大観《よこやまたいかん》級の画家で、できたばかりのローマの美術アカデミーのトップであった。パニーニはギャラリー・ペインティングのほかに、ヴェドゥータ（眺望画）の名手である。ルーイニスタといって、廃墟画も巧い。要するに、ガラクタのコラージュ空間を描かせると天下一品だ。

江戸にも団々とピクチャレスクの妖花が

面白い脱線を、少ししたい。先に錦絵の一七六〇年代という話をしたが、江戸でも同じピクチャレスク革命が起きているというのが、ぼくの江戸論の着想である。たとえ鎖国していようとも、ある状況がそろったとき、同じ文化的な現象が起きるのは世の常であるまいか。一七六〇年代、日本の経済状況、江戸の経済状況はヨーロッパのそれにほぼ匹敵するものになった。人口はヨーロッパの大都市の倍である。その中で、江戸にピクチャレスクな文化がないはずがないというので、『黒に染める——本朝ピクチャレスク事始め』（一九八九）を書いた。

現象として、一七六二年までは数色が限界だった浮世絵が、一挙に多色化する。一七五七年以降六年間で、平賀源内の産業博覧会（産物会《え》）が江戸で五回も開かれている。広義の「タブロー」世界が一七六〇年代の十年間に一挙にブレイクしたのはまちがいない。芳賀徹氏門下の今橋理子氏や、新美術史学の中心的存在ノーマン・ブライソン門下のタイモン・スクリーチ氏など、江戸表象文化論はこれからますます面白くなろうとしている。田中優子『江戸百夢』（二〇〇〇）に、そのたしかな予感があった。

一六六〇年代のロンドン、一七六〇年代の江戸の全部を統一する原理は、見ることはわかることであり、「見る」、「わかる」ことが都市文化の人間にとっての快楽（好奇心）になるということ、これだけはまちがいない。

サブライムという美意識

見ることは、決していいことばかりではない。隣の家が焼け、かわいがっている飼い犬が目の前で焼け死んでいくのを見ることもある。浅間山荘での赤軍と機動隊との攻防戦や神戸の地震で六千人以上の方が亡くなったことを、テレビはよくできた一種の映画として編集し、国民は画面にかじりついた。

見ることのネガティブな問題も、ヨーロッパはちゃんと理論化してみせていた。それが一七五七年、エドマンド・バーク（一七二九〜一七九七）の『崇高と美の観念の起源』である。あらゆる恐怖怪奇サブカルチャーにとってのバイブル、出発点というべきすごい本である。

気持ちがいいという快楽を「プレジャー」と呼ぶ。人間にとって何が「快楽」か。山で落石に遭う、嵐で船が沈む、隣の家の火事で類焼するというカタストロフィーの瞬間、しかしそうした恐怖、危険が除去され、回避される、あるいは他人事であると感じられる安堵、安心感。それをしも快楽と呼ぶとすれば、「プレジャー」というのとは自ずとちがう。

バークはそれを「ディライト」と呼んでいる。ドイツ人なら「シャーデンフロイデ（苦悩の喜び）」と呼ぶだろう。他人の不幸は蜜の味、という奴だ。バークはそれを積極的プレジャーと区別して「ディライト」と呼び、それを引き起こす対象を「サブライム」と呼んだ。今日我々が災害報道番組を見て、スプラッター映画を楽しむ歪んだ感性は、このときにすでに理論化されていたのだ。

そして面倒な議論を省いていえば、この「サブライム」美学に極限化したものが、ピクチャレスクという負の美学だった。

ピクチャレスクの問題は端的に二つある。

ひとつは内容である。さるアメリカ文学者のした翻訳に、「荒涼として木石ひとつなき画趣に富んだ風景」という許しがたい一節がある。なぜ荒涼として木一本もない荒れ地が「画趣に富む」のかとどうしても納得がいかず、原文に当たってみると、「bare and deserted and picturesque landscape」とある。十八〜十九世紀のイギリス、アメリカを変えた最大の美意識の革命について知らない人が、十八〜十九世紀の美術論、小説を訳している危うさ、愚かしさを感じて、かけだし学徒には命取りになりかねぬ一戦を構えた。

然るべき大型辞典には、「ピクチャレスク」の十八世紀だけの特殊な意味として、「rugged or rough（ギザギザしている、荒涼として寂しい）」とある。これだ。だから「荒涼として木石ひとつなき突兀《とっこつ》峨峨《がが》たる風景」とでも訳すべきなのである。結局、ぼくの喧嘩相手はくやしまぎれに「荒涼として木石ひとつなきピクチャレスクな風景」と翻訳した！

ところで、どんなに変わり者のイギリス人でも、木石ひとつない、岩だらけの風景を見て、「美しい」と思うはずがない。しかし、フランス人が嫌っているから、我々は逆にそれを好きにならなくてはいけないというのが、要するにイギリスのこの百年だったのだ。

イギリス人のこのフランス人嫌いには酌量《しゃくりょう》の余地がある。久しい好敵手の依怙地《いこじ》というばかりではない。清教徒革命と名誉革命を終えて、イギリスはうそでも立憲君主政体をとった世界最初の国になった。変形はしていても、民主主義である。これからは民主主義のチャンピオンと思った瞬間、ドーヴァー海峡の向こうでルイ十四世の絶対王政がしたい放題しているではないか。したがって、英国人たちは戦争が終わり、旅行には一番便利なはずのフランスへは行かずに、フランス越しのイタリアへ行ったのである。イタリアに飽きると、いっそインドへ、そして中国へ。むちゃな飛躍だが、フランスでさえなければという論理のしからしむる飛躍である。

2　造園術

ヨーロッパ文化の根本

彼らには、フランス的ではないものがイタリアにあるだろうというイマジネーションがあった。それを満足させてしまったのがクロード・ロランの左右非対称の世界である。

フランス人は、左右のバランスを大事にする。世界一シンメトリーの好きな国民。しかも絶対王政の政治空間学にぴったりだ。イギリスのジャングルのような庭などひとつもない。左右相称に設計する。中央に必ず高い部分をつくり、シャトーの持ち主がそこに立つと、景観全体が見はるかせる庭園になっている。ヨーロッパ十八世紀文化を理解する根本は造園術だといってもいい。

「空間の政治学」（マルティン・ヴァルンケ）がいうには、イギリス人の奇想を示すのは、政治が変わったことをまず庭で示したことである。保守系トーリー党が政権を握っている間は、秩序のとれた庭になっている。ところが、革新系ホイッグ党が政権を奪取すると、保守系の庭師を即日解雇して、一ヵ月後には同じ庭がジャングルのような庭になっているというぐあいで、政治姿勢のパッチワーク、もしくは「重ね書き稿《パリンプセスト》のような」（クリストファー・サッカー）庭ができる。

イギリスが世界に冠たるアートはガーデニングであるが、日本人が現今イングリッシュ・ガーデンといって騒いでいる造園術は、ケート・グリーナウェイやガートルード・ジーキルの名と結びついたコテージ・ガーデンのことで、イギリスのガーデニングの十八世紀的問題と何の関係もない。我々が少し専門的に「英国式」といっているのは、ピクチャレスクのブームが最晩期を迎えた頃のもので、ランスロット・ブラウンという造園師がイギリス人の大好きな芝生《ターフ》を導入した以後のものを指す。できるだけ広い面積を芝生で覆うために、窓際まで芝生を植え、「この広い世界が全部私の物」という気分に浸《ひた》る。イギリスの新興土地所有階級に、広々と見渡せるターフを使った新しい手法が受け、それ以降、イングリッシュ・ガーデンとしての歴史的地位を確固たるものにした。

塀は空間の限度、すなわち土地を持つ人の力そのものの限界を目に見えるものとしてしまうというので、さすが英国人、地面に穴を掘り、この「隠れ垣」で土地を囲うサンク・フェンスを考えついた。当時は「ハ・ハ（ha-ha）」と呼んだ。羊は逃げられないし、どこまでも視野は伸びていくのである。落とし穴ふうだからびっくりして、あるいは広々と見渡せる景色に快を感じて「うわっ《ハ・ハ》！」と大声が出るから、というおかしな語源説もある。

フランスは、真っ直ぐ伸びる道をよしとする。中心から末端まで最短距離で行けるというのが絶対王政の原理である。これを後にオスマン男爵（一八〇九～一八九一）がパリ全体に適用した都市計画を知らない人はいまい。曲がった道とスラムをすべてつぶして、中心をシャンゼリゼ（エリゼの庭＝パラダイスの意）にした。シャンゼリゼの高い部分に立つと、かなりの部分のパリが見渡せる。また、「だれかがバリケードをつくった」と聞けば、パリの末端まで最短時間で軍隊を送れるようにするというのが、パリ・コンミューンの騒乱から教訓を学んだオスマンのアイディアだった。

それがルイ十四世のヴェルサイユをモデルとしたフランス庭園の原理である。フランス庭園は絶対王政のイデオロギーを体現した。全部が中心の一人から見渡せて、最短距離で末端にまで権力が届く。この二つを空間化してだれしもに示す。イデオロギーの所産でない空間は、ない。

当時は飛行機もなく、鳥瞰《バーズ・アイ・ビュー》はできないはずなのに、これだけの庭の図面をつくり上げる。断面図と同様、平面図《プラン》の持つ力も不思議である。真ん中に王がいて、すべてを遠近法的に見はるかせるような設計になっている。

「徒歩《かち》」の価値の勝ち！

一方、本来のイングリッシュ・ガーデンは、徹底して直線路は皆無である。左右均衡はどこにもない。目的地へ行くのに随分な迂回《うかい》をしなければならない。それがイギリス人にとって決定的な刻印をもたらした。面白い話ができるので、少しだけ庭を出て脱線する。

十八世紀半ば、イギリスでは「エクスペリエンス」という言葉がキーワードになる。まさしく「経験論」の哲学が一世を風靡した。さらに「常識」派哲学へ突き進む。ドイツ観念論に対して、イギリス経験論哲学は、一見当たり前のことを主張するだけ逆に難解である。しかし、イギリス人の「経験」観をわかりやすく示すならば、イギリス人のこの曲線路好きを挙げればよいとぼくは思う。

ちょっと意表をついて、ただただ俗っぽい出世活劇譚《たん》といわれる同時代のピカレスク・ロマン（悪漢小説）で、経験論哲学を注釈してしまおう。

『ドン・キホーテ』に行き着いた十六世紀のスペインのノヴェラ・ピカレスカは、一段と道

36

36　「ザ・ピクチャレスク」の出現。岩山とか枯木とかの「ラギッドなもの」という画題を意味するのか、世界を「ピクチャー」化する心的なある構造を指すのかの論争が続く。そういう視覚の心的構造を歴史的に通観した怪物荒俣宏の『想像力博物館』(1993)。
37　典型的にピクチャレスクな風景（画）。ポール・サンドビー(1725〜1809）画『シュルーズベリー古橋』。
38　実は息の長いピクチャレスク。だれしもの知るシャーロック・ホームズと悪の帝王モリアーティの死闘の場、ライヒェンバハ滝。

37

38

と徒歩と流通に狂った十八世紀英国で派手に蘇った。今日のロード・ムーヴィーの精神的出発点だ。

ロード・ムーヴィーの祖としてのピカレスク・ロマンといえば、故スタンリー・キューブリックの映画『バリー・リンドン』を思い浮かべないわけにはいかない。これはキューブリック映画の中では一番人気のない映画だが、彼自身は「生涯最高の傑作」といっている。長い休憩をはさんだ三時間の長篇で、百人中九十九人はくだらないといって、最後まで見続けることができないが、ぼくには大変面白かった。それはぼくだけがキューブリックの目に映ったイギリス十八世紀のありようを理解しているからだと自負している。

十八世紀前半のイギリスは、道路と運河のネットワーク拡張期に当たる。デフォーの話をしたところで、彼はスパイであり、旅好きで、歩かなかったところはないと述べたが、デフォーが生きていた時代から二、三十年でイギリスの今日の道路のネットワークはほぼ完備する。名からしてブリッジウォーターという人物が出て運河網を形成してもいく。舟運では世界をリードした。

道路ができて、今まで行けなかったところに行けるということの感覚を背景にしたものが、最初から最後まで主人公が歩き続ける小説、ピカレスク・ロマンである。社会階層の低かった人たちが自分の知恵を生かして上流をたたきのめしながら上にのぼりつめていく社会上昇志向ロマン、書かれるべくして書かれた社会小説なのだというきいたふうな分析はこの際、止めよう。虚心に読む限り、どこを読んでも道ばかり、どこを読んでも宿ばっかりのつらい歩きの世界が描かれていることがわかるはずだ。

キューブリックの『バリー・リンドン』は、ヴィクトリア朝の半ば、サッカレー（一八一一〜一八六三）という作家が書いた『バリー・リンドン』という遅い時期のピカレスク小説を映画化したものである。これは、なかなか読みでのある小説だが、映画はさらに面白い。そして長い幕間《まくあい》の一休止にすごく意味がある。

前半は道しかない映画である。主人公がアイルランドで人を怪我させて、地元を追われる。どうせなら首都で出世してやろうと、ダブリンへ向かう。途中でもトラブルがあり、大陸へ渡る。大陸のいろいろな戦争を次から次へと経験しながら、きのうの味方をきょう後ろから平気で撃つような男になる。そんな彼がほうぼうを歩きながら、さまざまな男女に会う。

前半が道だけを映す映画とすると、後半はこのバリー・リンドンが、ほとんど歩かなくなる。大金持ちの女の婿《むこ》に入り、ピクチャレスク・ガーデンの極みともいうべき大屋敷の主になってしまうからである。そして最後は原作にないストーリーだが、つまらない決闘の結果、バリー・リンドンはピストルで足を吹き飛ばされてしまう。

キューブリックは、なぜ『バリー・リンドン』の原作を変えたのか。彼は足の映画が撮りたかったのだ。足が機能した十八世紀前半と、大邸宅、大庭園を構えて歩かなくなり、最後足を吹き飛ばされてしまう運動不足のイギリスを描きたかったのだろう。いずれにしろ、この前半をピカレスクの世界という。

「経験する」が流行する

どれを読んでも同じなので、ピカレスク・ロマンはひとつ読めば十分だ。一番有名なのが、だれでもが読んでいる『ロビンソン・クルーソー漂流記』である。これは南米まで足を伸ばした小説である。

ロビンソン・クルーソーはヴァガボンド取締法がなくなって、中産階級の父親の「動く人間なんざ、ろくなもんじゃねえ。おまえ、早く身を固めろ。嫁さんをもらえ。家もおれが譲ってやる」という言葉に、何か説明しがたい衝迫が「ぼく」の体内をかけめぐり、「ぼくはなぜか居たたまれない気持ちでふるさとを捨てる」といって、父を捨てる。その後、何回かの事故があり、帰ってきては出かけ、帰ってきては出かけを繰り返しているうちに、最後は漂流して南米まで行ってしまう。

この物語のいう説明しがたい衝迫の正体は、はっきり何かわからない。ある人はそれを新興市民階級が持った好奇心と説明する。ともあれ、止まっていたらだめになるという直観である。

この時代に一番はやったのは「サーキュレーション（循環）」という言葉である。

ぼくは、仕事で、今は亡き経団連の土光敏夫氏に会ったことがある。まったくすばらしい大人《たいじん》だったが、その彼がぼくの議論を聞いていて経済人の心得ということで一言いってくれた言葉がある。「きみ、水はね、止まったら腐っちゃうんだ」。経済の機構というものは、いくら安定していても、動かなければ必ず腐ってしまう、と。

これでぼくは、デフォーが、上昇志向の女ピカロの出世小説『ロクサーナ』（一七二四）に書いていることを思い出した。ロクサーナは、「あたし二《ふた》人の男が好き」と、今でいう二股膏薬《またごうやく》をする。どちらにもいいところはあるが、最終的には、土地持ちで不労所得で安泰な暮らしができるかもしれないAを捨て、株に手を出しているBの方が面白そうだといってB氏の方を選択する。「ポンド（池）」を捨てて「リヴァー（川）」を取るというのがロクサーナの使う面白い比喩だが、これを経団連の名会長の言葉で思い出した。

十八世紀の前半は、とにかくてくてくよく歩く。交通インフラが整備され、実際にその夢が果たせるようになる。「旅へ行きなさい、歩きなさい。血液循環がいいと、頭の血の巡りもいい」、と宗教家までが、かつてのウィリアム・ハーヴィーの唱えた血液循環説（一六二八）を知的活動にまで拡大して、いいつのり始める。その結果が、十八世紀前半の「経験」の意味である。その意味を我々はピカレスク・ロマンを通じて味わうことができる。一方では、一国の政「体《ボディ・ポリティック》」をめぐる富という名の循環をいうアダム・スミスの経済学が誕生する。

蓋然性と文学の形式

十八世紀小説論で、ぼくがほとんど唯一耽読《たんどく》したのがダグラス・ペイティという、「小説の観念史派」を名乗りうる数少ない一人で、彼の『プロバビリティー・アンド・リテラリー・フォーム（蓋然性と文学の形式）』は、「サートゥン（certain）より確かではないけれども」という意味での「プロバブル（probable）」という観念の十八世紀史を小説を使ってやっている。

道の向こうから変な人間が来る。その人についてのこちらの判断はすべて「プロバブル」である。「こんな人かもしれない、いや、いや」と思う。すぐ出会って話をする。あるいは、宿屋で同宿するかもしれない。話しているうちに、「プロバブル」なことが、「サートゥン」になる。彼は商人で、ロンドンから来て、結婚している云々《うんぬん》と次々とわかってくる。その過程を書くこと自体が十八世紀前半のピカレスク小説の目的だったというのがペイティ氏の言い分である。ピカレスク・ロマンとは端的にいって、「道と宿屋の小説である」なんて、実に素人にわかりやすい小説論なのである。

世界を舞台に延々と旅しながら、泊まる宿屋で新しい人と会いながら自分の考え方がいかに相対的につまらないものか、あるいはいいものかということを勉強しながら、一歩一歩すごろくのように上がりのロンドンに近づいていく。ロンドンに近づくと、学習《エクスペリエンス》の功徳《くどく》

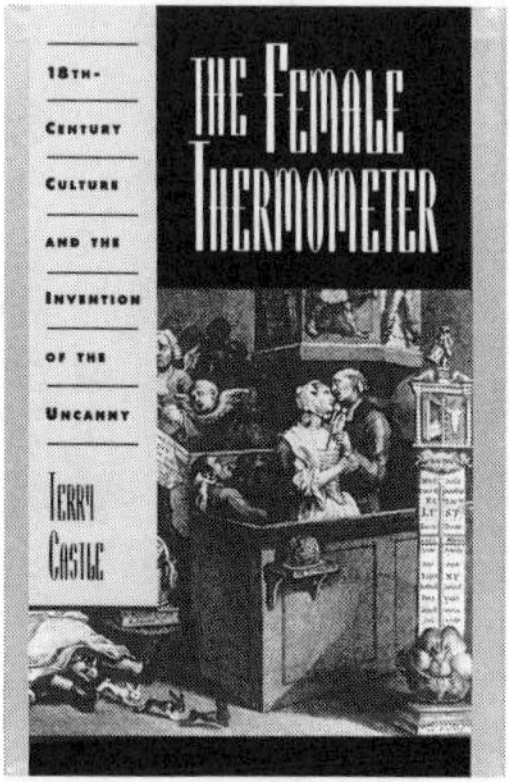

40

39

フーコーの視覚論、バフチンのカーニヴァル論、新歴史派……と、多彩かつ豊かな批評を反映しながら、ここ20年、18世紀研究は未曾有の活況を呈しつつある。ここには超英文学にかかわるものを並べてみる。

39　デイヴィッド・トロッター『循環』(1988)。デフォーとディケンズ２人の、時流の高速化への対応。

40　テリー・キャッスル『女体温計』(1995)。新歴史派のエースが18世紀小説観を次々と一変させていった「女体温計」「ファンタスマゴリア」などのエッセー10篇満載。

41　ジョン・ベンダー『想像の懲治監獄』(1987)。パノプティカルな視線成立をイギリスについてたどる。小説に中心的な「視点」が確立。

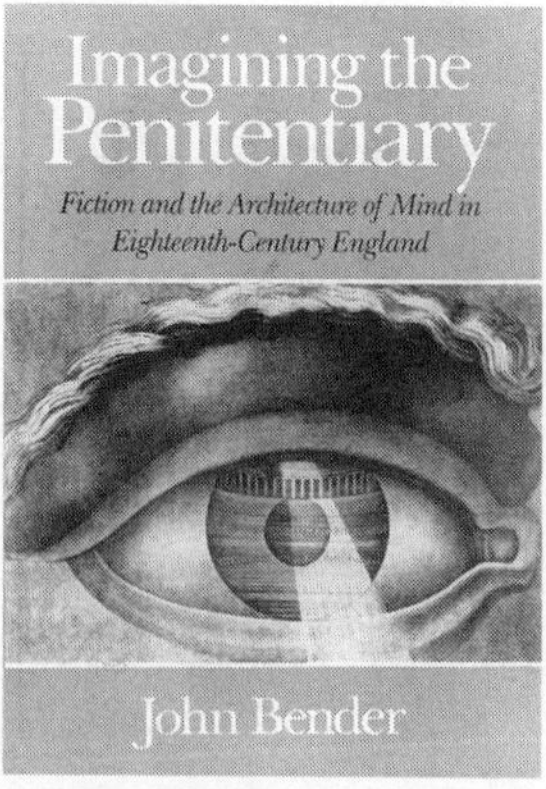

41

か、死んでいたはずの親父が、「実は生きていたぞ」と突然登場し、しかも大金持ちになっていて、「はい、遺産。めでたしめでたし」となる。あまりにばかばかしくて何度も読む気はしないが、歩く学習への関心は、十八世紀前半のイギリスそのものだから、とても重要である。道路の整備されたところを歩いていくことが勉強になり、思考していくことになるという、後のルソーの散歩者の哲学文化を、イギリスの「悪人《ピカルーン》」たちはすでに体得していたのである。この歩く十八世紀の奇想天外を以下少しみよう。

ライプニッツを通して

いわば庭の外の空間での道の十八世紀のことを話したところでもう一度、造園術に話を戻そう。

我々日本人にとって造園術は、どこの学問分野にも属さない不思議な分野である。ヨーロッパのホーティカルチャー（作庭技法）は建築学の堂々たる一部門である。日本で造園科のあるところはいくつかの大学の農学部というところで、造園と時代思潮のかかわりを総合的に、というふうにはならない。

ヨーロッパ造園の黄金時代たる十八世紀のことだが、しかしそれがヨーロッパ自身にわかるようになったのも実はやっと二十世紀のこと。このテーマは新しいのだ。まずその話から始めよう。

一九二〇年代、学問は専門分化が進みすぎていると異議申立てをしたグループがいくつかある。その代表に、ぼくが中心になって紹介してきた、一九二三年にボストンでできた「クラブ・オヴ・ヒストリー・オヴ・アイディアズ」がある。「観念史派」と訳して、先にも一度紹介してある。

それを推進した「観念史派」のリーダーが哲学者アーサー・ラヴジョイである。宇宙万有の連続をいうそのラヴジョイの『存在の大いなる連鎖』（一九三六）は魔術思想を再びよみがえらせようという内容のものである。しかも、ただ何となく昔のルネサンスの魔術師ではなく、哲学者がだれもやらない、あのライプニッツを通して、というところが当時すごく斬新だった。

この四半世紀哲学が面白いのは、ライプニッツに目が向けられたことだ。日本人が大好きなフランス現代思想が目指したのは、ミシェル・セール『ライプニッツと数学的モデル』に発して、残念にも自殺したジル・ドゥルーズの名を一般にも有名にした『襞《ル・プリ》』まで、そしてとりわけこの二人を愛するわが中沢新一までがライプニッツに入れあげたため、大いに盛り上がった。

しかし、今なお大学でライプニッツを研究することはむつかしい。ただの哲学者ではないからである。ライプニッツは一方で、神と個人と倫理の問題を突き詰めながら、一方でそれを表現するのは０１バイナリーしかないといった普遍記号論の人物であり、かと思えば外交の天才ビスマルクの先駆である。どんなに面倒くさいヨーロッパでも、平和条約のネットワークで縛りあげれば、戦争は原理的に起き得ないというシステムをつくろうと、ヨーロッパ中を飛び回った大外交官でもある。そして、ヨーロッパ中ばらばらの大学を情報のネットワークでつなぎ、ヨーロッパ全体の一大アカデミーをつくろうとして、その途上で亡くなった。

ばらばらなものを何でも、とにかくひとつのものにしてみたいというこの多面のネット哲学者をちゃんと扱える哲学科が、残念ながら日本にはない。ネットワーキングをめぐるアプローチ、そして魔術へのまともな評価が、どうしようもなく哲学という既成の枠組みを超えてしまっているからだ。

それを一九三六年という早い時期に、ヒトラーの政権奪取のさし迫った状況を背景に書き上げられたのが、ラヴジョイの『存在の大いなる連鎖』である。あらゆるものは一本の鎖でつながっている、アリ一匹殺すことが生態系全体にどういう影響を及ぼすかというエコ発想の歴史をヒトラーと同時代に展開していたという点に、永遠の価値がある。

十八世紀造園術をもう一度

ラヴジョイは学界、学問のあり方にもその同じ目を向け、「各大学の各専門分野に跼蹐《きょくせき》している」といった。「脱領域」の語を発案し、観念史を熱愛していた「超」英文学者由良君美氏も同じいらだちを吐露し続けていたことを、一弟子として思いだす。

今の脈絡で大事なのは、学知が互いにネットして専門を自由に超えるしなやかなところを持たないと一向に見えてこないテーマとして、ラヴジョイが挙げるのが他でもない十八世紀の造園術と庭である、ということだ。「庭師たらんとせば、ひとり植物学者たるばかりか、画家でもあり、哲学者でもあるのでなければならない」という、その十八世紀造園家のチャンピオンの一人、ウィリアム・チェンバーズの言葉とみごと呼応し合っていて、ぼくは思わず膝を打った。

ラヴジョイはこうして、十八世紀の庭を研究しないで、十八世紀の哲学、十八世紀の文学、十八世紀の音楽を論じて何になるのか、そしてそれをなんとかしてくれる方法なり分野があるだろうかと指摘して、答えは否。これが十八世紀を理解するときに一番難しいところである。

そして今、日本の十八世紀研究家は皆、思想史、音楽史、文学研究などに分かれてしまっていて、手も足も出ない。だからクラブ・オヴ・ヒストリー・オヴ・アイディアズをぜひ一度味わってもらいたい。

たとえば、モーツァルトの価値を評価して世界最初の音楽評論を始めたのは、トマス・ラヴ・ピーコックという、東インド会社で世界最初の鋼鉄船をつくった造船技師である。なぜ造船技師がモーツァルトを最初に評価して、音楽評論というジャンルを始めたのか。これもその時代なればこそである。しかも会話ばかりの妙な「小説」もいっぱい書いた。今のような文学者、哲学者といったカテゴリーはないに等しい。

「ディスクール」とは何か

「自然は直線を憎悪する」と主張したウィリアム・ケントは、この時代を代表する造園家であり、画家であり、哲学者であり、作家、エトセトラのこうした典型的十八世紀人である。中尾真理氏の『英国式庭園——自然は直線を好まない』（講談社）という本があるが、それがまさしくケントの名文句だ。イギリス庭園は反フランス流に曲線路で行くと彼が決めた。そして曲線路を歩く人たちだけに可能なディスクールとしての「アラベスク」な文学ジャンルが、十八世紀のイギリスで開花していく。まず、文章に目的がない。そして文字通り、歩く足が「コース」を逸脱していくような、「ディスコース」の屈曲ぶりなのである。

考えてみると「コース」こそ、ぼくの最近の研究のキーワードである。『表象のディスクール』という叢書を東京大学出版会が出した。そこにも書いたが、「ディスコース」という言葉はフランス語の「ディスクール」である。元々、「クーリール（速歩する）」という動詞から派生した名詞で、今でいうウォーキング程度の速さで歩く途中で見えてくるものを記述することを指す名詞が「ディスクール」である。つまり、我々が「ディスクール」といっている文章の形式は、歩かない文化には縁のなかったものであるのにちがいないのだ。

英語では、A地点からB地点に行くことを「パス」するという。名詞では「峠《とうげ》」という意味がある。その名詞形「パッセージ」の第一の意味は、A地点からB地点への「移行」という意味である。それが十八世紀には文章とか音楽分野の「パッセージ」の意味で大いに使われる。一体AからBへ歩いていくという行為を中心に置かないで、十八世紀の文章や音楽を議論して何になるのだろうか。

だれもが笑う滑稽小説『トリストラム・シャンディの生涯と意見』のような脱線文学こそ十八世紀最高の文学だと評したドイツ人哲学者フリードリッヒ・シュレーゲルは、それを「アラベスク」なスタイルと呼んだ。唐草模様《からくさ》というか、要するにくねくねと曲がりながら進んでいくのである。

最初は伝記を書くと宣言しながら、脱線の連続である。一番最後には、皆がいるところに牛とにわとりが突っ込んでくる。そこで、「これがまさしくコック・アンド・ブル・ストーリー（根も葉もない話）だ」ということで終わってしまう。これに最も正確な評を下した夏目漱石は、「なまこのような」作といった。どちらが頭で、どちらが尻なのか。

これを書いたローレンス・スターンの無二の親友が、画家ウィリアム・ホガース（一六九七〜一七六四）であった。『トリストラム・シャンディ』に挿し絵を提供してもいる。一七五三年、イギリスにはイギリスの美学、美意識があるのだと、ホガースは名著『美の分析《アナリシス・オヴ・ビューティー》』で宣言している。今、どんな辞書にも「ライン・オヴ・ビューティー」

という言葉が出ているが、S字形に曲がった線を「美」しいとしたホガースの造語である。『美の分析』では、美とは何か、ひるがえって醜さとは何かということが科学の対象になると宣言している。美学の人に聞くと、一七五〇年のドイツ人アレクザンダー・バウムガルテン著『エステティカ（美学）』（一七五〇～一七五八）が、科学としての美の追究というものの最初だという。そのたった三年後に、美の後進国といわれたイギリスで、それに対応する美の理論が出され、はっきりと、面白い議論を打ち出しているスピードはやはりすごい。「直線は醜い」というのである。人間の情念が盛り上がってくればくるだけ、外にあらわれるジェスチャーは直線から遠のくという。

脱線を賛美する

ホガースと小説家ローレンス・スターンに、親友がもう一人いる。演劇人のデイヴィッド・ギャリック（一七一七～一七七九）である。

ギャリックは、俳優として有名である。しかも、ジェスチャーが大きい。彼は、シェイクスピアが一方的に骨抜きにされていった歴史の中でたったひとつの華《はな》である。ちょうどギャリックが出た頃に、観相術がはやっていた。詳しくは後で述べるが、人の相を読む観相術というのは、昔からあるようだが、一七七五年、ラファーターの『観相学断片』という本に初めて体系化される。その同時代は人間の顔のエキスプレッション（表現／

表情）に大きな関心を持っている。英国でもそうで、ホガースは人間が怒るときの顔はこうなる、笑うときの顔はこうなるという先駆的な観相術を追究し、ギャリックはそれを持ちこんで演劇の所作《しょさ》術を一変させた。

そういう身体をフルに使うギャリックのスタイルを見て、親友のホガースは、人間のエネルギーを表現するには、動く筋肉の曲線の組み合わせしかないとまとめた。新古典派がギリシャに範をとって、直線の組み合わせで形態を構成するのは人間身体の美からは遠のくと喝破した。

で、スターンの小説までがそうなってきた。最初の構想では、ここで生まれて、何月何日こういう事故に遭って、こうなっていくという主人公の「自伝」を書くはずが、いきなり文字通り「中断された性交」話に始まり、ばらばらの時間の断片が重なっていくという作品になってしまう。この作品の研究者は、時間の軸に沿って並べ換える作業をしないと、何がどうなっているかわからない。

しかも、ふざけた小説で、こうした脱線を賛美する章を構えている。人間は腹が満たされて気持ちがよくなると血流がよくなるという変な生理学の説明をもって、最終的な結論は、直線を大事にする文化は死んだ文化であり、曲線を大事にする文化は生きた文化だ、だから自分の小説も曲がってしまうのだと、この歴《れき》たるバロック小説の粗筋《あらすじ》を図示しさえする。

「蛇行」を目指せ

この辺の知識と小説の関係は、文学プロパーをやっている人には全然見えてこない。『美の分析』の扉絵には、ピラミッドの三角形の中にS字に蛇行《だこう》した蛇が描かれている。その下に「ヴァラエティー」と書いてある。人生と世界は多様である。多様だから、いい。そして、それを書くには多様なものに対処できる表現法が必要である。これからのイギリス人は、万事「サーペンタイン（蛇状）」なものを目指せ、とホガースは結論を出す。

百年前の王立協会は「シンプル・イズ・ベスト」といっていた。その百年後にはサーペンタインなものがすべてとイギリス人はいい切るのだ。今でもロンドンのハイドパークにはサーペンタインという池がある。問題の時代にチャールズ・ブリッジマンという庭師が掘った。

鎖国の日本にも、このあたりの銅版画が秘密に入っていたようだ。司馬江漢《しばこうかん》の銅版画「江戸百景」には「セルペンティン池」という池がある（二四七ページ図35）。これは何だといって調べると、そっくり左右が逆の原画がイギリスで見つかった。

サーペンタイン池を江戸の人間がもし知っていたとしたら、何がどうなっていたか。そのことを今から四半世紀前、日本の美学者、美術史家、英文学者、英国思想史家のだれが知っていたというのだろう。知っていれば、「荒涼として木石ひとつなき画趣に富んだ」などという訳文にはならなかっただろうし、逆に江戸のピクチャレスクが早々に問題になっていたと思うのである。

十八〜十九世紀の二世紀にわたり、英米文学は風景に目覚め、大きな一歩を踏み出したのだ。そのために、度を越したといっていいくらい風景描写が多くなり、いたるところに「ピクチャレスク」という言葉が出てくる。フランスでも、イタリアでもない。伝統が何もなかったがゆえに、意識的にすごいスピードで、それを全部経験し、整理しながら「ピクチャレスク」につくり上げていったのが、当時のイギリスである。

ピクチャレスク概史と論争

チャーチル首相が育ったことで知られる古い伝統のある屋敷、ブレナム・ハイツは十八世紀初頭に壊れてしまう。これを改修する任務が有名なバロック舞台の演出家ジョン・バンブラに依頼された。舞台装置をつくることと、家をつくることは全然ちがうのだが、ジョン・バンブラも変な男で、快諾した。

このジョン・バンブラがなかなかの発明家だった。建物だけではなく、せっかくいい庭を抱いているのだから、建物と緑の関係を「一枚の絵として」「構図」できる「風景画家を一人」探してもらいたいという条件を出した。この瞬間に英国ピクチャレスクは出発したという。一七〇九年のことだ。

それ以降、ピクチャレスクの建築は、ある絵に似た風景に見えるように、建物と庭の関係を構図するという方法をとる。結果的には、ある絵とそっくりの家屋敷がたくさんできる。
半世紀以上かけて、国全体を、だれの命令でもなく、「イタリア」というテーマのテーマパークにしてしまったのが、十八世紀イギリス人である。これを倒錯といわずして何というか。イギリス人にとっての「ネイチャー」とは一体何か。ピクチャレスクを知らずして、答えは出ない。

さて、そうやって始まったピクチャレスクが終わったのは一七九四年である。これはある論争があって、あまりにもばかばかしい些末《さまつ》な議論になって、竜頭蛇尾《りゅうとうだび》となって消えた、ということになっている。しかし、本当に消えたのだろうかというふうにぼくは考える。

十八世紀の文化は、滝、木、建物、すべてラギッド（rugged）である。フランス人が好むスムーズなものはひとつもない。ラギッドな荒涼たる風景に対するこうしたピクチャレスクのコンテントはたしかに一時消えた。

しかし今日だって、いたるところ、ピクチャレスクがある。スプラッター映画や戦闘ロボットのゲームの背景は、すべてピクチャレスクである。きれいな町では成り立たない世界、壊れた町、崩れた塔。まさにラギッドだ。

しかし、大事なのはコンテントよりは、フォルムの方のピクチャレスクが残ったことである。簡単にいうと、嫌なものを抑圧して、画趣にあふれた部分だけを選択する構造のことである。気持ちいい部分だけをとって、あとは見ない。それをつまりは「構図」といった。面白いことに江戸の借景《しゃっけい》でも、それを「見切り」という。世界のフレーム化ということに他ならない。

「ピクチャレスク」とはコンテントか、この「見切」るフォームか、答えのないまま、一七九〇年代の論争は終わった。

廃墟というテーマ

ぼくが英本国の批評家中に信頼する一人、ピーター・コンラッドの『ヴィクトリア朝の宝部屋』（国書刊行会）は、ヴィクトリア朝の都市が「ピクチャレスク・シティ」だと主張している不思議議な本で、一七九四年以後にだって、近・現代の都市自体がピクチャレスクと化したことをいう記念碑的な本だ。

ビルが並んで、一見清潔そうに見える。しかし、そこに住む人間から見て、これ以上ないようなラギッドな世界になったとき、これは見覚えがあるなとイギリス人は思った。それが十八世紀のピクチャレスクな風景だった。今、住んでる都市がそれそっくりだ、と。

それをどんどん進めていくと、十八世紀後半の廃墟文化に行き当たる。要するに精神的一貫性を欠く断片コラージュ（イタリアからちょっと、中国からちょっと）に、つまりは廃墟に行き着くのが、ピクチャレスクの論理的帰結だった。

ピクチャレスクの廃墟流行には面白いパラドックスがある。パラドックスその一、新建材を使ってつくる廃墟。パラドックスその二、そこに人が住む廃墟。

新しい建材を使って、初めから廃墟を設計し、そこに人が住むといったばかげた流行を生むまでに、十九世紀初頭にかけての廃墟文化は盛んになっていく。長い間ピクチャレスクの風景画を描いていた画家たちが最後に行き着いたのは廃墟画である。

手塚治虫先生の戦後東京の廃墟漫画から始まったものが、さまざまな実験をして、最後に行き着いたところが大友克洋《かつひろ》の『AKIRA』の「ネオ・トーキョー」である。漫画の持っている表象文化としての一サイクルというものを、日本の戦後の漫画も大変感じさせる。英米人に大友克洋の漫画を見せると、多分「ピクチャレスク！」といって感嘆するだろう。

断片コラージュといったが、ピクチャレスクが十八世紀を席巻して一段落した後、遊戯化され、家庭の中に入った面白いおもちゃがある。ジョン・クラークという人物考案の「ミリオラマ」がそれ。

ミリオラマは、二、三十枚の縦長のカードに少しずつ風景が描いてある。そして、どんな組み合わせをしても、その隣同士の絵はつながるように描いてある、すばらしい超絶技巧である。

数学に強いあなたは計算してみるとすぐわかるはずだ。十六枚組のミリオラマには、これで土地を持っていないあなたも二十七兆九千億のちがった風景が楽しめます、さらに、嫌なものがあったら、好きな風景になるまでアングルを変え、構図を変えて、アレンジしていけばいい、などとある。これこそピクチャレスクのフォルムとしてのあり方の定義でなくて何か。一八三〇年代にアメリカ人作家E・A・ポーが書いた『アッシャー家の崩壊』冒頭のパラグラフは、まさしくこのことを書いていた。「絵になるように」細部の組み合わせを変えれば、陰鬱な風景を気楽なそれに変えられる、と。

そして、ここまでくれば、本書読者はマニエリスムのことを思い出さねばならない。

十八世紀ブランドのマニエリスム

イギリスにマニエリスムはないと長い間いわれてきたが、順列組み合わせで新しい世界をいくらでもつくり出せるという、今日の我々に近い感覚をマニエリストたちは開発していく。

順列組み合わせの文芸を「アルス・コンビナトリア（結合術）」という。一定の要素の中で順列組み合わせをしていけば、それが何万、何十万ともなるというアートは、オリジナルなものを無視して、どこまでもリピートできる。独創の大地に足はついていないが、一見多彩で豊かな文化、それがピクチャレスクの最後に行き着いたところである。

十八世紀ののっけにジョゼフ・アディソンが「想像力の快楽」をもたらすものとして「驚異」の感覚をこそと訴え、それにピクチャレスク／サブライムがみごとに応えた。それだけでも、「驚異の技《アルテ》」（マンリオ・ブルーサティン）たるマニエリスムの定義にかなうが、それ

42

42　ギャラリー・ペインティングの華、ジョヴァンニ・パオロ・パニーニ。これは『枢機卿ヴァレンティ＝ゴンサーガの画廊』(1749)。ピクチャレスク革命はパニーニの廃墟カプリッチォ画とギャラリー画で、その極北に達した。
43　相反物の一致というマニエリスム結合術が造園術と結びつくのがピクチャレスク・ガーデンの宿命なのだ。奇想建築史の巨人ウィリアム・チェンバーズ作のキュー・ガーデン（1757〜1762)。アルハンブラ宮殿と中国華南のパゴダ塔が平気で併立する。
44　ピクチャレスク結合術のパーラー・ゲーム化。ジョン・クラーク考案の「ミリオラマ」。16枚組で可能な風景の数は27,922,789,888,000通り！　24枚組も出た！

43

44

だけではなかったわけだ。

パニーニの廃墟の「カプリッチォ」画を見ればよい。一枚の絵に、エジプトのオベリスクとギリシャのパンテオン、ローマのハドリアヌス帝の廟が並んでいる。まさにありえない組み合わせの「コラージュ・シティ」（コリン・ロウ）である。「カプリッチォ」はなぜかすべて、自らを恥じるのか、廃墟なのが面白い。

ピクチャレスクは、最後にコラージュのアルス・コンビナトリアに行き着く。こうして、ピクチャレスクを、組み合わせ芸術としても醇乎たるマニエリスムだろうということができそうだ。

ともかく絵が広まっていく

下層階級は絵など見られないというのは、うそであった。一七六〇年頃、ロンドンに最初のプリント・ショップができ、刷った版画を即日全部街頭に向けて張り出すと、黒山の人だかりができたことは先にもいった。絵は、時局の話題を勉強する最新ニュースであると同時に、絵とは何かということを大衆なりに勉強させた。かくて上流から下流まで、「絵」に接する。絵はルネサンスにも、古代ギリシャにもあったが、見られたスケールからいうと、これは一七六〇年以降の大事件だった。

カレンダーの果たした役割も大きい。一般の人は額に入った大きな絵はとても買えないが、十九世紀に入ってすぐにリトグラフが登場し、色のついた版画が大量に出る。何月何日、小麦の種をまけというカレンダーの上に、すでにクロード・ロランの絵がコピーされている。

そしてまた江戸でも、錦絵の普及が引き金を引いて、ピクチャレスクの一大文化が同じ頃、団々と花開いた。大江戸も存分にピクチャレスクだったのだ。

ぜひ『OED』で「ランドスケープ（landscape＝風景）」という単語を引いてみて欲しい。実際の風景であると同時に、ランドスケープ・ペインティングの意味もある。風景なのか風景「画」なのか、どちらともつかぬランドスケープの奇想天外境に、イギリス人は国を挙げてはまりこんでしまった。

第五章　「卓」越するメディア──博物学と観相術

1　手紙と日記と個室

テーブルというメディア

「絵」を、フランス語で「タブロー」という。元々は「板《タブラ》」を意味するラテン語で、フランス語辞書で「タブロー」の直前にある「ターブル」、つまり卓と同語源、そっくりお仲間なのだ。

これはいろいろ自在に発展させられるテーマで、昔一冊の本ができるぐらいのテーブル論をやってみたことがある。日本で床からある程度の高さのテーブルを使うようになったのはいつ頃かという問題まで全部含めて考えると、東西比較論ともいうべき大きな議論になる。分類図表といったものを含めて広義の「タブロー」のことを復習してみよう。

文化史家フーコーが『言葉と物』という本の中で、一六六〇年から一八二〇〜一八三〇年までを、「表象の古典主義時代」と呼び、さらに、その「古典主義時代」の特徴を「タブローの宇宙」としてまとめていたのだった。このときの「タブロー」は大変複雑な意味を持つ。フーコーは「テーブル」のほかに、イギリスと同じように、フランスにも「絵」をめぐる問題があったといっている。

フーコーは、狭義の絵をも含めて、あらゆるものを目に見える形に図表化し図示したものすべてを「タブロー」と呼ぶ。とにかく可視化することで、理解の対象にするというシステムが、フーコーにいわせると、タブローになったわけである。

さて、テーブルそのもののことを少しみようと思う。十八世紀最大のメディア・トゥールとしてのテーブルのことを、である。英国ではとりわけはっきりと文学とかかわったテーブルだったからだ。

英語には、何かを「テーブルする」という動詞の言い方があり、混沌としたものを秩序化するという意味がある。テーブルがなぜ秩序のしるしになるのか考えていくと、ひとつ大きな世界が見えてくる。大英博物館を頂点とする、いわゆるミュージアムの新次元が、といってもよい。

ヨーロッパでテーブルが飛躍的に発展するのが十八世紀で、その時代は「個室」登場の時代でもある。イギリスにおいて、「プライヴァシー」観念が強くなった（『ＯＥＤ』を引いて欲しい）。それに対応して「プライヴェート・ルーム」が出てくるのは、一七四〇年代のことかと察せられる。

それまでテーブルは基本的に一家に一台であった。テーブルの上で食事をし、お祈りをし、賭博をし、日記を書いたり眠ったり……、あらゆる用途に役立てられていた。ところが、家庭生活の観念そのものが市民的に広がりはじめ、おまけに一人一人が神と対する空間をとピューリタニズムが要求したりということもあって、個室ができてくる。それに対応して、寝る時のテーブル、食事のためのテーブル、お祈り用のテーブルという機能分化が起こる。テーブルの数そのものも、もちろんふえた。これは、家具・調度の歴史の中ではっきり追うことができる。

書簡体小説

個室分化の魅惑という、なかなか時代同定のしにくい事態について、一七四〇年くらいと、ある程度自信を持っていえるには根拠があって、それは十八世紀イギリス小説史で、フィールディング（一七〇七〜一七五四）と競い合ったサミュエル・リチャードソン（一六八九〜一七六一）の『パミラ』（一七四〇〜一七四一）と、「百万語小説」といわれる大長篇『クラリッサ』（一七四七〜一七四八）の二冊である。

『クラリッサ』は、イギリスの小説史の中で最も長いといわれているが、いってみれば全部室内の物語である。十八世紀の英語で書かれた「百万語」の長篇は、かなりの語学力と体力のある人でも読み切れない。

ペンギンのペーパーカヴァーの版でも五センチ厚はある。ページをめくってもめくっても活字の森だ。だから「皆知っていて、誰も読んだことのない名作」といわれる。

リチャードソンの小説は有名なポルトガル文《ぶみ》の影響を受けた「書簡体小説」のはしりとなった画期的な世界で、十八世紀における書簡とは何かを考えさせないではいない。手紙とは一体何か。"What are letters?" これは「手紙とは何か」という意味だけではすまない。同時に、「文字とは何か」という問いともとれる。書簡体小説プロパーを研究する人は多いが、「レターとは何か」についての研究は、かなり遅れている。後で述べる「キャラクター」と同じで、実はメディアの根本にかかわってきそうな「レター」なのだ。『クラリッサ』という小説は、全巻手紙の連続だけで成り立つ。なんでこんな不思議なアイディアがと思えば、作者のサミュエル・リチャードソンはまさしくメディア人間なのだ。イギリス最初のプリントマスター、つまり印刷工場の持ち主だった。だから、草稿の必要がない。自分の工場へ行って自分で文字《レター》を拾い、次のせりふを考えながら、活字《レター》をそのまま並べていく。彼が『クラリッサ』をつくるメディア的な過程で何が起きたか、いろいろ想像するだけで楽しい。

手紙は、十七世紀最大のメディアである

レターも、昔は飛脚《ひきやく》が命がけで走って運んだ。ところが、大陸で、あの有名な「ベルリーネの郵便馬車」で手紙が行き来し始めるのは、一六五〇～一六六〇年から後のことである。我々はこの事実を久しく忘れていたが、それを思い出させてくれたのが、ポスト・モダン小説の帝王トマス・ピンチョンの『競売ナンバー49の叫び』という国際陰謀の小説である。一切の陰謀や事件の発端は、十七世紀後半の郵便馬車の権利をめぐる血みどろの戦いが背景になっているというのだ。熱力学の専門家であり、二十世紀後半の新しい文学を代表する作家の代表作が、なぜに十七世紀後半の郵便馬車でなければいけないのか。新しいアメリカ文学だけを研究しているのでは、この説明は絶対にできない。

最近、もう一人、ポスト・モダンの大作家ジョン・バースが手紙の行き来だけで成っている長篇、そのものズバリの『レターズ』という小説を書いた。そのまま『レターズ』というタイトルの邦訳で読むことができる（国書刊行会）。

先にいった「レター」のあいまいな意味をフルに活かし、ついには古ヘブライ聖典解義《げぎ》の技術を引き合いに出すことで、「手紙」に、そっくり「文字」の意味を重ねる。文学を文字レヴェルで考え直す暗号－文学についてすでに見ている本書読者は、別にびっくりもしない、当然のことと思われるだろう。

まさに十七世紀の後半は、レターが始まった時代である。この時代の絵を見ると面白い。フェルメールの研究家はあまり指摘しないが、彼の絵の十枚のうち三枚が窓際で手紙を読んでいる（主として女の）絵である。「手紙」は当時の最大のテーマであった。女性が窓際で手紙を読んだり、机の上で手紙を書いている。

男性は、必ず光の差してくる窓の下のテーブルで字を書いている。字を書くということ自体が、当時は最新の流行であったことがわかる。それが一六六〇年ぐらいのオランダなのだ。アルパースの『描写の芸術』がそこを見落としている気づかいはない。

フーコーのいった表象論を真《ま》に受けて、大げさに「博物学の分類が起きた」「言語学における普遍言語ができた」と並べ立てていくのは簡単だが、その一方でだれも表象としての手紙や日記についての議論をしていない。

代書屋と小説家

我々が最重要とみなす表象の紀元一六六〇年から百年もたたないうちに、サミュエル・リチャードソンが、イギリスで最初のメディア小説『パミラ』と『クラリッサ』を書いたわけだが、実際これは、手紙とか日記とか今日あまりにも当たり前のものになってしまったメディアについて、フレッシュな感じで考え直させてくれて、ものすごく面白い。

日本で江戸の小説を小説たらしめた一人に十返舎一九《じっぺんしゃいっく》（一七六五〜一八三一）がいる。彼のマルチタレントぶりのひとつが、いわゆる代書《だいしょ》屋で、字を書けない男女にかわって恋文を書いていた。模範例文集というか書簡文範も出している。

同じことをサミュエル・リチャードソンもやっている。「こういう状況に置かれた娘さんは、お母さんにはこういう手紙を書くべきだ」「それに対するお母さんの返事はこうあるべきだ」という書簡文範で人気を取るうちに、それが百、二百とたまっていく。そこで「手紙の差出人と受け取る人間の間に、ある人間的な関係を虚構すれば、手紙のやりとりでひとつのストーリーができる」と閃《ひらめ》いて、ヨーロッパ最初の本格書簡体小説『パミラ』と『クラリッサ』ができたわけだ。

鍵穴のエロティシズム

こうした小説が読まれる場所は全部メイド部屋であった。当時本はべらぼうに高い。しかしメイドに出ると、お金持ちの主家の蔵書が利用できる。こっそりと持ち出したかもしれない。

メイド部屋でメイドさんたちがむさぼり読む小説の主人公がメイドさんというわけである。ヒロインは監禁され、外から鍵がかかっている。このいけない屋敷でいけない若だんなさんのやることは最後はオブセッション(obsession)だ。鍵穴から覗くに、何かを書いている、何を書いているのか、中身を知りたい。ついに、若だんなは盗み読みをし始める。ところが、女の方もだんだん気がついて、机を離れなくなる。一日中部屋の中で何か書いている女の姿を、鍵穴の外からずっと若だんなは見る。

こうして、コンテントとして見ても「個室」の存在ないし出現の決定的な証拠を挙げた小説になる。要は女を監禁する若だんなの、いまどきの危ないタイプの話で、『パミラ』も『クラリッサ』もこのパターンである。

当時の男女の社会学についての知識が少し必要かもしれない。

バッチェラー（bachelor）は男の独身者をいい、スピンスター（spinster）が女の独身者だ。元々「機《はた》を織る女性（スピンする人）」という意味しかなかったが、この小説が書かれた頃、一七三〇年前後に、結婚していない女性を初めて「スピンスター」というようになる。『OED』に、はっきりそうある。

女性は、大きな家のメイドさんに奉公に上がる。ある年齢が来ると、結婚するからといってやめようとするが、このときに面倒な法律があって、そこの主人が許可しない限りは、いったん入った奉公をやめることはできない。ひどい話だ。

悪い若だんなだとどうなるか。あるいは、主家のお父さんお母さんが亡くなって、若主人が権限を握った瞬間、このメイドさんの運命がどうなるかはすぐ想像できる。例外のないパターンで、若だんなが、メイドである女主人公を一室に閉じ込めてしまう。

もっとも、リチャードソン作品の真に面白いところは、たとえば『パミラ、あるいは報われた美徳』という正式の題名（「報われた」は「報酬を得た」という意味にも）、その第一部「攻撃する無垢」、第二部「挑発する慎み」という題名が示すように、女の方がどんどんエロティックにじらしていく、本当のところ誘惑者はどちらか、という作り方である。後のゴシック小説の性倒錯テーマは、実はリチャードソンに発するといった『肉体と死と悪魔』(国書刊行会)のマリオ・プラーツはさすがというべきだろう。

部屋に監禁された女性はすることがないから、文字を書く。まず、故郷の親元に「こんなことになってしまった。お父さんのいうことを聞いて、もっと早くお暇をいただいておけばよかった」とか何とか手紙を書く。親元からも返事が来る。その手紙はもちろん若だんなの目を通る。彼女は加うるに、ダイアリー(日記)をつけ始める。これも実はメディア史上の大事件だ。

文学形式としての日記

日記は昔からあったと考える人が多いが、人は昔から一日単位で生きているという自覚を持っていたわけではない。思うに日記はピューリタンの登場と関係があり、英文学では一六六〇年代に登場するが、当時は「スピリチュアル・ダイアリー」などと呼ばれた。

ひとつには、ピューリタンはデータが好きだ。「つくられたもの」という意味しかない「ファクト(fact)」という言葉が「事実」という意味になった一六三〇年代から、ピューリタニズムは、データを集積すればリアリティに近づくという思い込みになってあらわれる。つまり、日々のデータを累積することを考え始めた。

加えて、カトリック追放という強烈な時代であった。自分たちの宗教が勝った瞬間、ピューリタンは、寂しさに襲われる。時々は教会にも行きたくなるだろうし、みんなと一緒に歌を歌って、薔薇窓の光が差してくるところで「おお、神よ」とか陶酔ムードに浸りたくもなる。

ピューリタンの基本的な思想は「儀式と教会の空間はナンセンスだ。あんなものは、共同体の幻想にすぎない」というものだ。では一体何があるのか。印刷術のおかげで、聖書を一人一人が自分の個室で読めるようになった。音読しない。今はやりのメディア文化史でいえば、この頃から黙読の習慣が始まる。シェイクスピア演劇の崩壊と同様に、芸術は、舞台の上で声を投げかけ合う形としては存在しなくなる。活字で定着し、目で追うものとなる。マクルーハンの『グーテンベルクの銀河系』(みすず書房)はそこをきちんと指摘してくれた。文学も目の事件となった、と。

シェイクスピアが活字になって読めるようになったのは一六二三年であるが、日記にデータをつけるようになって、人間の記憶力は減退し始める。一六二三年までは音だけでしか成立しなかったシェイクスピアが、一六二三年から後はレーゼ・ドラマ(読む台本)になる。一度も劇場に行ったことのない人間でも、活字を通してシェイクスピアを研究できる。ぼくの若い友人の修士論文は「歌舞伎」だが、彼は歌舞伎を見に行ったことが一度もない。何をやっているのかと思うが、反面、近代とは役者のせりふを聞いたことがなくても、いくらでも演劇論ができるおかしな時代なのかもしれない。

ピューリタンがカトリックを追放したからといって、別に神を葬ったわけではない。神は存在するのだが、自分が神に対して、神父や教会を挟まずに一対一で向き合うとき「モノローグ（独白）」が始まる。自分の心を神と自分に分けて対話する。それを克明に書いたのが、ピューリタンたちの「スピリチュアル・ダイアリー」といわれる不思議な文学である。先にも述べたように、デフォーの『ロビンソン・クルーソー』の真の秘密も、そこにある。

今日、我々は日記を当たり前のものだと思っているが、一七一九～一七二〇年当時は、最新最強の文学形式であった。歴史を理解し、すべてのものを柔軟な頭で追体験するのは難しいが、多分だめな文学史家とは、それがうまくできない人である。日記は昔からあって当たり前と思っている人には、一日が二十四時間単位で記述され、データが集積されていくこと自体が大発明だったということに気づかない。日記の博文館の創業者、大橋佐平《おおはしさへい》はそれに気づいたのだ。デフォー研究者で、メディア・マン大橋佐平のことを知らぬ人の多いのに、ぼくはびっくりしている。ぼく自身、かつて坪内祐三氏から教えられた。

フェミニズム批評の指摘

物を書いたり、そうやって書かれたものを読んだりすることを、最近は「テクストを読む、書く」というい方をする。

そしていつにも変わらぬフェミニズム批評の論法で、男が意志的に「やる」能動サイド、女が「やられる」受身という話をテクスト論に持ちこみ、女性の身体や存在をテクスト、それを読み、「意味」を与えるのが男の読み手とする見方、とかとかが大変はやっている。『クラリッサ』をめぐっては、現代批評で最も人気のあるテリー・イーグルトンが実にまとまった評論を書いているが、そのタイトルが『レイプ・オヴ・クラリッサ（クラリッサの凌辱）』。それでもわかるようにクラリッサがレイプされる話である。クスリを使ってのレイプではいかにも芸がない。『パミラ』の方が、読み書きがらみだから面白い。若だんなが、ある日ついに覗いているだけではがまんできなくなり、ドアを蹴破《けやぶ》って彼女のところへ行き「今書いているのは何だ、見せろ！」という。そのときパミラは、自分の局部に手紙を詰めこんだ。それを手に入れるために、彼は彼女をレイプする形になる。「おまえのシークレット・パーツ」を見せろ、と。幾通りにも訳せる。

かくて「読む」「書く」にまつわるエロティックな問題が出てくる。性的なものと読み書きを重ねてみると、なかなか面白そうだ。蔵書票（ex libris）を研究してみると思いのほかエロティックなものが多いのに驚く。Sの字をうまくあしらって sex libris（性の放縦）と読ませるものなど、気《き》が利いている。映画『本を読む女』台本のクレヴァーなことも思い出す。やってきた女に本を朗読させながら、客は「いけないこと」に熱中する。ロラン・バルトの「テクストの快楽」はこのことをいっていたのか（!!）。

こうした読むエロスは十八世紀のこの辺から始まっている気配がある。メイドさんがひと

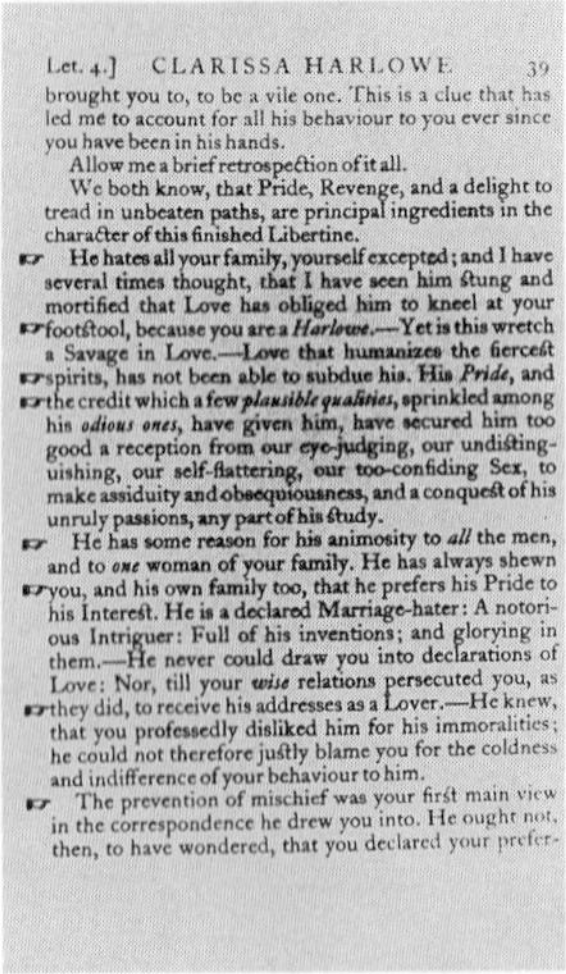

Let. 4.] CLARISSA HARLOWE 39

brought you to, to be a vile one. This is a clue that has led me to account for all his behaviour to you ever since you have been in his hands.

Allow me a brief retrospection of it all.

We both know, that Pride, Revenge, and a delight to tread in unbeaten paths, are principal ingredients in the character of this finished Libertine.

☞ He hates all your family, yourself excepted; and I have several times thought, that I have seen him stung and mortified that Love has obliged him to kneel at your ☞ footstool, because you are a *Harlowe*.—Yet is this wretch a Savage in Love.—Love that humanizes the fiercest ☞ spirits, has not been able to subdue his. His *Pride*, and ☞ the credit which a few *plausible qualities*, sprinkled among his *odious ones*, have given him, have secured him too good a reception from our eye-judging, our undistinguishing, our self-flattering, our too-confiding Sex, to make assiduity and obsequiousness, and a conquest of his unruly passions, any part of his study.

☞ He has some reason for his animosity to *all* the men, and to *one* woman of your family. He has always shewn ☞ you, and his own family too, that he prefers his Pride to his Interest. He is a declared Marriage-hater: A notorious Intriguer: Full of his inventions; and glorying in them.—He never could draw you into declarations of Love: Nor, till your *wise* relations persecuted you, as ☞ they did, to receive his addresses as a Lover.—He knew, that you professedly disliked him for his immoralities; he could not therefore justly blame you for the coldness and indifference of your behaviour to him.

☞ The prevention of mischief was your first main view in the correspondence he drew you into. He ought not, then, to have wondered, that you declared your prefer-

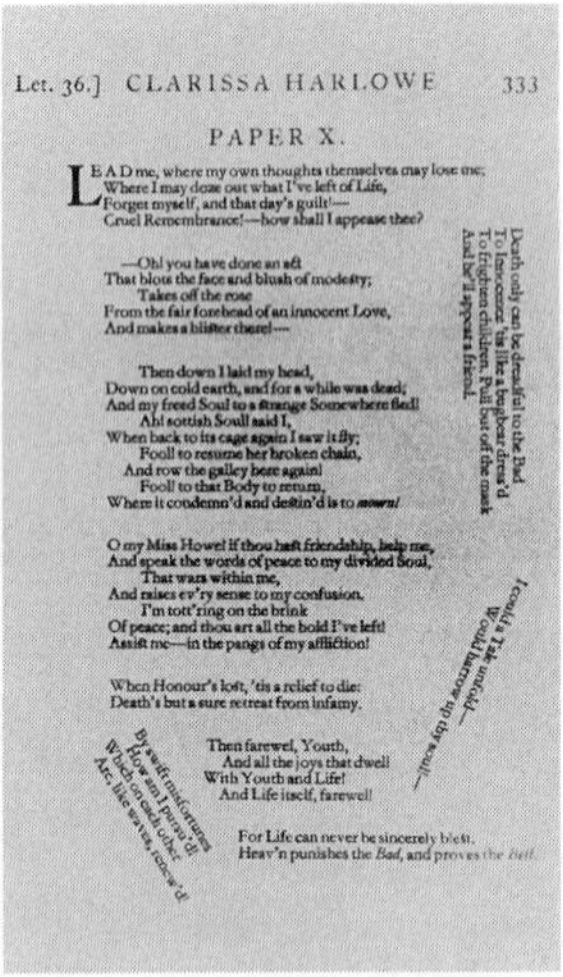

Let. 36.] CLARISSA HARLOWE 333

PAPER X.

LEAD me, where my own thoughts themselves may lose me;
Where I may doze out what I've left of Life,
Forget myself, and that day's guilt!—
Cruel Remembrance!—how shall I appease thee?

—Oh! you have done an act
That blots the face and blush of modesty;
Takes off the rose
From the fair forehead of an innocent Love,
And makes a blister there!—

Then down I laid my head,
Down on cold earth, and for a while was dead;
And my freed Soul to a strange Somewhere fled!
Ah! sottish Soul! said I,
When back to its cage again I saw it fly;
Fool! to resume her broken chain,
And row the galley here again!
Fool! to that Body to return,
Where it condemn'd and destin'd is to *mourn!*

O my Miss Howe! if thou hast friendship, help me,
And speak the words of peace to my divided Soul,
That wars within me,
And raises ev'ry sense to my confusion.
I'm tott'ring on the brink
Of peace; and thou art all the hold I've left!
Assist me—in the pangs of my affliction!

When Honour's lost, 'tis a relief to die:
Death's but a sure retreat from infamy.

Then farewel, Youth,
And all the joys that dwell
With Youth and Life!
And Life itself, farewell!

For Life can never be sincerely blest.
Heav'n punishes the *Bad*, and proves the *Best.*

Death only can be dreadful to the Bad
To Innocence 'tis like a bugbear dress'd
To frighten children. Pull but off the mask
And he'll appear a friend.

I could a Tale unfold—
Would harrow up thy soul!—

By swift misfortunes
How am I pursu'd!
Which on each other
Are, like waves, renew'd!

45 （右）『クラリッサ』初版。レイプされたヒロインの心の千々に乱れるさまが、タイポグラフィー（活字組み）の「乱れ」として表現される。こんな奇想天外も、作者が印刷工場現場の人間なればこそ。（左）クラリッサを凌辱しようという男が、女の手紙の文面でうまく利用できそうな個所に「注意」の指じるしを付ける。『クラリッサ』をフェミニズム批評で読んで最も成功したテリー・キャッスルは、テクストとしての女性の身体に刺さるファリック（陽物）の記号だ、という。おもしろすぎっ！

つの部屋に入り、そこに鍵がかかる。男が覗くいわゆる「プライヴェート・ルーム」というものが、この頃できたことがわかる。推理小説とのかかわりも面白いが、そのことは後でまた詳細にみよう。

2　テーブルと博物学

ピエトラ・ドゥーラ

フーコーが「表象の古典主義時代」は「タブローの宇宙」だといった時、一番ストレートに念頭にあったのは博物学の世界ではなかったか。英語では「ナチュラル・ヒストリー」、フランス語で「イストワール・ナチュレル」の世界である。分けられた物をヴィジュアルに並べてみせるこの世界は、「卓」と「絵」という二つの意味におけるテーブル／タブローをその根本に置いた文化なのである。

その手紙《レター》を書く卓がやがて文字《レター》という表象と区別がつかなくなったように、その上にオブジェを分けて並べる卓が、分けて並べる機能そのものの象徴と化す。以下、その辺をさぐってみる。

この本が扱った最初の時代たるマニエリスムの時期は「ピエトラ・ドゥーラ」のテーブルによって象徴される。石英や宝石類の貴石、半貴石を細工した後に残ったくずを捨てるのがもったいないので、きれいに研磨して、それをテーブルの上に張りつめていく。モザイクをつくり、最終的に全部磨《みが》き上げて、それをたとえばテーブルトップにしてしまう。これを「ピエトラ・ドゥーラ（かたい石＝伊）」という。

これは、十七世紀前半のマニエリスムの本拠だったルドルフ二世のプラハでものすごくはやった。プラハなのになぜイタリア語なのかというと、ミラノあたりのすぐれた工房の職人たちがお金で買い集められたからである。そのうちの一人がアルチンボルド（一五二七か一五三〇～一五九三）だった。彼は元々ミラノのマニエリストだったが、高いお金で雇われてルドルフ二世の宮廷画家となり、マニエリスムの「アルス・コンビナトリア」を地で行く「寄せ絵」肖像で、異端美術史に名を残す。

ピエトラ・ドゥーラは、ただ埋めていくのではなく、全体でプラハのお城を描いたり、男女の出会いの場所を描いたり、宇宙の構造を描いたりといった、あるデザインを持ったテーブルだ。マニエリスムを研究する人はふえてきたが、「マニエリスムとテーブル」の概念的関係をやる人はまだいない。

マニエリスム期になぜピエトラ・ドゥーラというテーブルトップがはやるのか。食事をしたり会議をするたびに、きれいな宝石や貴重な金属、いい鉱物でできたテーブルを日夜見ている貴人たち。元々はばらばらだったものがひとつのデザインをつくる「相反物の統一」の魔術世界を、日夜そのテーブルで、異なる人、異なる意見がまとまっていく喜ばしいコミュニケーションがなぞっていく。

カンヴァセーション・ピース

同じような糾合《きゆうごう》のコミュニケーション・トゥールとしてのテーブルが、十八世紀英国にもある。十八世紀英国美術史に登場するコミュニケーション・トゥールの横綱格は「絵」と「卓」である。前述のピクチャレスクの大テーマは「壁にかかった絵」だった。もうひとつの十八世紀の大テーマが「卓」である。

十八世紀のイギリスの絵画を四千点ぐらいまとめて見たことがある。そのうちの約四分の一ほどが、ただただ家族だけを描いた不思議な絵だった。これは面白い流行である。自分の家族の飼っている小鳥、犬まで、あるいはきのうとってきたキジまで、その家の主人が「ファミリー」だと思ったものは全部、一枚の絵に描きこませる。

この頃のイギリスの貴族は、彼が所有している土地、家を背景にして、彼のファミリーの全員を描いた絵を競《きそ》って描かせている。今日、その絵のことを「カンヴァセーション・ピース（家族の肖像）」という。複数にして「カンヴァセーション・ピーシズ」は考えるほどに不思議な絵のジャンルであるが、いい得て妙の名である。実は「カンヴァセーションとは何か」がテーマになっている。

「カンヴァース（converse）」という言葉は今はあまり使われないが、人と人が関係し、交渉を持つという意味で、場合によっては、性交渉という意味にもなる。それが今日では動詞は消えて、主に「カンヴァセーション（conversation）」という名詞だけが残っているが、十八世紀に大変はやった言葉である。

イギリス人が、「会話」が文化の中心であることに気づく。サロンを擁しておしゃべりの好きなフランス人にとっては当たり前のことだが、それに対して、イギリス人は、ひとりぼっちで部屋の隅で楽しそうに自分の世界に浸り切っている自尊心が強い個人主義者というイメージがある。

ところが、十八世紀のイギリス人は「カンヴァセーション」の一大文化をつくり出し、それが絵によくあらわれている。人間関係という広い意味だけではなく、家族が集まって話をしているところを画家に描かせて、それを自分の家にかけたのである。当然、その中心にあるのは「テーブル」で、真ん中にテーブルが置かれている。

それにしても、十八世紀のイギリスの絵の四分の一が、テーブルを真ん中にして人がたくさん集まっている絵だというのは一体どういうことなのか。まともに研究した人は、日本はもちろん、ヨーロッパにも今までいなかった。これをやったのがまたしてもマリオ・プラーツである。有名な『カンヴァセーション・ピーシズ』（一九七一）がそれである。十八世紀イギリスの絵には、なぜこうまでテーブルが描かれるのかをテーマにして書かれた、おそらく今のところ世界でただ一冊の本である。

この本には、約四百点の絵が収録されている。これを全部見た後では、十八世紀イギリスにとって、テーブルとはかくも決定的なものなのかという印象をだれしも受けないではすまない。「十八世紀イギリス＝テーブル」という図式をいっぺんセットできてしまうと、もしかしたら天才が孤独にした文芸というロマン派のイメージさえ、どうやら一変するかもしれないのだ。

おしゃべりがそっくり「文学」だ

十八世紀前半のイギリスを理解するためには、まず「コーヒーハウス」を理解しなければいけない。世紀後半は「クラブ」である。女人禁制のいわゆる「ホモ・ソーシャル」な付き合いで、男たちはしゃべりにしゃべった。

このときイギリスには、フランスやドイツにはない不思議な文学のジャンルが成立する。小説や演劇や詩と同じレヴェルでの「テーブル・トーク」という奇想天外ジャンルである。

これは、実際にはその人の名前の後ろに「何とかアーナ」というラテン語の語尾をつけた、いわば「〇〇さんの言行録」である。一番有名なのが自ら「リテラリー・クラブ」を主宰した文豪サミュエル・ジョンソン（一七〇九〜一七八四）。いかにおしゃべりな人であったかはこれを読むとわかるが、『ジョンソニアーナ』というテーブル・トークの記録集を彼の友人である伝記作家ボズウェル（一七四〇〜一七九五）が残している。自らも気鬱の変な

MARIO PRAZ
Conversation Pieces
A Survey of the Informal Group Portrait in Europe and America
METHUEN

47

THE COFFEHOUS MOB

46

48

とにかく人が集まること自体がコミュニケーション・トゥールと心得たところから次々と文化的大発明をしていったメディア18世紀ではある。

49

46　コーヒーハウス。アン女王治世（1702〜1714）の頃のもの。
47　マリオ・プラーツの名著『カンヴァセーション・ピーシズ』(1971)。
48　ジョン・トラデスカント〔父〕(左) が「ノアの箱舟」と呼ばれた父子の驚異博物館に長老を迎える。テーブルの上の未分化の物塊にも注目。エマヌエル・デ・クリッツ画。プラーツ書より。
49　ホモ・ソーシャルなテーブル。「この室内には人間が集まってくることそのものへの興味がしたたかに感じられる」(高山宏『アリス狩り』より)。ウィリアム・ホガース画『船室のジョージ・グレアム卿』。これもプラーツ書より。

気質を抱えるボズウェルがジョンソンについて面白おかしく書いた傑作である。

読んで驚くのは、朝から晩までテーブルを囲んで、ほかにすることがないのかと思うぐらいしゃべっている。ボズウェルは速記もできないし、どうやってそれを記憶したのかと思うぐらいだが、「次は○○さんがこういった、それに対して××さんがこういった、そして最後に、ジョンソン博士が、こういった」ということを記した『ジョンソニアーナ』なる巨大な作品になって残っている。

ところが調べてみると、この時代は、あらゆる文人について書かれた「○○アーナ」があふれている。日本人にいくら説明しても、この「テーブル・トーク」が、詩、小説、演劇と同じレヴェルの歴としたジャンルであることをだれも認めない。十八世紀のイギリス人にとっては、「おしゃべり」がひとつの文学のジャンルであった。

扱うテーマに感染するのだろうか、巷に結構あふれるこうした「カフェ」の文化史の類は皆だらだらと噂話のアンソロジーという感じになる。そういう本の中ではクラウス・ティーレ＝ドールマンの『ヨーロッパのカフェ文化』（大修館書店）が出色で、固かるべき活字三昧の英国十八世紀文学の意外な口語性とスピードはひとえにコーヒーハウスやクラブで磨かれていった「洗練された会話術」によると見ぬいて、そうかと思わず膝を打たせるものがある。なんだかじじむさい英文学の極致みたいにいわれるドライデンが「コーヒーハウスの王」であったことなど知ると、圓月勝博氏などが面白くさせかかっているこの辺の英文学、きっと少しは面白くなるだろう。

ドライデンやホガース、それにこのジョンソン博士だけであれば、「ロマン派以前の、反ロマンチックな、社会的に成熟した大人の手だれの世界だ」といって済んだものが、なんとロマン派の人たちがみんな同じことをやっている。一番有名なのは、イギリス版「安珍《あんちん》・清姫《きよひめ》」のような作品『クリスタベル』を書いているコールリッジ（一七七二～一八三四）だ。何かつまらない約束をして、男が裏切った。すると女が蛇に化けて、この男を呪い殺す。こうした幻想怪奇の極致へ行ったはずのコールリッジは、一方ではジョンソン博士に次ぐテーブル・トーカーであった。

ロマン派というと、孤独に自分の部屋の片隅に背中を丸めて座って、ラウダヌム（阿片チンキ）をなめて白目をうつろにむいて「人生不可解」などと口走り、そのまま固まって死んでいく手合かと思ったら、とんでもない。朝から晩まで酒を飲み、おしゃべりばっかりしているのだ。

考えてみれば当たり前の話で、対岸ではフランス革命が進行中だ。「きのう、あの議員がこういった。それに対してこの議員がこういった」という情報がどんどん入ってくる。「フェミニズムが出てきて、男の文化全体を今すごく悪くいっているらしいよ」「今、ラファーターって奴の『観相学断片』がうけていて、町を歩く人間の顔を見て、そいつの性格を全部当ててるらしい。ばかばかしい」などというみんなの会話が全部記録されて「〇〇アーナ」

という形で残っている。

セイゴー・マインド

そして、イギリスが世界に誇る(?)奇想作家が、先にいろんなことに手を出した人ということで名を挙げてあったトマス・ラヴ・ピーコック(一七八五〜一八六六)である。六作の長篇小説を書いているが、全部同じパターンなので、一作読めば十分だ。議論は百出するが別段調停なしのテーブル・トーク小説ばかりである。

ある小説では、人間がサルから進化したかどうかという議論をしている。この議論はダーウィンのおじいさんであるエラズマス・ダーウィン(一七三一〜一八〇二)が、ダーウィンの六十年前にすでにやっているのだが、この人もテーブル・トークの中心にいる。彼のつくったそのテーブル・トーカーの集団は、その名も「ルナー・ソサエティ(月光会)」といって、名作『クラブとサロン』を編み、『ルナティックス』という月光派について書いた松岡正剛氏の画期的年表『情報の歴史』をめくってみると、一七六四年のところに他より一段と大きな文字で「ルナー・ソサエティ」とある。

イギリスの十八世紀は基本的にはホモ・ソーシャルの世界であり、残念ながら女性は、文化にまったく関与できない。そんな中で、とにかくしゃべり合う。そして最終的にだれの議論が勝ったということにはならず、とにかく全員の意見を羅列した一種の「現代用語の基礎知識」のイギリス版である。その年に何が話題になったのかは、その小説を読めば全部わかる摩訶《まか》不思議なジャンルである。マデイラやクラレットの美酒と饗宴で終わる祝祭性は、バフチンのいう「対話」、「カーニヴァル」の文学の定義にぴったりなので、そう思って一文草したこともある。漱石が『吾輩は猫である』にそっくり引きうつしにした世界だ。

ピーコックは、こういう観念小説、思想小説を得意にした。こういった小説は、日本ではなかなか理解されない。「小説は思想とは関係ない」という簡単な思い込みがあるが、小説とは、あくまで「小説と呼ばれるジャンルに一番向きそうな」情報を伝達するメディアである。

デフォーについてもいったが、小説はメディアなのだ。この考え方が基本になければ、イギリス最初のプリントマスターが、同時に女中監禁の危うい「コレクター」小説を書いたなんてことの面白さはわからない。

十八世紀イギリスの視覚文化を見ると、とにかく「テーブルとは何か」にすごくこだわっているが、同時代日本にも「理《ことわり》」という観念がある。江戸時代の儒教の根本にあるのがそれだという。

こういう一種視覚的な思考をやらせると他の追随を許さないのが松岡正剛という天才だが、ぼくのテーブル論に欠けているものを次々指摘してくれる中に、次のような面白い議論があった。

「理」とは、元々机の上に置いたものを割っていくことである。「こと」は、シング(thing)。「割る」は、ディヴァイド(divide)。最初「こと割り」と書いていたのが、「理」となった。そもそも「理」とは、机の上で、みんなが見てわかるように事を割る、分けていくことである、と。そうか、前述の「分ける、分かる」の議論の根もここにあるのか。

つまり、混沌としてわからないものをテーブルにのせ、それを分けることで、万人が理解することができる。タブローとして見せられるのだ。別の言葉でいえば、テーブル文化の進展は「分類学」の出現を意味しているわけだ。

大英博物館の誕生

まず、分類学への突破口を開いたのが「博物学」であった。イギリスの場合は、十八世紀の真ん中ではっきり一段階アップする。一七五三年に、ハンス・スローンというヴァーチュオーソの個人的な「キャビネット」が国家に遺贈されたのを機に、「大英博物館条例」ができて、ここからパブリック・ミュージアムの歴史が始まる。当初の施設の管理の悪さは、伝説として残っているが、それが「ブリティッシュ・ミュージアム」である。

逆にマニエリスムの時期から一七五三年までは「ヴンダーカンマー(驚くべきものを集めた部屋=独)」の歴史ということになる。英語では「キャビネット・オヴ・キュリオシティーズ」、フランス語では「キャビネ・ド・キュリウー」という。

十八世紀の半ばぐらいまでは、「キャビネット」といえば、自動的に「キャビネット・オヴ・キュリオシティーズ」のことを指した。要するに「好奇の対象になり得るものをいろいろ集めた小部屋」の意味である。「ワンダー・キャビネット」などともいう。

部屋を持てなかった人は、大型のたんすをそう呼んだ。これがマニエリスムのときに頂点に達する。ピエトラ・ドゥーラで表面を全部覆《おお》っているキャビネットがたくさん残っている。その中には珍品といわれるものが入っていて、まさしく今風にいえば「お宝鑑定団」の世界である。

世界を渡り歩いていると称する商人から、たとえば角《つの》が三つある鹿が見つかったという情報を得ると、たちまちヨーロッパ中の貴族が競って買おうとする。鹿は落札した貴族のところに行き、角が三つある珍しい鹿の首が、キャビネットに収まる。この貴族はまわりの貴族に手紙を書く。「オレは角が三つある鹿を手に入れた」というと、みんなが「どれどれ」と見に来る。「なんだ、うちには角が四つある鹿がいるぞ」と、お互い珍品のコンテストのようなことをやっていた。ばかばかしい文化だが、それが一七五三年までの文化なのだ。

英国ではトラデスカントという父子の「ノアの箱舟」と仇名《あだな》されたワンダー・キャビネットが有名だ。その珍しいカンヴァセーション・ピースを載せておいた（二〇〇ページ図48）。ヴァーチュオーソたちの「洗練された会話術」を耳にするような気がする。こういう施設を訪ね歩いたのが旅行家ジョン・イーヴリンで、その『日記』はサミュエル・ピープスの暗号日記とともに「ワンダー」が「ファクト」に変わっていく時代の雰囲気をよく伝えている。そうこうしているうちに、とにかく一七五三年を期して、我々が今日「ミュージアム」といっているものがついに成立する。

分析的な理性

大雑把にいうと、びっくりさせてくれるものをとにかくたくさん集めて、その物量で「どうだ、オレの方が偉い」などといっていた「驚異」の文化が、一七五三年で消滅したということである。そして、国家管理になったときに、王立協会の生物学者たちがそれを管理することになった。そう、「人が話す言葉はシンプル・イズ・ベスト」などといっている連中が、一角や二角のサイを扱うようになる「差異の世界《ワールド・オヴ・ディファレンス》」である。フーコーが「類似」の世界と呼んだ魔術的世界がここで終わる。

今まで教養のない貴族が、「焦げ茶色の悪いことをする臭い虫」といっていたものに、まず「ゴキブリ」と名前をつける。さらに、チャバネとヤマトとに分かれる。チャバネはチャバネでもさらに、○○チャバネと分かれる。そういう分類をした人が、分ける能力を持たない人に比べて「オレの方が分かっている」という優越感を持つようになる。こうして分析的な理性や合理が形を成してくる。

しかも、それは大変視覚的なものを伴う。視覚、あるいは視覚的なものが生みだす材料の一番の強みは「混沌」と逆のものである。二つのものがいかに明晰に分かれて（あいだに何もない白い空間を置かれて）、いかに明晰に別々のものとして認識できるかという多分新種の快楽を与えられる。

分析《アナリシス》／分解の具としてつくられた言語に、他のメディアが似ようとし始めるのである。「分析的な理性」とは、こうして一番分かりやすくいえば、輪郭の鋭い精密な絵を大事にする精神である。

ここから、いわゆる言語中心の物の考え方が主流になる。絵は、イラストレーションの地位に落ち、「言葉をよりよく説明するため」という従属的な役割になる。あるいは、絵そのもののあり方が、かつて目指したことのない「精密さ」という、本来言語が誇っていた特性のおこぼれにあずかるようになる。

十八世紀半ばから、絵自体が、自分で意識しないうちに言語と同じ構造を目指そう、近づこうとする傾向が始まる。先鞭をつけたのは、もはや繰り返すまでもなく、一七二八年のチェンバーズの『サイクロペディア』で、このあたりから、現実に近い精密な絵が出現した。十八世紀の半ば以後、視覚文化とは、きちんと分けられたものを見る快楽であり、その快楽が「合理」「理性」という名前で人間の頭脳の構造として説明されていく。

我々は「合理」「理性」と簡単にいうが、実はイギリスのこの時代くらいからあらわれてくる大変歴史的な特異現象である。

マニエリスムとフーコー表象論のゆるやかな接続

以上、博物学がどんどんトップ・ダウンに管理される分類学へと「合理」化されていく話をしたが、新美術史派の旗手で、タイモン・スクリーチの先生にもあたる親日派ノーマン・ブライソン教授が、例によってオランダ十七世紀の表象文化がどうなっていたか書いた文章がそっくり同じことをいっているので、たまには他人《ひと》の御高説に力を借りよう。テーブル論もみごとだ。こう、ある。

（ブーケ画にあっては）野草を描くことの禁止に劣らず厳しかった禁じ手に、同じ花を二度とは描かないというのがあった。（……）反復ということが厳しく避けられるのであり、同一種のものの数をどんどんふやしてみたところで人々の好奇心をひきつけることはできない。（……）真に人の目を魅了するものは構成と賦彩の両面における花と花の「間の」差異なのであり、求められるべきは豊穣ではなく、科学的自然主義のレンズを介して見られた「標本《スペシメン》」なのである。もちろんリネー（リンネ）による複雑な植物記述体系はまだ一世紀も先のことなのだが、花々はすでにして、ある花を他の標本との差異を通じて確定する方式を別に異ともせぬ分類学的知性にさらされていたのである。繰り返して描かれた花は何ら目新しい情報を伝えるわけでなく、もはや冗漫なつけ足しに過ぎない。とりわけ面白いのは植物の同一族の中に品種改良でつくり出される差異で、花卉画《かき》は予測不能な変種志向に手もなく魅了されていく。（……）とりわけ十七世紀初めに支配的だった妙に平べったい画面は、ここに起因するかもしれない。それは図表的明快のタビュレーション（*tabulation*）の空間なのである。花、貝殻、昆虫、トカゲといった静物が同じ場面に平気で共存している（我々に言わせればシュルレアルな）構造はそこから出てくるのだ。科学的知識を生む支配的モードが分類学《タクソノミー》であるような博物学時代にあっては、一切が精密な分類にさらされる。むろん蝶や蜻蛉《かげろう》を世のはかなさの象徴と見るような、あるいはボスヘールトの絵の上に入りこむ家バエを見て、人もやがて腐るという真理を思い出すというようなルネサンス時代のモードが、なおオランダ静物画中に残存していたのはたしかだ。フーコーも言っているが、知識生産のいくつかのモードが一時代（そして一作品）の中に併存していても少しもおかしくはない。それはそうだが、オランダ花卉画は、最初のミュージアムたる驚異－博物館、綺想－博物館を生みだしたのと同じ空間の中にあったのだ。根本的な構造や類型を枠組みに変種をはっきり浮かびあがらせようと企てる分類学の空間、図表化の空間の中に、事物を配列することで知識を生産するのを業とした自然珍品収集の簞笥《キャビネ》と同じ空間の中に、というわけである。十七世紀オランダのコレクターたち、かつてウィーンやプラハの宮廷にいた狂的な王族コレクターのブルジョワ化された末裔たちにとって、貝殻も科学的珍品も同じ図表的《タビユラー》（*tabular*）で一望瞰視的《パノプチック》な空間に属するものなのであった（『見過ごされたもの』）。

「ヴンダーカンマー」のマニエリスムとフーコー表象論がゆるやかに接続された、ぼく以外では多分初めての議論だろう。ノーマン・ブライソンやバーバラ・スタフォードといった英語圏の人間が、ついにこういう純粋欧系の材料を自在につかいこなしはじめた、というしびれるような感慨を与えた一文である。「パノプチック」はいうまでもなく、円筒形の獄房を中央タワーから最小限の看守が監視するシステム。フーコー視覚文化批判の中心的テーマだったものだ（『監獄の誕生』）。

文学にひきつければ、十八世紀前半のピカレスク世界のアバウトでルースな世界が、「視点」を持つタイトな小説世界に変えられていくのを、秀才ジョン・ベンダーは『想像の懲治監獄』で、やはり「パノプチック」なものの出現として説明している。この辺、何もかもがゆっくりとつながり合いながら、壮大な十七、十八世紀文化史の書き換えが進行中である。

3　観相学の流行

バルザック『歩行の理論』

ところが、一七八〇年頃、文学史が「ロマン派の始まり」という頃から、博物学の目と方法が、当然のように人間に向けられる。集塊《マス》として処理しなければならないほどの都市への人口集中が背景にある。人間に向けられた博物学を別名「観相学《フイジオノミー》（physiognomy）」という。

これ以降、少しくフランスに話をふる。やがて英国に面白い影響をもたらすはずのものがフランスではっきりと形をととのえていったからだ。

バルザック（一七九九〜一八五〇）が突然のごとく発明した「リアリズム」というものについてみんな研究するが、ぼくの知る限り、日本の小説研究家で、人相見の研究を深めた人はいない。

バルザックは、出発点はデフォーやディケンズと同じジャーナリストで、いってみれば小説家ではない。バルザックの頭の中に、先験的《ア・プリオリ》に「小説」という概念はないと思う。バルザックの初期のジャーナリズムの傑作は、なんといっても『歩行の理論』である。バルザシエンヌ山田登世子氏の訳が『風俗のパトロジー』（新評論）という作品集の中で読める。『人間はなぜ歩くのか、どう歩くのかという歩き方の「理論」である。こんな歩き方をすると、こんな病気になる、とかとか。結論はいたってふざけたもので、「理論という言葉にだまされて読んだ君はばか」とうそぶく戯文である。

そもそも「理論（théorie）」とは何か。「理論（theory）」、「劇場（theater）」、「美学（aesthetics）」は実は皆、同じ仲間なのである。それぞれの、真ん中にある「theo」は、

「物を見る」というギリシャ語（*θεάομαι*）から来ている。

パゾリーニの映画『テオレマ』で有名になったが、ギリシャ語で見るもの、スペクタクルをテオレマというのである。こうしてみると「理論」の名に値する何かが成立するのは、構造的に「テーブルする（並べて見る）」世界である一七五〇年以降ではなかったのかという目星が立つ。

そうなのだ。「美学」は、一七五〇年代『エステティカ（美学）』を書いたバウムガルテン（一七一四〜一七六二）、一七五三年『美の分析』を書いたホガース、その他この他で明白である。そして代表が「博物学」である。「分類学の祖」リンネ（一七〇七〜一七七八）は、一七五三年の『植物の種（*Species plantarum*）』で、二分法を確立する。種《しゅ》（species）という観念自体、「スペクタクル」などと同じ、「見る」という意味の“spec-”なる語幹を抱えている。十八世紀後半のすべてが「見る」ことへの関心から出てくる文化相は、こんなところからいくらでもぽろぽろ見えてくる。

今もスペクタクルという言葉が出てきたわけだが、「劇場」は、人間の感情や性格とかをじっくり見せる場のみをいうのではない。舞台装置や機械装置などに凝《こ》った市川猿之助のスーパー歌舞伎的世界が一七五〇年以降に出現する。これは、人間というものの性格《キャラクター》を知る目的で劇を見に行く人にとっては堕落かもしれない。

ところが、ぼくのように、劇場とは、本来機械《メカネー》の世界であると思う人間にとっては、劇場

50　新しい「ものの見方」、新しいパラダイムを要求する世界の出現。人口、物量、そして記号の都市集中は、新たな分類学とインテリア断面の図像学をうむだろう。これは1845年のパリ。

の本来のあり方がむしろ見えてきたのが、十八世紀後半であった。日本でいえば、初世並木《なみき》正三《しょうぞう》から大南北《おおなんぼく》へ、向こうでいえばド・ラウザーバーグやダゲールたちの世界だ。セリや回り舞台やジオラマ舞台、一般にセノグラフィーといわれる舞台技術、舞台美術がどっと前面に出た。

で、肝心の「理論」に返ろう。『テオリー・ドゥ・ラ・デマルシュ（歩行の理論）』という、バルザックの似非《えせ》論文とは一体何なのか。カフェの表に椅子とテーブルを出し（カフェもテーブル文化なのだ）、日がな一日通行人を見た第一号がオノレ・ド・バルザックである。若き日の彼は、朝から晩まで椅子に座って人間をスケッチし、その結果できたのが『歩行の理論』という不思議なエッセイである。むろん伝説にまでなったバルザックの、次から次へのコーヒーがぶ飲みの図である。

彼は「あらゆるものが理論化されている今日、なぜ人間にとって一番大事な歩きについての理論がないのだろうか。ようし、ぼくがやろう」といっているけれども、理論的なことなど何も書いていない。「人間の内面は、その人の歩き方に全部あらわれる」という、大変わかりやすい言い分である。

魔術師ラファーターの『観相学断片』

電車の中吊り広告に、ある雑誌の大特集で「作法は顔にあらわれる」という見出しがあった。これはそのまま十八世紀末と同じである。それを「観相学」という名前で集大成したのが、スイス人牧師のカスパル・ラファーターによって一七七五年に出された奇書『観相学断片』である。超豪華本もあった。序文はゲーテ、本文はラファーター、そして、何百枚もついている顔の挿し絵を描いたのは、のち幻想画家の代表格になるフュッスリというから、何とも面子《メンツ》も豪華である。

フュッスリは『夢魔』といって、夢の中に出てきた悪魔が女の人を苦しめるというロマンチックな怖い絵の画家として知られているが、彼の作品の大半は、デッサンなのか未完なのかはっきりしない人間の身振り手振りの習作である。「ミケランジェロ風」と評される隆々たる筋肉、そして人物たちの身振りの激しさがフュッスリの絵の特徴だが、すべてこの観相学習作がしっかりした基礎なのだと知れる。身振り手振りの術《アルテ》といえば同時代では名優ギャリックがおり、ホガースまでその線はたどれる。ホガースとフュッスリを通じて英国ロマン派観を一変させようとしたフレデリック・アンタルの先見の明を改めて思う。そのことをわかっていた由良君美氏の『ディアロゴス演戯』(一九八八)の偉大さをも。超英文学の記念碑的作品であろう。

フュッスリはおもしろい出自で、元々はスイス人。スイスにいた頃にラファーターの友人だったのが、のち英国に帰化した。大陸からやってきて英国表象文化を変えた人たちとしてヘンデル、コメニウスと並べて、ぼくはフュッスリの名を挙げる。

ジョイスが骨を埋めるにいたった二十世紀初めのスイスも面白いが（ユング、チューリッヒ・ダダ）、十八世紀末のスイスもめっぽう面白い。『フランケンシュタイン』の舞台だ。当時のスイスには、J・G・ハーマンとJ・C・ラファーターという魔術的な哲学者がいて、それぞれ北の魔術師、南の魔術師と呼ばれていた。

なぜ魔術師か。魔術は長い間「人間の心は宇宙と照応関係にある」と考えてきた。世界はマクロコスモスで、人間の体と心はミクロコスモス。互いに対応があるという思想が魔術思想の根本だ。

だが、ラファーターはさらに先へ行った。自然の摂理と人間の内面が照応関係にあり、さらに人間の内面と人間の外面が照応関係にあると考えた。この二段構えの考え方を突き詰めた結果、観相学ができた。

かつての魔術思想では、人間の顔は、「シグヌム（signum＝神の署名）」だといわれていた。最近、記号という意味で気楽に使われる「サイン」は、元々ラテン語で「シグヌム」という複雑にして妙な観念なのである。

自然の様相も一種の「顔」として読まれる。神の文字ないし神の署名。「神の署名」という短篇がボルヘスにある。たとえば、山中の鉱脈をたどっていくことで、金《きん》が見つかるように、自然の中にも一種の文字がある。それを読む人を「山師《やまし》」というのだし、そういうしるしをドイツ・ロマン派はヒエログリフィクス（聖刻文字）と呼んだ。この神の書いた文字は人間にも刻まれていて、それが人間の性格なのだとラファーターは考えた。「キャラクター」が人の性格、と同時に「文字」「しるし」の意味であることは、実は十八世紀文化史のハイライトなのだ。

人間の博物学を生む構造とは

同じ頃一七八〇〜一七九〇年代、鎖国していたはずの日本に、歌麿《うたまろ》、写楽《しゃらく》など、人の首から上の絵ばかり描いた画家たちが輩出しているが、これは、日本の美術史の謎といわれている。歌麿など自ら絵師ではなく「相見」と称しているくらいだが、首から上だけの「大首《おおくび》絵」が、全体を描く代用になるという不思議なアイディアが、そのとき同時に江戸にも生まれたのは一体なぜか。事実が指摘されるばかりで、原因は追究される気配がない。

鎖国というが、そういう絵は当時たくさん入っていたという発想もひとつあるだろう。

そしてまた、鎖国自体は完璧だったが、文化状況が似てくると、人間の顔に対する興味がだんだん出てくる。むしろ、そういうアイディアをうんだ構造をきちんと解明すべきだという発想もあるだろう。文化史の説明としては二つ目の方が面白い。

人状況が似てくるとはたとえばどういうことか。一七八〇年代は、ロンドンやパリでも、人口が毎年、急増中である。自分のまわりにどんどん知らない人がふえてくる。赤の他人のことをフランス語では「エトランゼ」というが、年々歳々どんどん人間がふえていくときに

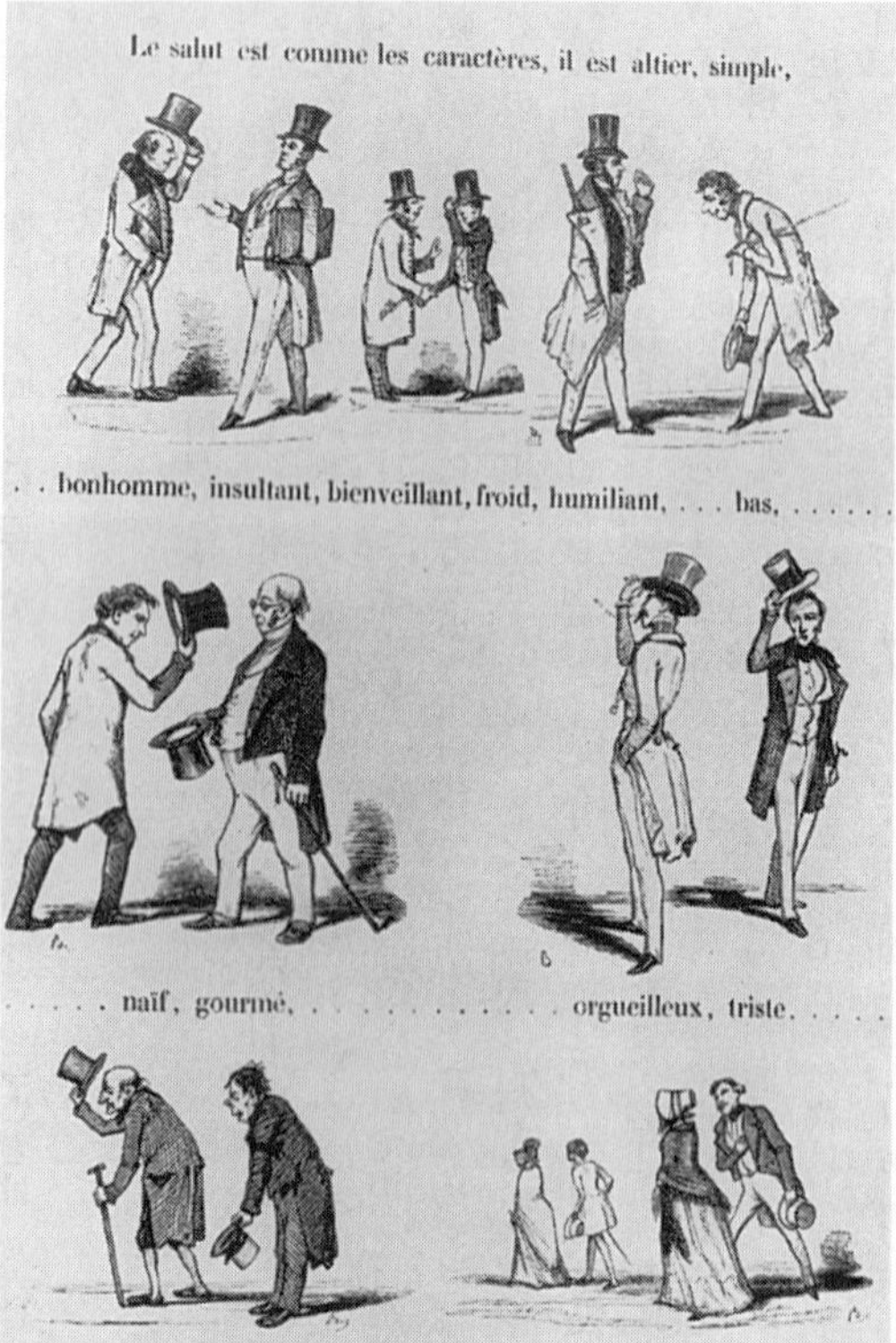

51　道行く人々を観察するバルザックは「歩行の理論」を発見し、人の職分が人の外見万般に印す刻印をさぐった「フィジオロジー」という珍妙な人間博物誌を綴った。これは1845～1846年頃。

52　ウィリアム・ホガースがこの『キャラクターとカリカチュア』(1743) を描いた頃の英国が、「路上観察」のピカレスク小説全盛時代だったのは偶然ではない。

53　自分の頭の形をシーザーのそれと比べて自己評価のバカ男。フィジオノミー（観相学）はやがてフレノロジー（骨相学）へとさらに「科学的」に専門化した。オノレ・ドーミエの戯画 (1836)。

54　すべてが同時代の江戸でも。浮世絵師喜多川歌麿の観相術好きは有名で、自らを「絵師」ではなく「相見歌麿」と称していた。

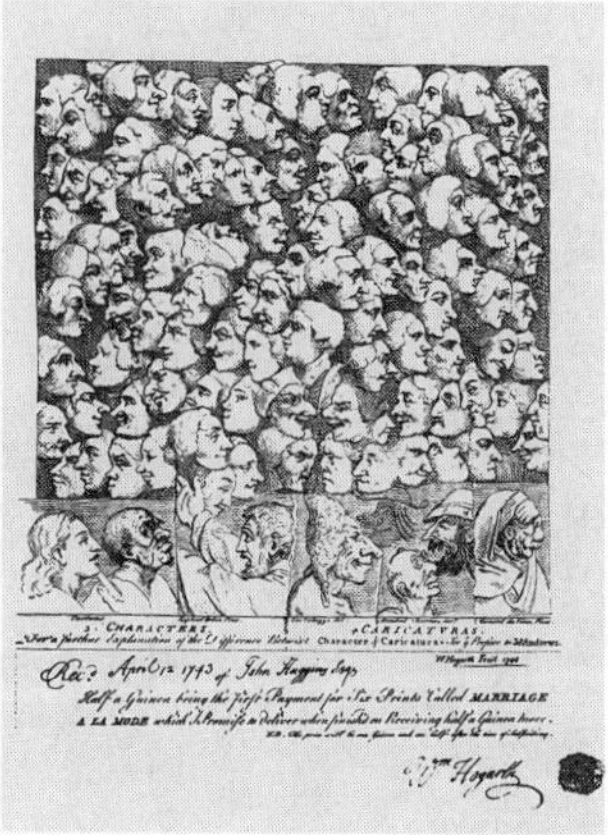

52

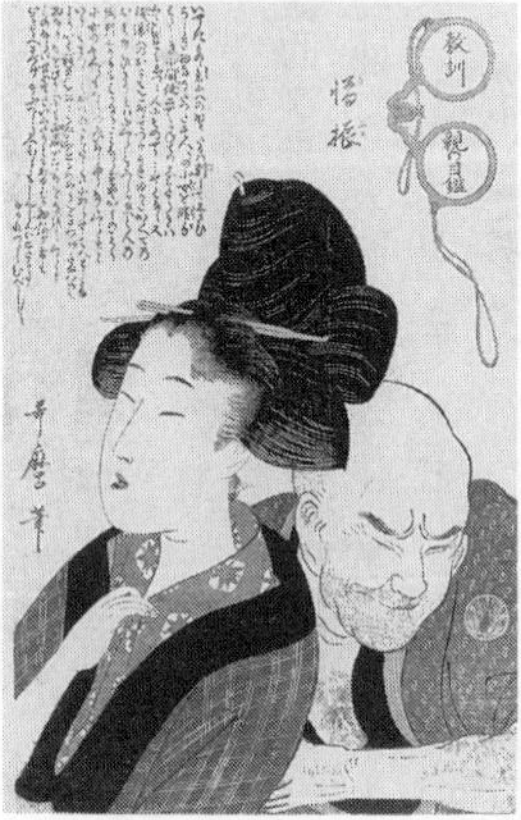
54

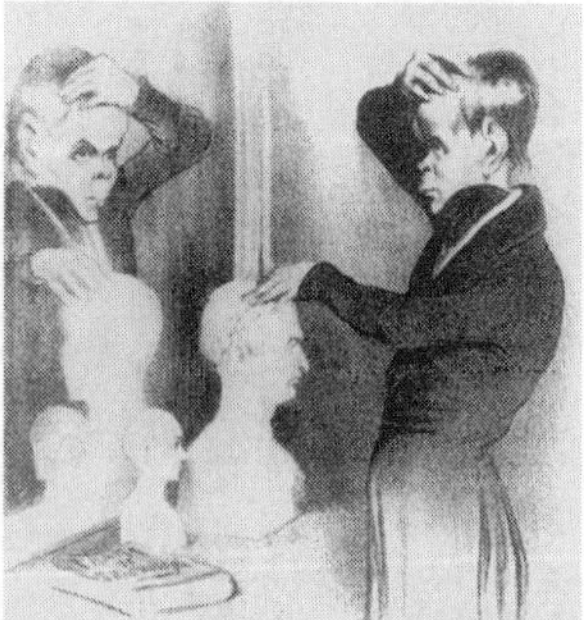
53

は、相手を何者かと理解するコードが追いつかない。そのときに必要があって生まれてきた「調停のコード」(リチャード・セネット)が、フィジオノミーという人間に向けられた「博物学」だといえる。

そして、ラファーターの『観相学断片』刊行の一七七五年は「表象論」というか、「表」にあらわれた形で文化を読む技術にとって大変象徴的な年である。人間の顔を読む技術。「顔」というと少し語弊があろうか。もう少し広い意味で、人間の外形全体を英語で「パーソナル・アピアランシーズ(personal appearances)」というが、それをどう読んで、その人の内面のあり方へ結びつけるかというのが観相学のテーマである。

顔面角から鼻指数へ

『観相学断片』を断片的に読む限りは(もっとも、この時代、「断片《フラグメント》」というのは百科事典の代名詞。記述がばらばらという意味なのではない)、面白いコードである。徹底的にやっている。まずは髪の色。欧米諸国では、戸籍や履歴書、証明書すべてに「髪の色」「目の色」という項目がある。

日本人の目と髪の色はみんな黒いが、外国人は、グリーン、トビ色などいろいろあって、実はそれが、この時代の人間の内面を理解するのに必要なものになったのである。さしあたり外形の輪郭をコントゥア(contour)、アウトライン(outline)、フィーチャー

(feature) などというが、これらはみな、この時代に何かの特徴を示す言葉として強烈な頻度で出てくる。『OED』を引いて欲しい。

たとえば「Tは陽気だけれども、頭の回転が速い」、こう表現すれば一行で済むが、そうは書かないのだ。「Tは、朝から晩までよくしゃべる。下唇が上唇よりも少し前に出ている。耳たぶは、前に曲がった福耳だが、その割には小金がない。小鼻が開いているから情欲が強いのであろうが、女のうわさは聞かない」。とにかく絶対的にその人の内面がこうだとは書かずに、髪の色、眉の形など、外堀を徹底的に埋めていく。

最もばかばかしいのは「フェイシャル・アングル (facial angle ＝顔面角)」である。顔面角は、耳のつけ根と鼻の先端を結ぶ水平の線と、額の生え際と鼻の線を結ぶ直線の二本の直線がつくる角度をいう。最初は軽いジョークのつもりだったのかもしれない。

この角度が大きければ大きいだけ高等人種である。モデルは、むろん白人の成年の男子である。フェミニズムなどの立場から見ると、これは最初から予定調和でそこを目指した計算方法であって、白人男子の大人が最高に進化した人間といいたいわけである。逆に、この角度の一番小さいのがサルである。世界中の人間の横顔をとってきて顔面角を測定し、これがどんどん精密になる。「ネイザル・インデックス (nasal index)」などというものもあって、鼻の鼻下点までの長さを測る。この考え方は百五十年間ヨーロッパを席巻して、最後にヒトラーに行き着くのだから、おそろしい。

思わぬ余波

最初は神秘思想の豪華本として一部の知識人の間に行き渡っていただけのものが、「人を見分ける」便利なコツということで独立してハンドブックになり、聖書を上回る大ベストセラーになった。妙な話だが、ヨーロッパの結婚斡旋《あっせん》の組織、人を採用する人事のシステムには、全部この『観相学断片』のポケット版が普及していく。

道化文化論をやる方は十八世紀のヴェネツィアのカルナヴァーレを、すばらしいカーニヴァル文化、日本にはああいう豊かな成熟したロココ文化がないなどといって褒める。ティントレットもそうした絵を描いている。どこがすばらしいのか。『エンサイクロペディア・ブリタニカ』の当時のある版で「フィジオノミー」の項目をたまたま目にした時、ぼくは大笑いした。「最近のヴェネツィアでは、素顔で街に出ると本心をすぐ見破られると思う多くの人が目鬘《めかずら》をつけて歩く」という例文がある。素顔だと街を歩けなかったのだ。すべてラファーターのせいである。

江戸時代に歌舞伎を媒介にして、「目鬘」というアイ・マスクが大流行する。郭《くるわ》で遊んでいるお大尽たちが、目に黒いアイ・マスクをつけて笑っている絵があるが、実は日本にもこの時代からすでにあったのである。

有名なジョークがある。進化論のチャールズ・ロバート・ダーウィン（一八〇九〜一八八八二）が、ビーグル号という船に乗る。このビーグル号という海軍の測量船に乗らなければ、たぶん進化論は書かれなかったとまでいわれている。

ビーグル号の艦長ロバート・フィッツロイは観相学を全然知らなかった。もしフィッツロイがラファーターの『観相学断片』を持っていたら、ダーウィンを船には乗せなかった。なぜならダーウィンの顔面角は、限りなくサルに近い凶相だったからだ。

これはジョークとしては実は痛ましいジョークである。進化論が全英を揺るがせ、フィッツロイは追い詰められて、裁判中にピストル自殺してしまうのである。

我々は、こういう話を聞くと「人間の鼻の角度など測って何になるのか」と思うが、だんだん測定が精密になる上に、十九世紀末の各種差別イデオロギーとタイアップして、たとえば犯罪類型学を生み、ユダヤ人の差別に使われるようになった。

アンスロポメトリーといって、体各部位の寸法を測り今の指紋に当たるものとして使うやり方が普及した。そしてこれこれの測定値の者には強姦犯人が多いといった似非《えせ》類型学が生まれた。医師チェーザレ・ロンブローゾの名で知られるあやしい世界だ。

それを怒ったのが、博物学者のスティーヴン・グールド。『人間の測りまちがい』（河出書房新社）という翻訳で読める。ぜひ読んで欲しい。それからディディ＝ユベルマンの『アウラ・ヒステリカ』（リブロポート）も。「ヒステリー」を外形から定義して、それと一致するとみなされた女たちを拉致《らち》した。

まとめてみよう。

自然だけを対象としていた博物学が、その範囲を人間へと拡大したときに、「観相学」という実に興味深い現象となって、十八世紀末から二十世紀にかけて、ヨーロッパを席巻する。

人間に対してもたくさんのケースを集めて分類し、しかもすべて絵にして一般に普及するという動きが、フランス革命前後の四、五十年間にヨーロッパ中を席巻したが、「人間の顔とは何か」というテーマは当然それを読み解くプロとしての「探偵」をうむだろうが、それは次章の話題である。

4　デパートの話

「見る」、「分ける」に「売る」がくっついた

見て、そして分ける分類学の世界は一方で「人間の博物学」に達したが、もう一方で、見せて「売る」という要素がそれに加わってデパート商法につながった。次章へのつながりということでは、一度デパートのことにふれておかなければならない。

実は、一八五二年以前にデパートはない。ぼくの母は広島の呉《くれ》の呉服屋の娘だったので、ぼくなりに昔の商売をよく知っているつもりである。今は言葉だけだが、下足《げそく》商売だったの

である。入り口でお客さんの下駄を預かる。呉服屋は大抵、中で商売する。下駄を返してもらうためには、手ぶらでは帰れない。どんなに安いものでも買って帰らないといけない。そういう気詰まりな商法が昔は横行していた。売る側、買う側一対一の座売り商売と、初田亨《はつだとおる》氏の名著『百貨店の誕生』（ちくま学芸文庫）にはある。

そんな下足商売が何を威張っているのだと思ったのが、一八五二年のある商人である。だれでも入れて、「ちょっと見るだけ」、別に何も買わなくてもいいという商売を打ち出す。しかも、正札《しょうふだ》のついた品物をレジに持っていけば、お金の交渉をする必要はないし、だれもが同じ値段で買えるのだ。自由かつ平等。そう、フランス革命が残したものはグラン・マガザン（デパート）だけだったのかもしれない。プチ・コメルス（小売商売）からグラン・コメルス（大商法＝低マージンで大量の商売をする）になることで、商品の数も一段とふえた。こうした商売のやり方は、一八五二年まではなかった。アリスティッド・ブーシコーの鴻業である。

各デパート関係者の研究会ともいうべき流通産業研究所と、ぼくは関係するようになってから、デパートと文化の関係をまともに知っている経済学部の人間が皆無だということがわかって困ったので、次は商学部に狙いを定めて、日本全国の商学部でデパート経営を語れる専門家を探した。しかし、絶無だった。

仕方がないので、自ら一年ほどデパートの勉強をし、飯田橋《いいだばし》のホテル・エドモントでにわかじこみのレクチャーなどをする破目になった。その過程でできた本が、今は絶版になった『世紀末異貌』（一九九〇）である。世紀末をオスカー・ワイルドやビアズリーなどで説明するのはやめて、戦争とデパートと催眠術の三つで議論しつくした。

デパートのパラダイム

ぼくにとってデパートは世界だった。一九〇〇年にある小説家が『世界はデパートである』という小説を書いたが、まさしくそうだ。

ぼくの世代には、一日デパートで過ごすというライフスタイルがあった。これはぼくだけの変な趣味かと思ったが、昭和二十二、三年生まれの人と話をする機会のあるときに聞いてみると、みんな小さいときにデパートで遊んでいる。

そのデパートがこの二十年、低落気味である。そごうの没落はショックだった。デパート全体がどうも立ち直れない。なぜか。

たくさんのものを集めて、それを分けて並べ、工夫された視覚的な快楽に変えて価値にした一パラダイムが有効でなくなってきたのではないかとまで思う。ある変化を原因として物の見方全体が変わるとき、その全体をパラダイムの変化という。

たしかにデパートはひとつの視覚的なパラダイムを担っていた。それまでは、変な壺があっても、ただ鑑賞するだけだった。しかし、デパートは「あれが欲しい」といって正札の値段を支払えば、持って帰ることができる博物館なのだ。見ること、分類すること、展示することの三段階に加えて、買うことができるというのは、十七、十八世紀の博物学の文化をそっくり商法にかえたものなのである（これではとてものこと経済学部、商学部の人たちの手に負える世界ではなさそうだ）。

世紀末異貌

まず視覚的な快楽をデパートほど開発した世界はない。とにかく売らないといけない。ただ見て楽しんで帰ってもらうのとはわけがちがう。欲しいと思ったら、ぼくの母がいつもそうだったが、「お金ない」といいながら家に戻ってお金を持ってきてでも買わせなければならない。

買いたいように見せる技術の研究所だから、端的な例として、婦人服の売場を必ず子供のおもちゃ売場の手前に置くことなど（なぜ、でしょう）、徹底している。

こういう工夫をした世界初のデパート創設者アリスティッド・ブーシコーを研究せずして世紀末を論ずるのはむだといっていい。『世紀末異貌』は、そう主張していた。

また、図書館の十進分類法を発明したアメリカ図書館協会会長メルヴィル・デューイ（一八五一〜一九三一）を研究しない世紀末論はナンセンスだとも主張したのだが、ぼくがいっていることの意味をだれも理解してくれなかった。

UFAYEL
FONDÉE EN 1856
ORFEVRERIE
JOA

55　デパートのパラダイムとでもいうべきもの。物が集まっているのを見る快楽に分類学の快楽が加わり、その全体が消費資本主義を象徴するシステムにゆっくりと変わっていく。日本でも「勧工場」から「百貨店」へ、同じ変化が生じていくだろう。

分類と展示、それを物や情報の「商品」としていった文化なのだ。百年後にコンピュータが出てきてみると、十九世紀末は電気がないだけで、アイディアは同じだったことがわかる。そう、百年間たいして進歩していない。シャーロック・ホームズは、日本の今の迷宮入り事件くらいすべて解決するだろう。日本の警察の情報管理能力は百年間そう前に進んでいるようにもみえない。シャーロック・ホームズは、百年前からずっとみごとな情報管理をやっている。タロットカードと推理小説と現在のコンピュータをつないだ不思議な推理小説論も、すべて『世紀末異貌』に入っていることを思い出したが、これはすでに次章の話題である。十九世紀末のもうひとつの顔を見に行こう。

第六章　「こころ」のマジック世紀末——推理王ホームズとオカルト

1　レンズとリアリズム

「描写」の近代

描写が少しずつ細かくなっていく文学史という形で、十七、十八世紀の表象文化を論じてきたが、十九世紀の終わりに向けて、それがピークに達し、同時にひとつ結果が出たことを、だれしもの知るシャーロック・ホームズのシリーズとルイス・キャロルについて見てみようと思う。

大小説家バルザックは「リアリズムの元祖」といわれているが、バルザックにとって「リアル」であるとは一体何か。これも同じ仇名《あだな》を付けられるデフォーについても、ぼくは同じ問いを問うた。

たとえば、人物描写の面から見ると、バルザックのつくり出した「ヴォートラン」という登場人物がいる。いくつもの作品にまたがって出てくるいわゆる「再出人物」だが、この描写が完璧である。「髪が黒く目が異様に光っている」という描き方だけで、読者はいきなり、こいつがきっと邪悪なことをやるんだろうと了解して読んでいくのである。先の章で紹介した「観相学」というものによって立つ人物描写の約束事であった。

ピクチャレスク趣味についても述べたが、ひるがえって考えてみるに、風景描写なるもの、実は自然景観を相手にした観相術だったともいえる。

小説におけるこうした「描写」の基本的な構造は、一七八〇年から一八二〇年までの四十年間に出てくる。要するにロマン派といわれる時期にぴったり重なるわけで、このことからロマン派研究がここら辺の事情を無視することはできなくなるのである。次の段階では、描写はすでにパロディの対象になる。アメリカでは「データをたくさん積み重ねたからといって、はたしてリアルなものに近づけるのか」というパロディックというかニヒルな感じで、ヨーロッパの描写趣味をそっくり引き継いだ。

アメリカは、少しだけ遅れてヨーロッパをリピートするところに面白みのある文化だが、エドガー・アラン・ポー（一八〇九～一八四九）が繰り返しいろいろなパロディ作品を書いた。

なんといっても名作『アッシャー家の崩壊』の冒頭、意図的にピクチャレスクな風景描写をパロディ化している。こんなにまで書きこんだからといって、それが一体何なのかという皮肉なパロディである。人物描写も然《しか》りで、主人公のロデリック・アッシャーを「髪はこんな色で、秀《ひい》でた額《ひたい》は観念力の強さを表し……」などと描写している。メスメリズムその他の疑似科学万般といっしょくたに、観相学とピクチャレスクが十九世紀半ば、いわゆる「アメリカン・ルネサンス」を席巻していく。観相学と骨相学によって徹底した人物描写をしているのは、実は、ヨーロッパの小説ではなく、アメリカの十九世紀の小説である。

ニュートンの『光学』で「網膜」という言葉を手に入れて出発したのが十八世紀、次に英文学は「観相学」を手にして、それを十九世紀の後半まで引きずっていく。

ホームズはマジシャン

そうした小説の描写法は、基本的にフランス革命前後に始まり、そして対象をより多くの細部に分けて精密に累積すれば、そのもののリアリティに近づけるという「思い込み」の書き方が、バルザックの「リアリズム」になる。

そして、明敏なきみにはすでに想像できているように、これは最後に「推理小説」という不思議なジャンルにつながっていくわけだ。バルザックのリアリズムがドイルの推理小説につながるという議論はこれまで一度も聞いたことがないが、これまで見てきた文化史のロジックに沿うならば、まさしくそのとおりなのである。

「ディテールを積み重ねると、必ずリアリティに突き当たる」というリアリズムの根本の観念は、細かいディテールを積み重ねていけば、必ず犯人に行き当たると信じこんでいる探偵の確信とぴったり重なる。推理小説とはつまりメタ・リアリズム小説なのだ。この脈絡がわからないと、推理小説をちゃんと文学史の中にとりこめない。早い話、推理小説は「観相術」の解説書そのものなのである。

ワトソン博士がホームズのことを何度も「まるでマジシャンみたいだ」と、面白い褒《ほ》め方をするが、読んでみると、これはホームズの観相術者としての腕前を褒めていることがわかる。

ホームズの名前を初めて有名にした一八八七年のシリーズ第一作『緋色《ひいろ》の研究』の冒頭で、すでにそのことが書かれている。

ある日ワトソンが新聞を読んでいると「救われる者の名簿」という変な記事が出ていた。それを読んでワトソンは怒り出す。ホームズが横でコーヒーをすりながら「何怒ってるの？」と聞くと「外形を精密に読む術を知っている人間から見れば、どんな人間の心も見ぬけるなどと書いてある。人間はそんな簡単じゃないぜ。こんなばかなことを書く奴がいるなんて」といって怒っているのだ。

聞いていたホームズが「ワトソン君、それ、ぼくが書いたんだよ」。ワトソンが「なにーっ！」といって驚く。それなら、じゃ試しにやってみようということで、ワトソンは自分のポケットから時計を出して「この時計の外形的なものを全部分析して、どういう状況にあっただれの時計かをいい当ててみろ」という。

ホームズは少しその時計を見ているが、これはこれこれしかじかの悲惨な運命をたどって、徐々に零落《れいらく》していった君の兄さんの時計だという。それがズバリ当たっていたので、ワトソンはドキッとすると同時にお兄さんのかわいそうな姿が頭の中をかけめぐり、涙を流す。そして、頭を上げたワトソンが、感心して「君ってマジシャンだね」というのだ。魔術なのか手品なのかあいまいなところに味のある「マジック」の時代のことである。

合理主義と推理小説

ホームズは、そんなことは意にもとめず、窓の外を見ながら「ほら、向こうから一人変な男が来るだろう。あの男は必ずこの家に来る」という。しかも「あいつは十年前までは海兵隊にいて曹長だったな」という。ワトソンは涙をふきながらもう一度「やっぱりこいつはおかしいかもしれない」と思う。

しばらくすると、ドアがコンコンとノックされて、その男が入ってくる。そして「メッセージだ」といって手紙をよこしたときに、ホームズが「ちょっと聞きたいことがある。君、今から何年か前に海兵隊にいたことがあるか？」と聞くと、「はい、そうであります！」と急に兵隊の身振りになる。「君、曹長だった？」「はい、そうであります」。ワトソンが横で驚いてひっくり返る。これが『緋色の研究』の冒頭である。

ホームズ・シリーズは、実はこの飽くことなき繰り返しである。これを人は「推理小説」

などと簡単にいうが、実際には一体どういうジャンルのものなのか。簡単にいえば「外形と隠された本質は一致しているはずだ」というラファーターの魔術思想に奇怪なまでに似た思い込みの世界である。

これが十八世紀から十九世紀にかけて二百年くらいヨーロッパを支配してきた合理主義の実態だ。推理小説は、それが視覚的な文化とどこでどうやって接触するかをわかりやすく示してくれている。

コナン・ドイル（一八五九〜一九三〇）が眼科の開業医をしていたのは大変象徴的なことである。何かを見ることによって何かがわかる典型的タイプだったはずだ。その人がシャーロック・ホームズを書く。シャーロック・ホームズは、おそろしいほどの「視力」を持った人間である。しかもイギリスで最初に光学器械を使った探偵である。自分の肉眼で見えなければ、まずあの有名なルーペを出して、それでも見えない世界は、顕微鏡を駆使する。彼は一介の私立探偵だが、捜査に世界で初めて顕微鏡を使った。顕微鏡大流行の世紀末ではあった。

ちょっと異《い》な連想をひとつ。芥川龍之介も、この文化圏に属していた人で、『女体』という小説を書いている。芥川の小説で何が一番好きかと訊かれれば、ぼくは『杜《と》子春《ししゅん》』でも何でもなく、あえてこの『女体』という翩篇《へんぺん》を挙げたい。

女房のことが大嫌いな亭主が、ある日自分が虱《しらみ》になった夢を見る。虱になった自分が、昼寝している女房の裸の上をもぞもぞ這い回っているうちに「結構いい女じゃないか」と思えてくる。目が覚めたとき「おれはおまえが好きだ」という気分になったというばかばかしいストーリーである。後の乱歩の狂ったレンズ小説に比べて、ほのぼのしているではないか。

芥川はたいそう西欧的な意味で逆説的な作家だから、いかにも蚤《のみ》や虱などに興味を持ちそうだが、カール・ツァイスの顕微鏡と彼の超短篇『女体』の関係などは、だれも考えたことがないだろう。岩波全集本の月報に書いたら賛否半々の反応だった。

明治末年から昭和初年にかけての日本近代文学も、ヨーロッパのいろいろなエポックと同様に、①認識論②レンズ③幻想文学の三要素がしっかりと成立するのである。

したがってぼくは、その時代のメディアとの関係を抜きにして、文学だけを特権的なものとして語ることにはやはり絶対反対である。

たとえばの話がレンズだ。『ある貴婦人の肖像』のヘンリー・ジェイムズは自分の小説そのものを窓から外界を見るレンズにたとえている。十八世紀文学はニコルソン女史によればニュートンのプリズムに発したわけである。女史の本『科学と想像力』(一九五六)によると、十七世紀文学も望遠鏡と顕微鏡に支配されていたようだ。

そして十九世紀はどうか。ロマン派をラカンの「鏡像段階」説で切ったマックス・ミルネールの『ファンタスマゴリア』、同じくロマン派から精神分析への動きを催眠医学のテーマで切ったマリア・タタールの『魔の眼に魅されて』が日本語で読める今、知らないではすま

56　奇術の黄金時代。ハリー・フーディニ（1874〜1926）の脱出芸。
57　キャロルの心霊写真、「夢」。
58　キャロル同時代の写真にはどこかマジカルな雰囲気があり、カメラが「カメラ・オブスクーラ」の略語なのだということが改めてわかる。
59　シェイクスピア『ヘンリー８世』を名優チャールズ・キーンがメロドラマ化した(1855)。紗《しゃ》のスクリーンを使って夢を可視化した工夫で有名になった。

56

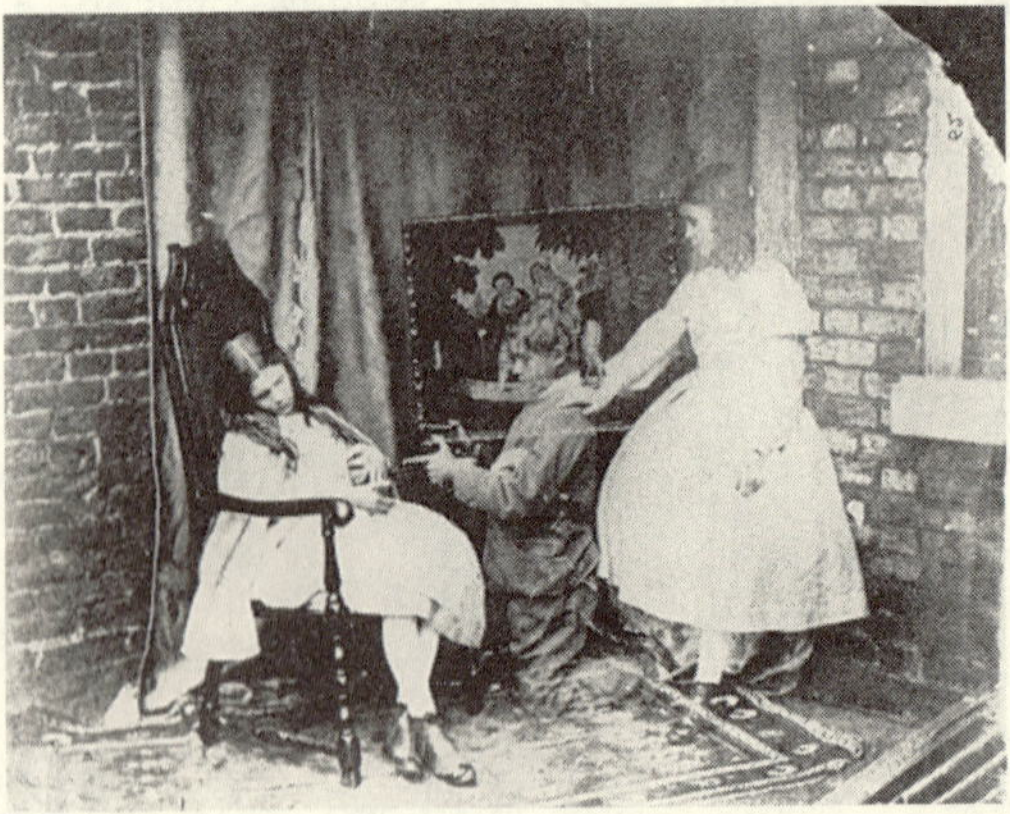
57

58

59

されない。ましてそういうレンズの近代文学史を歪んだエロティシズムの問題として論じきった、澁澤龍彦垂涎《すいぜん》のミシェル・カルージュ『独身者の機械』、邦訳あるにおいてをや、だ(ありな書房)。ちなみに、すべて小生が邦訳あるいは差配したものだ。

カメラ、幻灯機、ピクチャーウィンドウ

一八八〇年代、ドイツのカール・ツァイスというレンズ会社が大きなシェアを握り、ヨーロッパ中にレンズが普及していく。光学の世紀末なのだ。たとえば「カメラ」である。一八五〇年ぐらいから出てきた今のカメラに近いものが、八〇年代には一般の人の手に入り始める。

江戸をやる田中優子さんとの対談でエミール・ゾラ(一八四〇〜一九〇二)について話をしたことがある。その時、彼女が「貧乏なのに、がんばった人なのね」というので、ぼくが「書いている世界は貧乏人の世界だけど、印税はすごい。愛人だっているし、カメラをいっぱい持ってた」というと「えっ、写真機なんか持っていたんですか?」といって驚いていた。当時はカメラ一台、サラリーマンの月給の半年分だったとか。ゾラはそれを何台も持ち、ゾラのリアリズムの背景に、この写真機がすごい威力を発揮する。

一八八〇年代の小説を考えるとき「レンズ」を抜きに考えることはできない。たとえば、プルースト(一八七一〜一九二二)における幻灯機である。そのレンズ、そのスクリーンが

「失われた時」への入り口になった。

ヘンリー・ジェイムズ（一八四三～一九一六）におけるピクチャーウィンドウ。私にはこの大きな一枚のガラスに映った幽霊が見えるのに、あなたにはなぜ見えないのかという名作が『ねじの回転』だったはずだ。

2 オカルティズムへ

推理小説の終焉

コナン・ドイルは最後にはオカルティズムにはまってしまったことが知られている。オカルトという言葉は元々「見えないものになる」という意味である。それまでは、「見えるものがわかるもの」、「見えないものは見えるようにしてわかる」というのが近代の主流であり、コナン・ドイルとシャーロック・ホームズはその代表選手的存在であっただろう。

それがなぜ晩年に向けて、見えない世界の方がリアルなのだと伝道して歩くことまでする人間になるのか。探偵ホームズの敗北である。コナン・ドイルはホームズ・シリーズを断念する。その後、彼は脅迫され、ストーカーにつきまとわれる。それでコナン・ドイルは嫌々また書き始めるが、今度のホームズは失敗ばかりする。持ちこまれる事件は、吸血鬼など、オカルト事件ばかりで、一応解決はするが、ホームズは「やっぱり幽霊はぼくの守備範囲外だ」といっている。それから約二十年後、コナン・ドイルは幽霊だけを「守備範囲」にするようになる。

視覚文化の中で、推理小説というものは非常に大きな意味を持つようになる。「ミステリー」という呼び方も面白いが、英米人は、このジャンルを「ディテクティヴ・ストーリー」と呼ぶ。

我々はこの「ディテクティヴ」に「探偵」という訳語を当てて事足れりと思っているが、「ディテクト (detect)」という言葉は、「屋根のついた建物の屋根をはがす」という意味だということを雑誌『英語青年』のコラムに小池滋氏が書いているのを見て、さすがホームズ協会の大立者だねと、ぼくは思わず膝を打った。

なんだ、『パミラ』や『クラリッサ』でみた、鍵穴から覗く若だんなの世界と同じ構造なのか、世界最初の若だんなエロ小説と屋根はがし推理小説は同じことをやっていたのか、と。なのに、エロ小説も探偵小説もサブカルチャーの扱いだから、英文学はなかなか面白くならないのだ。

ふと考えてみるに、実際にはあらゆる小説の構造が、これと同じである。照明器具や保険のテレビコマーシャルでも、大きなマンションの壁がいきなり壊れて全部の断面が見えるという不思議な広告がある。あれなども一種小説的構造である。ブレヒトの「第四の壁」演劇も、というわけだが、こむつかしくなるので、これは名を出しておくだけにとどめよう。

結局、あらゆる小説が覗き小説であり、屋根をはがして上から見ている構造である。「小説とはそもそも何か」という問いにも、「ディテクティヴ」なストーリーたちが答えてくれる。

ところが、そうしたドイルの「見えるものがわかるもの」という文化が、一九一〇〜一九二〇年代に一撃をくらってしまう。英文学では、G・K・チェスタトン（一八七四〜一九三六）の登場である。

彼はファーザー・ブラウンという神父を探偵に仕立てたブラウン神父シリーズを書いた。この神父は、事件をうまく解決できないことが多い。彼は、推理に行き詰まるたびに下を向いて「そりゃホームズの方が偉いし、ぼくより要領がいい。なぜそうかというと、あいつは人間を虫のように外から観察している。虫だから簡単に処理できるし、その結果、だれがどんなに心が痛もうが、そんなことは関係ない。ただの推理機械ではないか。つい犯人に感情移入してしまうぼくはそうはいかない」とブツブツいう。

本当は、ただ単に犯人を逮捕できない言い訳でしかないかもしれないのだが、その理屈はなかなか筋が通っている。「自分はあの犯人の気持ちがわかる。自分にはあいつが犯人だとはとてもいえない。逃がしてやろうか」というわけだ。

一九二〇年代＝メタ推理小説の誕生

哲学の世界では、記述の哲学が終わり、現象学が登場していた。また、かつてのニュートン・モデルの力学が崩壊し、量子物理学が始動する。アートでは、遠近法が終わり、キュビズムが始まる。

それがみんな、一九二六年、二七年に集中している。それを専門家たちは「モダニズム」と呼ぶが、我々は、もっと下世話に「推理小説の終わり」あるいは「メタ推理小説が始まった時代」と呼ぶことにしよう。もっと下世話に女性のオルガズムをはじめて賛美したヴァン・デ・ヴェルデの『完全なる結婚』（一九二六）の時代である、と。

その背景には、十七世紀の初めからずっと続いてきた「見る文化」への否《いな》がある。見えるものがリアリティではないという当たり前のことに、一九二〇年代になってやっと気がついたのである。

ただ、認識としてはそうであっても、映画の世界でも、「シュルレアリスム」でも、フロイトのいう「見えない世界を見えるようにする」ことに入れこんで、コラージュでも何でも、とにかく全部見えるものにかえてしまおうとしたわけだから、そういう意味では、やはり近代の問題をそのまま引きずってはいるが、一九二〇年代は、視覚文化の長い歴史がとにかく一度頓挫《とんざ》して、「これではだめだ」とはっきり認識できた時代であることはまちがいない。

それまでの推理小説の基本的なあり方は不可能になった。描写の累積性はむなしくなる。若きアガサ・クリスティー（一八九〇～一九七六）が登場し、ヴァン・ダインの『僧正殺人事件』（一九二九）が登場した。この作品は量子物理学とフロイトの精神分析学がわからない探偵には解けないタイプの超犯罪の出現をいって、終わっている。日本では雑誌『新青年』の作家たち、とりわけ『黒死館殺人事件』の小栗虫太郎《おぐりむしたろう》がこの変化を反映して、ウンベルト・エーコ『薔薇の名前』にはるかに先駆する。

そして、我々の時代に向けて、簡単に因果の関係で犯人を割り出せる推理小説などは、もうだれも見向きもしなくなった。『バラバラの名前』（清水義範）でないと、読む気がしない。

手品か呪術か――「マジック」の二つの意味

ドイルは、晩年にオカルトに走ったが、それだけではなく、元々眼科医でレンズが好きな彼は、一見合理や客観の象徴たる写真を通してオカルトと接したところが面白い。それが有名な心霊写真とコナン・ドイルの関係である。

最近、『フェアリーテイル』という映画にもなった事件がある。コティングリーという村で、二人の女の子がお父さんのカメラを使って「こんな写真撮れたよ」といって持ってきた。その写真に写っていた「妖精」を見て、お父さんが「何だこれは？」と驚く。お母さんは心霊世界を信じていた方で、この写真はたちまち大きな社会問題になる。コナン・ドイルは、その頃「別の世界があるのではないか」といっていたし、サーをもらった大変な名士だというのでサポートを頼まれる。ドイルは「これが証拠の写真だ」と主張し、コティングリーの大スキャンダルが起きていくのである。映画もすばらしかった。少女たちにつきまとうパパラッチ報道に心からいらいらさせられた。メディア万能の時代が来ていた。

ワトソンがホームズを「君はマジシャンだ」といって褒めたのは、外形を読んで犯人を割り出していくという観相学的な腕前がすばらしいということだが、先にもいったように「マジシャン」には二つの意味が考えられる。

一つは、奇術師。長い奇術の歴史の中で、一八八〇年代はとくにその黄金時代であった。一番有名な人物はフーディニである。フーディニというのは、ロベール・ウーダンというフランス人の名前にちょっといたずらをした芸名らしいが、いずれにしても時代を代表したエスケープ芸の奇術師で、手足を縛られてプールの中に樽ごと放りこまれて、何十秒かで出てくるという芸である。フーディニとコナン・ドイルが結びつく奇想天外なる事情は映画でもはっきり示されていた。

コナン・ドイルが舞台に立ち、私がコナン・ドイルだが、あのシャーロック・ホームズを書いたコナン・ドイルとは別人です。これからお話しすることは、これからの世紀にとって大事な世界の話ですから、よく聞いてくださいと話し始める。我々のこの物質的な世界のほかにもひとつ霊の世界がある。第一次世界大戦が終わった直後のこの荒廃した世界を救うのは、このアナザー・ワールドであるという話を延々とする。「見えないあなた方は信じないかもしれないから、これからそれをお見せしよう。フーディニ君どうぞ！」というと、横からフーディニがハンカチとハトを持って出てくる。そして、彼がハンカチの中にハトを入れて空中にポンと投げ上げ、やおらピストルでバンと打つと、ハンカチがヒラヒラ落ち、それを拾ってみるとハトはどこにもいない。ハトは、キリスト教の父と神、子と神を媒介する聖霊のシンボルで、今あのハトは、そのスピリットの国に戻ったのだというわけだ（もちろん、ハトはフーディニのポケットの中にいる）。

一八八〇年からの三十年間は、世界のマジックのレパートリーの半分がつくり出された黄金時代である。ところでこの時に、「マジック」という言葉は、単なる手品手妻《てづま》の興行という意味だけでは済まない。もひとつの別の世界をここに現出させてくれる「呪術」がマジックの本来の意味である。「マジック」という言葉を英和辞典で引くと、時に「手品」か「呪術」かで悩むのだが、この三十年間のイギリス人は全然悩んでいない。つまり、同時に両方の意味を含んでいたらしいのである。

これを背景にして、あの世界に冠たる「人類学」が出発する。サー・ジェイムズ・フレイザー（一八五四～一九四一）の『金枝《きんし》篇《へん》』は、その後の民族学の出発点になった。『英国の世紀末』（一九九九）で超英文学への可能性を示した富士川義之氏が書いているのがこれだ。地上にあらわれている現象を地下で動かしている民族的、集団的な魂魄《エートス》があるという考え方である。かなたの世界とか向こうの世界といっていたものが、地上の偽りの世界に対して、地下からエナジー・トランスファーを試みてくる。何かが「地下」にあるのである（なんだか荒俣宏君のようになってきたが、『帝都物語』はまさしくエナジー・トランスファーの話である）。

世紀末と一九二〇年代をつなぐもの

推理小説家に近いことをやっているのではと当時からいわれていたのが、かのジークムント・フロイト（一八五六〜一九三九）である。「ミステリー」が起こると、関係者を全部呼びつけて「トーキング・キュアー（おしゃべり療法）」と称し、全部成り行きをしゃべらせ、何度も何度もそれを話させ、聞いているうちに相手の矛盾を探り当てて、「この行動のよってきたるところはここだ」と結論づける。犯人はいつも被害者のお父さんである。フロイトはユダヤ人で、父親と息子の関係にも一生縛《しば》られている。

推理小説の探偵とまったく同じことをやっているのである。それは、地上にある人間の人格は地下にある「無意識」なるものがコントロールしているという発想である。この時代の精神分析学、マルクス経済学の「下部」構造の問題、社会人類学の民俗的エートスなどどれをとっても、この三十年間の知性は全部合理の見えない「下の部分」に目を向けている。とくに「上の部分」に対する「下の部分」という位置関係《トポグラフィー》が大変面白い。と思っていたら、文化史家ロザリンド・ウィリアムズが『地下世界』（平凡社）一巻で、すべてをそういう一本の線にあっさりまとめた。

一九二〇年代は、その下の部分がエナジー・トランスファーをよこして、狂った我々の文化を批判し、多分矯正してくれるのではないかと考えた時代なのだ。ユングのいわゆる「補償夢」の構造だ。

それがわかると、フロイトや、その末裔たるユングの無意識説は、これを具体的な病気の治療などに使うよりは、一九二〇年代と十九世紀末とのつながりを考えるための大きな道具と考えた方が面白い。

図像学がうまれる

一九二〇年代を理解するのに、推理小説は大きな役割を果たす。一九二〇年代は、絵を最初に人間のメンタルなものの表象としてとらえた時代である。人間のマインドを理解するために、ヴィジュアルなものから読み解いていこうとする動向が肯定される。

たとえば、カール・グスタフ・ユング（一八七五〜一九六一）である。ユングは、目に見えないものを徹底的に絵と写真で追跡していくイメージングの方法を採った。そして、目に見えないものが、構造として絵のどこにどうあらわれるか解読するという、絵に対する一種の推理小説の試みに出た。

考えてみると、一九二〇年代の知的革新の試みは、マニエリスムをよみがえらせようとする美術史から始まる。知性が細分化され行き詰まったときに、今までそれを行き詰まらせていた壁や境界としての領域区分を越えることを考える。そのときにその方法として言語ではなく、なぜかいつも絵を手がかりにしている。

絵というと少し語弊があるので、広い意味での「イメージ」といっておく。それが一九二〇年代の文化史的に一番大きな意味である。それがたとえばアートにあらわれたのがモダニズム。だれもがそういって研究する分野である。

ところで、もう少し知的な部分でそれが行われた一番端的な例は、ワルブルク（ウォーバーグ）研究所系の「イコノグラフィー（図像学）」である。

イコノロジー、イコノグラフィーという分野は、絵の細部に些末な細かい読みの手続を積み重ねていき、全体の意味をとる。あたかもチェスタトンにうち破られたホームズのようなやり方で、やがては些末な手続をするだけの専門的な作業になってしまったが、一九二〇〜一九三〇年代に、ワルブルク研究所が中心になって起こった「図像学」では、「ヴィジュアル」を世界を解く鍵に使うという着想はいかにも清新だった。

内容としては、魔術的な世界が、なぜこうも絵にあらわれたのか、なぜ言葉ではなく、絵をメディアに選んだのかというのだが、実は、この「マジック」好きという点で、一九二〇年代が十九世紀末ときちっとつながってくる。「解釈」狂いということで、推理小説、精神分析、図像学はきちんと一線に並ぶ。それが、すばらしい歴史家カルロ・ギンズブルグの『神話・寓意・徴候』(せりか書房)の言い分でもある。

今までの議論は、「オカルト趣味」は合理が崩壊した世紀末的現象の一部分ということで、世紀末のテーマとして切り離して考え、一九二〇年代は一九二〇年代で突然モダニズムが、いわゆる合理や機械的なものに反発して出てきたとして、十九世紀世紀末論とは切り離す。これではつながらない。つながらない限り、面白くはならない。

文学はメディアである

こうしたつながり方は、コナン・ドイル一人からもわかる。コナン・ドイルは大衆作家だ。大衆文学は大衆文学研究家が研究すればよいのであって、文学の名に値しないなどという小田切秀雄氏のような考え方はやめてほしい。ぼくが、今でも首肯できないのは、たしか鈴木貞美氏との対談で小田切氏が乱歩とか『ドグラ・マグラ』の夢野久作《ゆめのきゅうさく》とかいうものは、とても文学の名に値するものではないといった発言だ。では、一体何が文学だというのだろう。二〇〇〇年に故人になった小田切氏のような「純」文学論者は、結構多い。

大正、昭和初期の動乱の時期を支えた「文学」を見ていくと、小田切先生のいうような大文豪の世界ではない、機械や些末なデータをたくさん持ちこんだ子供の世界のようなものが支えている。雑誌『新青年』に載ったような小説は、小田切先生にいわせると、「反古箱《ほご》」である。それでは先生のいう「文学」とは何か。

たとえば「幸田露伴《こうだろはん》」の名前を挙げて、幸田露伴のどこが大文豪かという議論を進めていくと、幸田露伴大文豪説の人たちは、彼がモールス信号の信号手だったという出自をうまくとりこめない。彼はあらゆる内容の文を点と長い棒だけの組み合わせでつくることを知っている人間である。『幻談』という怪談を書いたとしても、これをそう簡単に「怪奇小説」である、とはぼくには言えない。

メディアとは一体何か。そう、文学はメディアである。とくに明治三十年以降、日本がヨーロッパのテクノロジーに触れてから後、日本の文学は急速にテクノロジーとのかかわりを強めた。純文学対テクノロジーという論争が、実に一九六〇年頃まで続くが、これは大きな誤解にもとづく二項対立である。

ぼくが心から尊敬する文化史家ワイリー・サイファーにいわせると、純文学の極《きわみ》といわれるフローベールは「美のテクノロジーの極致」である（『文学とテクノロジー』）。たとえば、フローベールは『ブヴァールとペキュシェ』を書くために、出たばかりの百科事典『グランド・ラルース』を引きまくる。

『ブヴァールとペキュシェ』は、『グランド・ラルース』を丸々読んでいく二人の退役した書記の話である。これは知性の世界の動向を書いた「何か」であるが、その何かが「小説」でありうるかどうかの問題である。日本人の小説観からいえば、坪内逍遥《つぼうちしようよう》先生のいう「世態風俗の活写」などどこにもしていない、わけのわからない代物《しろもの》である。

しかし、小説がメディアのひとつとして機能し、たとえば百科事典と区別しがたい状況が当然の国から見ると、百科事典を丸写しして、それに失敗する二人の年寄りの話は、メディア論そのものを試みた立派な小説ということになる。

フローベール、ジョイス、ベケットと並べば現代「純」文学の三大家だろうが、この三人をメディア文学として読みぬいた最小にして最大の仕事が、ヒュー・ケナーの『ストイックなコメディアンたち』（一九六二）。同じ年に出た『グーテンベルクの銀河系』のマーシャル・マクルーハンの英文学者としての直弟子《じき》といえば、どういう仕事か見当はつくだろう。ダニエル・デフォーは元々新聞の編集屋として出発したことは、何度も述べてきた。その活動の一部分だけを切り出して、我々は「大小説家」などといっているにすぎない。

近代リアリズムの元祖のバルザックも、元ジャーナリストである。街を歩く人の歩き方を見て理論を立てた奇想の人である。それが最初スケッチだったところが、ただ単に人物がふえて、膨大な分量になったものが、いわゆる「小説」といわれているだけの話である。

コナン・ドイルはどうか。「推理小説はサブカルチャーで、こんなもの文学ではない」という人がいるが、ではバルザックはどうなのか。なぜバルザックが大文豪で、コナン・ドイルがサブカルチャーなのか、ぼくにはとうてい理解できない。

レンズで見るかわりに言葉で見る

ヨーロッパの「小説」はとても「世態風俗の活写」などではすまない。マクルーハンやケナーやサイファーによると、とくに物を「見る」文化の中で小説はレンズで見るかわりに言葉で見たものというべき何かである。言葉は、精密な言葉で分光するという意味で、レンズと同じ作用をする。それは王立協会が命じたことでもある。ひとつの言葉はひとつの意味を正確にあらわせ、と。シンプル・イズ・ベスト。

それをフローベールは「ル・モ・ジュスト（適切な一語）」という言葉であらわした。ひとつの内容をあらわすのは、たったひとつの言葉であって、それを探すことが小説家の使命だという彼は、王立協会イデオロギーのつくり出した美のテクニシャンなのである。

ぼくの専門の英文学でいえば、純文学のウォルター・ペイターやヘンリー・ジェイムズがそうした族《うから》。「適切な一語」を求めて知の限りをつくした彼らは彼らで、一番遠いはずの理系エンジニアたちに奇妙に酷似する「美のテクノロジー」（ワイリー・サイファー）の司祭なのだ。はっきりマニエリスト的な言葉への拘泥《こうでい》（文字主義《レットリスム》）はまさしくキャロルがつくった「言語怪獣ジャバウオッキー」の同時代人なのである。

そう、キャロルだ。次章への橋渡しをするならば、キャロルに代表される「レットリスム」は、言葉と社会とのつながりを断たれたしるしである。したがって、その流行は表象論としても、そしてマニエリスム論としても論じられる。

ホッケの『文学におけるマニエリスム』は、十六世紀の最後に爆発的にはやったカリグラフィー（習字）世界から始めている。文字を文字として突き詰めていくとどうなるかに興味を持つ文化なのだ。

たぶん平和な時代ならば、一つのレターよりは一つのワード、一つのワードよりは一つのセンテンス、一つのセンテンスよりは一つのパラグラフ、一つのパラグラフよりは一つのブックというように、無意味化していく個別的なものよりは、全体へ、全体へと気を回したはずだ。

ところが、「Aという文字は何なのか」を考えたのがヘブライズムである。「アレフ」という一番最初の文字がなぜ神であるかを徹底的に考える世界である。ボルヘスの作品などは、それを現代のスペイン語を使ってやりぬいている。ちなみにボルヘスを英文学の人間にとって必須の相手にしたのは、自己流の「世界文学」の感覚で超英文学の試みに出た故篠田《しのだ》一士《はじめ》氏であった。

文字だけに拘泥することをひとつの手がかりに、そうである時代とそうでない時代をホッケは分けようといっているが、そうすると前者がマニエリスムの時代である。これは、現代のグラフィック・デザイナーに結構近い世界があり、「A」という文字にいろいろな絵の飾りをつけていき、「A」という文字が字ではなくて、もう絵とぎりぎりのところに接しているような不思議な世界が見えてくる。

これは、「フィギュア」としかいいようがないが、これは字であり絵であるというメディアである。これを近代は、字と絵に分け、字の方が精密なものに向いているという理由で絵を切り捨ててきた。ところが、その字が再び疑われている今、字と絵の関係をもう一度問おう、そうぼくは言ってきた。

コンピュータひとつとっても、王立協会とライプニッツの発明である。だが、発明したライプニッツ自身は、その後魔術の方に行く。我々は今一六六〇年以来の岐路にある、という感じは、コンピュータという、一見こういう大文化論から何の縁もない機械一個を見てもたちまち語ることができる。それが、キャロルやコナン・ドイルから今にいたる文化の大きな流れになっている。徹底した論理の貫徹（推理小説）と魔術（オカルト）の共存。これがシャーロック・ホームズの作者のありようだが、それはルイス・キャロルこと、チャールズ・ラトウィッジ・ドジソンについてもそっくりいえる。それを次にみていくことにしよう。

この辺は十六世紀以来の大きな流れでつながっていると見るべきものだが、普通はそれがなかなか見えてこない。それを今からお見せしたいと思う。

第七章　子供部屋の怪物たち——ロマン派と見世物

1　幻視者キャロル

万博の黄金時代

ルイス・キャロル（本名チャールズ・ラトウィッジ・ドジソン　一八三二～一八九八）は、コナン・ドイルと同じ十九世紀後半の英国作家であり、かつ数学者、論理学者でもあった。それだけでも想像がつくが、秩序、順序を含めたいわゆる「オーダー」を大変敏感に感じられる王立協会タイプの人だ。

コナン・ドイルは、分析的精神を持った「見る」光学タイプの典型であるが、キャロルはそれがもっとはっきりしている。そうでない人間が鏡の物語を丸々一冊書いたりするだろうか。そういった意味でも二人を比較することができる。

ドイルは第一次世界大戦後、はっきりオカルティストに変わる。息子の戦死で、それはさらにはっきりする。キャロルも、最晩年の十年くらいの間にできたばかりの「英国心霊研究《サイキック・リサーチ・》協会《ソサエティ》」の創立メンバーになる。キャロルはいろいろなところに名前を出すが、これはとくに首をひねらされる点であろう。そのあり方自体、コナン・ドイルに酷似している。

キャロルが活動を始めたのは、実に一八五〇年である。彼はお家べったりのマザコン、シスター・コンプレックスの少年だった。それが親元を離れて、オックスフォードで教職につく。

その翌年、ロンドン万国博覧会が開催され、その翌年にフランスに世界初の百貨店「ボン・マルシェ」が登場する。

また一八五〇年には、アメリカでピンカートンの私立探偵事務所ができるが、実はピンカートン探偵事務所のうたっていることが、そっくりシャーロック・ホームズのモデルになっている。推理の仕方、謝礼の額なども含めて見ると、コナン・ドイルの「名探偵ホームズ」は、実在したピンカートン探偵事務所の文学版だといってよい。

こうして一八五〇〜一八五二年を境に、断片にしたものをアレンジして商売にする傾向がはっきりしてくる。ロンドン万博はその典型である。博覧会《エキスポジション》の文化はロンドン万博を契機に始まる。その百年前が第五章で述べた「大英博物館」だから、分類展示の文化はホップ、ステップときた。大英博物館の何年か後に「英国王立美術展」の第一回が開催されたはず。今日のエキシビション文化は、一七五三年ぐらいに大体でき上がっていたが、そのちょうど百年後に、そうした展示品に正札のつく商業革命が起きた。陳列してあるものを眺めて楽しんでいたのが、「お金を出せば買える」文化になる。それが前述のデパートだし、万博である。ホップ、ステップ、ジャンプ、である。

奇怪な機械好き

その頃ちょうどルイス・キャロルは青春時代を送っていた。彼はがらくたを集めて眺めるのが好きで、象徴的なことに、彼の部屋が一種のワンダー・キャビネットであったことを各キャロル伝が伝える。オルゴールだけでも何十個も持っている。しかも、なぜか全部ドラムをひっくり返して、逆回転で聞く、文字通り、倒錯的な傾向があった。

おもちゃのコレクションも大変なもので、売られていないおもちゃは自分でつくってコレクションに加える。機械仕掛けで空中を飛ぶハエや、自分で勝手に動くクマの縫いぐるみなどをつくって、部屋中にたくさん並べておく。そんなルイス・キャロルは、今まであまり研究されていない。ただ「彼は幼児的だったのではないか」で片づけられている。

ところが、マニエリストはそういうタイプが多い。茶坊主人形世界第一号をつくったのは、大スコラ哲学者アルベルトゥス・マグヌス（一一九三頃～一二八〇）であった。彼が哲学で疲れた頃、奥の方からお茶を持ったロボットが出てきて、ラテン語で「どうぞ」とかいったらしい。こんな彼は後に「魔術師」と呼ばれて、随分弾圧される。ロジャー・ベイコン（一二一四頃～一二九二頃）とか、中世には変な哲学者はたくさんいたが、キャロルはその系譜である。

オックスフォードのキャロルの部屋にはいろいろなマジック（両方の意味での）がある。彼のことを機械文化に抑圧された幼児的精神の持ち主という批評家がいるが、それはまったく的外《まとはず》れだ。これほどテクノロジーにのめりこんだ時代の寵児《ちょうじ》もいなかったと思う。

マジックの極致が写真である。キャロルは、コナン・ドイルとは比較にならないほどの写真狂いで、しかも、おそらくイギリスで最初にポートレート写真を撮った人である。プロフエッショナルでは、ジュリア・キャメロンという女性が肖像写真を撮っていたが、アマチュアとしては多分彼が第一号である。考えてみると、肖像写真は観相術の中から出てきた究極のテクノロジーである。写真はリアリズムの極致であるかのようにいわれるが、写真は観相術にこそ必要な道具として発達した。

写真＝魔術の道具

観相術と写真とは一体どういう関係を持つかという問題をだれも考えたことはない。しかしよく考えてみれば、写真ほどマジカルなものはない。左と思ったものが右になって出てくるし、ネガだと思ったものがポジになって出てくる。手品そのものであるし、魔術的でもある。コロジオン溶液を使ったり、妙に錬金術的なところだってある。

さらに、とまらないはずの時間がとまっている世界を見るときの人の衝撃である。その世界で人間の顔を見ると、不思議なものに見えるのではないか。ある人の写真を見ると、何年も前の姿が写っている。世紀末の人々は「記憶とは何か」ということをいろいろ考え始めていた。そうなると、写真とはただ撮ればいいというピクチャレスクなファインダーではなくなる。

そう考えると、ヘンリー・ジェイムズ、マルセル・プルースト、コナン・ドイル、そしてルイス・キャロルが写真狂いであったのは別のコンテクストに見えてくる。ところが、こういう脈絡はだれも研究していない。写真ひとつとっても、合理の極致の機械だといわれるが、実は観相術に根を持ったどっぷりと魔術につかった道具であった可能性がある。

その証拠に、有名な写真がある。キャロルが、友人であるバリーの子供を撮った写真であるが、二重露光のトリックであることがわかるまでに随分時間がかかった（二四〇ページ図57）。当時、ルイス・キャロルが撮った「心霊写真」といわれた有名な写真である。実は、登場人物は左端に寝ている女の子だけである。その彼女が夢の中で、少年に話しかける夢を見る。小説や絵なら、こんな情景を描くのは簡単だ。しかし、実際存在するものしか写さないといわれている写真が、夢の情景描写もとれるということで、みんな写真はマジカルでロマンチックな道具であると思っていた。

実はキャロルは、自分の現像室で細工しているわけである。自分はうそつきと知りながら、みんなに「ぼくは夢の世界を見た」という。夢の世界など見せられるわけがないのに

「ほらほら、見えるじゃない」と証拠の写真を見せると、仲間はみんな驚き呆《あき》れた。

2　怪物学とグロテスク

グロテスクな見世物

ドイルも、キャロルも、別段途中からオカルティストになったわけではない。ドイルとマジックの問題は、キャロルにもそっくり当てはまる。キャロルは『不思議の国のアリス』や『鏡の国のアリス』を書いた後、晩年にオカルティストになったという評論家が多いが、『不思議の国のアリス』を読むと、すでに十分気持ちの悪い世界ではなかろうか。全部が怪物じみた登場人物である。

登場人物は、卵の人間、くるくる回ってばかりいる双子の兄弟、世界一醜い女などなどである。醜い女公爵は歴史上実在した人物である。十四世紀の南オーストリアはカリンティアにいたある女公爵で、史上最も醜いといわれて悲劇的な生涯を送った実在の女性をモデルにして書いている。登場人物は、チエシャー猫の言い分では「みんな狂っている」のだ。

ロンドン万国博覧会は「産業」の博覧会といわれているが、実は一言でいえば「グロテスク大会」であったことが、名高い『水晶宮博覧会カタログ』を見るとよくわかる。どの調度を見ても装飾過剰かつ歪《ゆが》み、曲がっている。こんなスプーンではスープが飲めないだろう。

そして、一九〇〇年のパリ万博では、入り口には七フィート六インチの巨人「ユゴー」が「いらっしゃい、いらっしゃい」と客を呼び入れる、はっきり見世物《みせもの》的な世界だった。そのペアが侏儒で、つまりはフリーク・ショーの趣があった。

なぜ万博の研究家がそういう側面を全部切り捨て、テクノロジーの栄光などというのか、ぼくには不思議でしようがない。第五回の万博ぐらいまでは、ただのアトラクション、ただのスペクタクルであった。もっというと、なかなか公認されないグロテスクな見世物を「みんなで見れば怖くない」という感じで見たものである。オリンピックだって当初は白が黄や黒を眺める大変人種差別的な「見世物」だった。万博の付随品だった。

それをキャロルはじっと見ている。そのキャロルがこういった物語を書いていることを考えると、二つの『アリス』物語は一種の「テラトロジー（怪物学）」の驚異博物館と考えることができる。この、"teratology" は今はない学問であるが、十九世紀の終わりまでは学問として存在した。そして別名「醜悪ミュージアム」ことエジプシャン・ホールが、いつもこういう畸形を見せる常設館として人気を博していた時代だ。

混淆的なもののリヴァイヴァル

種村季弘氏の処女作以後の一連の作品は、みんな「怪物」を売り物にした作品で、『怪物の解剖学』という名作もある。それによればロマン派とは、怪物学の世界である。ゴーレ

60　こんなスプーンでスープが飲めるのだろうか。第1回ロンドン万国博覧会（1851）カタログ。グロテスク趣味をアール・ヌーヴォーに媒介した曲線的な装飾過剰。

61　キャロルのジャバウオッキー詩の背後には、キャロルの生涯とぴったり重なる恐竜発掘史がある。この水晶宮博覧会が売りものにした恐竜園は奇想天外彫刻家ウォーターハウス・ホーキンズ一世一代の傑作だった。W・J・T・ミッチェルの図像文化史の名著『最後の恐竜本』（1999）より。

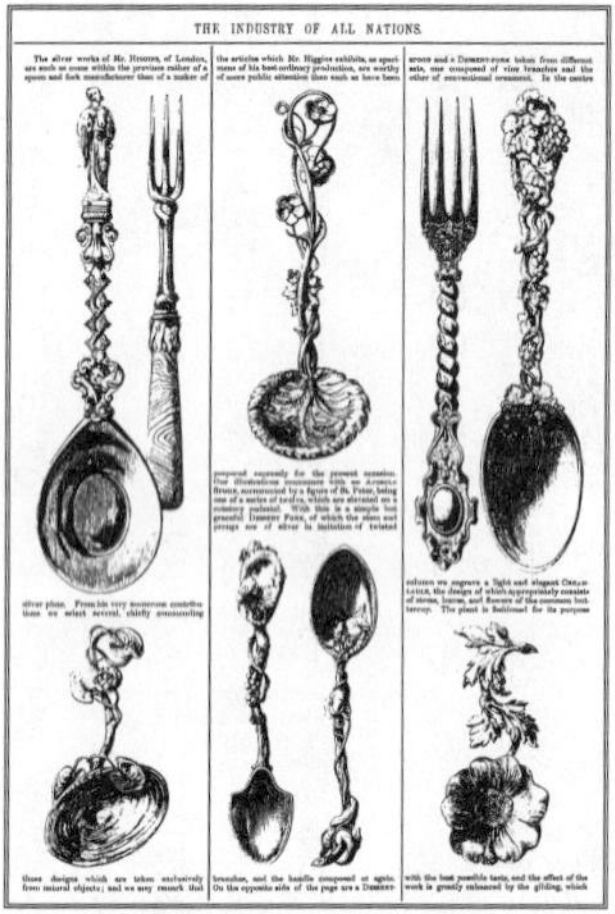

60

61

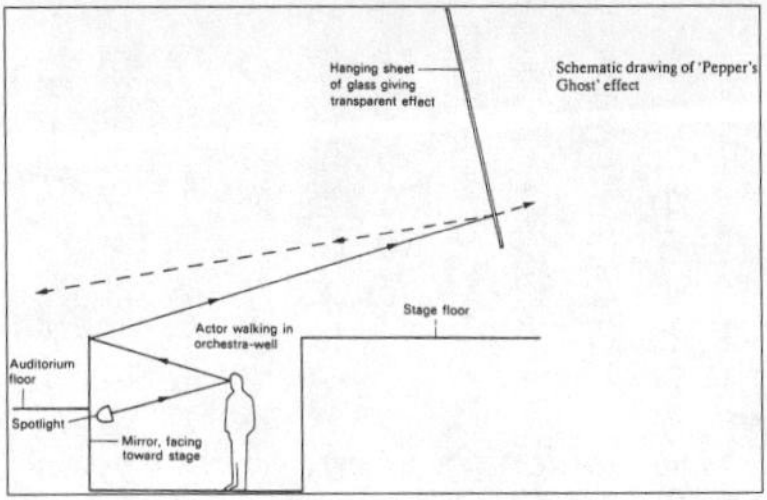

62 『鏡の国のアリス』(1872) の奇想天外光学はこのガラス奇術を見ての着想という。幻灯興行「ファンタスマゴリア」の変奏で、幽霊と肉体を持つ役者たちのからみを演出できた。部分図はその仕掛け説明。

ム、マンドラゴラ、その他この他、怪物ばかりに狂った文化こそがロマン派であるとする、画期的なロマン派論である。

ロマン派とは、男女の愛の至純さを書く、神と人間の関係の至純さを書く、自然の荒廃を嘆く、心情を吐露する文学などといわれているが、どれも当てはまらない。ロマン派ほど、機械的なもの、ピクチャレスクなもの、そして、俗物見世物精神に徹したものはない。それを暴くこの上ない証拠が、たとえばキャロルである。

その世界で怪物に会ってもアリスは別に驚かない。そして、ツアーが終わると「時間だよ」という声とともに、彼女は普通のリアルな生活に戻る。我々は、一種のミステリー・ツアーに付き合っているのだ。『アリス』物語は、ふたつとも十二章からできているが、十二とは、時計の一回りであり、季節の一回転である。始めから終わりまでをワンクールとして見させるミステリー・ツアーである。出てくる動物や植物は当時大はやりの博物学のパロディで、怪物が出てくるのはそういうパロディックな意味があるのだ。

かつて、分類学者のリンネは、明快に区分した。区別できないものは全部ひとまとめに「パラドクサ」と呼んでいるのが面白い。キャロルの皮肉な博物学は、どちらにも属さない、中間のミックスされた「パラドクサ」ばかりをつくることになる。「区分されたものは気持ちがいい。理解できるものになったから」という博物学の流行の渦中にあったルイス・キャロルは、もちろん博物学が好きだった。その中で、彼はあえて「怪物」というテーマを取り上げる。つまり、ジャンルを超えた混淆《こんこう》的なものをまたリヴァイヴァルさせて見せる。それがつまりは「グロテスク」の定義である。この何年か、ヴィクトリア朝のグロテスクというテーマが急に人気だ。我々なら怪物好きのマニエリスムの側面を思い出すだろう。トマス・ライトの名著『戯画グロテスク文芸史』は『不思議の国のアリス』と同じ一八六五年刊。

『アリス』物語を見ると、空中に恐竜が描かれていたり、アリスが、有名なモックタートルと一緒にいる絵がある。大きな二本足で立った亀、そして向こうにはグリフォンという怪物がいる。三人で楽しく会話をしている絵である。モックタートルは、大きな海亀だが、牛の顔をし、二本足で立っている。グリフォンに至っては、頭はドラゴンで、ワシの羽がついていて、しっぽは蛇である。その間にアリスを置くと、これもまた混血《ハイブリッド》な小怪物に見えてくる。現に怪物の一匹が、「おあいこだ」といっている。

「まとも」と「怪物」のちがいとは一体何か。『不思議の国のアリス』に入った挿し絵で、怖い怪獣が空中に浮いているのが、有名なジャバウオックである。

『鏡の国のアリス』の初版を出すときに、キャロルはちょっと懸念があって、母親たちにアンケートをとっている。「こんな怪物の図を入れたいと思うが、どう思われますか」。結果は「怖すぎる」。そして、随分改変した結果やっとできたのが詩「怪獣ジャバウオッキー」である。怪獣をテーマにしているばかりでなく、それを歌う言葉をも怪獣化しているところは、論理学者として日頃言葉を相手にしているキャロルの面目躍如であろう。その他この他この『アリス』本の挿し絵の世界を見ると、完璧「テラトロジー（怪物学）」の世界である。博物学は、徹底した「見る世界」「合理的な世界」で、できるだけ細かく分けて、AとBがちがうことをはっきり示す快楽にかけてきた文化であるが、それがヴィクトリア朝の半ば頃、いろいろなところから崩れ始める。そしてこの分類システムがそれをかぶせることで自然をいいように人間化したところの表象、つまり言葉もまた、ということができる。一八八〇年頃からグロテスクでデカダンな文化が始まったという俗説は、この作品を見るだけでもうまちがっていることがわかる。ヴィクトリア朝という近代合理主義の絶頂期においで、すでに十分崩れている。

ダーメンツィマーの中で

そして「動植物とヴィクトリア朝」という大変面白い問題が出てくるだろう。ペットを飼う。ペットを飼えない人は縫いぐるみを持つ。そして縫いぐるみも買えない人は博物図鑑を買うのだ。

少し話題がそれてしまうが、一八五〇〜一八六〇年のヨーロッパに、初めて「ダーメンツィマー」が出現する。日本語に訳しようがないが、あえていえば「婦人部屋」。英語でいえば「ナースリー」である。子供を育てるための母親と子供の部屋で、男は入ることができない。「女子供」という嫌な言葉が最近まであったが、まさに女子供を閉じ込めるための空間が、ヴィクトリア朝の大きな家の中につくられた。

考えてみると『マザー・グース』の歌は、そこで歌われるために編纂《へんさん》された歌である。ナースリー・ライムという呼び方がされる。グリム童話みたいなもので、「リジー・ボーデン」の歌のように「みんなぶっ殺して、骨にしてしゃぶれ」などというのをはじめ結構危険な歌があったりする。むろんどんどんカットされる。

この部屋の外には出られない。家の主人である男が鍵を持っている。その部屋の中で読まれ大ベストセラーになったのが、『不思議の国のアリス』『鏡の国のアリス』の二篇である。そういった男性中心の文化の状況を考えて、現在この作品が読まれているとはとても思えない。室内と女の強いられた結びつきという『パミラ』『クラリッサ』以来の問題がずっと続いているのに、である。

「シンボリック・ロジック」

「秩序」と「無秩序」、「区分されたもの」と「混沌としたもの」との関係を考えることなしには、キャロル理解はありえない。

一方には、一八五一年にロンドン万国博覧会があり、百貨店が初めて登場し、ピンカートンの私立探偵事務所が出てくるような文化がある。膨大な情報を、たとえばＡＢＣ順というような非常に簡単なシステムに整合していくメルヴィル・デューイの図書十進分類法タイプの情報整理の時代である。あのシャーロック・ホームズが図書館やデパートに代表されるようなパラダイムの人間であるのはおかしいくらいだ。なんと、外回りをしない日には犯罪記録をＡＢＣ順に帳簿化《ブック》しているのである。

一九六〇年以降、混沌やマニエリスムがいいと主張する立場の人たちがイメージ的に敵視したのは一八五〇年代以後のヴィクトリア朝英国ではなかろうか。しかし、ふたをあけてみると、実は結構こういうグロテスクを好む世界であった。このバランスの微妙さそのものをテーマにしたのがブラム・ストーカーの『吸血鬼ドラキュラ』(一八九七)であろう。吸血鬼の餌食《えじき》になった女主人公がメディアをフルに使い、徹底した情報管理の挙に出たとき、怪物は息の根を止められる。十九世紀末メディア論を好んで論じるフリードリヒ・キットラーがこの吸血の「大衆小説」にこだわるのはそのあたりで、さすがである。

その吸血鬼小説が出る頃、キャロルは最晩年を迎えているのだが、最晩年の彼の最大の問題作が「シンボリック・ロジック」をめぐる一連の仕事である。かつてのアリストテレス系の論理学は「ソクラテスは人間である」、「人間は皆死ぬ」、「ゆえにソクラテスは死ぬ」というふうに、日常の言語で運用される。これは命題の数がこういうふうに少ないと別にどうということはない。が、それがふえるにつれて面倒は必至だ。そこでアリストテレスをａ、人間をｂ、死ぬをｃというふうに「記号《シンボル》」に置き換え、あとは代数そっくりに演算化する。

これが「シンボリック・ロジック」の基本である。しかるに数学や論理学の方でキャロル評価が低いのは、今風にいえば皆、論理ゲームのソフトとして記述している遊戯性を低く見積もられたせいである。

御存知のように論理学の本ほど、日本語に訳しづらいものはない。「ある……で……でないものはない」みたいなややこしい訳文が連続すると、うんざりしてくる。超超英文学の偉業を、言葉としての英語についてやりつづける柳瀬尚紀氏は、だからキャロルの論理学関係書も訳してみせていて、さすがだ。具体的にはそちらを読んでいただくことにして、ぼくとしてはキャロル超英文学としてひとつだけいっておきたいことがある。

日常言語のあいまいさを嫌って、表象はすべからくシンプルたるべしとした一六六〇年代王立協会の目標を二世紀ほどかかってキャロルが完成したということだ。本書読者に今言うも疎《おろ》かだろう。

表象人間の極

近代文学（ロマン派、象徴派）に及ぼした王立協会的な言語観の決定的影響というテーマについては、唯一にして決定的なジョン・ノイバウアーの『象徴主義と記号論理学』（一九七八）なる本が何としても邦訳されなければならなかった。ドイツ文学畑で「超」をめざす原研二氏の手をわずらわして、やっと一九九九年、邦訳版『アルス・コンビナトリア』（ありな書房）として読めるようになった。タイトルで明らかなように、ドイツ・ロマン派（ノヴァーリス、シュレーゲル、ジャン・パウル……）をマニエリスムに接続させるホッケ・タイプの画期書である。マニエリスムや記憶術をさらにロマン派につなぎ、ヴィトゲンシュタインの言語哲学につなぎながら、どうしたことか、キャロルへの言及がない。そこでぼくはノイバウアーになったつもりで、『英語青年』一九九九年正月号に記念すべく長文の「アリス・コンビナトリア」を書いた。記念すべきというのは、この長寿雑誌始まって以来、五十枚原稿の掲載は一度もなかったということだからである。

「分ける」表象タイプのキャロルはそうやって、今でははっきりと議論できる。彼のつくったハンプティ・ダンプティのクールな言語観は、はっきりジョン・ウィルキンズのものだ。そのウィルキンズを神とあがめたロジェがまさしくキャロルの同時代人だったことを思い出そう。「薔薇十字の覚醒」（フランセス・イエイツ）がブルジョワ文化華開く十九世紀に復活したのだ。我ながらびっくり仰天の英文学史ではないか。

以下、そういうキャロルの側面とバランスをとるもう一面のキャロルについて、面白い世界だから少し気楽に思いつくまま、話してみることにしたい。

見る文化の裏側

映画出現の心理学でもあるから、映像論かつスウィフト研究で立派な超英文学者でもある四方田犬彦氏の訳で、ピーター・ブルック著『メロドラマ的想像力』（産業図書）という名著が読める。

「メロドラマ」という言葉は、日本では長い間誤解されてきた。昼の二時から四時くらいの時間帯は今は主にワイドショーだが、昔はいわゆるよろめきドラマをやっていた。あれを日本ではメロドラマだと思っているが、あんなものは、「ソープドラマ」だ。石鹼会社がスポンサーになったから、そう呼ばれる。一方、本来のメロドラマとは、なかなか怖い世界であり、ホラーありスプラッターありの、要するに「寺山修司の世界」なのである。

メロドラマは、ロマン派の頃、つまり観相学などがはやっている十八世紀末、ヨーロッパの演劇を席巻したジャンルである。極論すれば、ストーリーは必要ない。必要なのは、たとえばバケツ五杯分のブタの内臓。いきなり男が女を殴り殺すシーンから始まる。ストーリーは最後までわからなくても、別に構わない。男がいて、女を殴り殺すときに飛ぶ血が必要になる。まさか本当に殴り殺すわけにいかないから、舞台袖のＡＤ氏が、汚れることを覚悟でブタの内臓を舞台に飛び散らせる。まちがってお客様にかかっても別に謝るわけでもない。客もそれ大はしゃぎだ。フランス革命の頃はやった猟奇劇専門の「グラン・ギニョール」がそれである。

少し、こういう見る文化の裏側に付き合ってみよう。あまりにきちんと合理的なものに近づいてしまった「見る」ことが、おのずからそのバランスをとろうとする。

フランス革命の最後が流血酸鼻のテロリズムに転じたとき、面白い発明が二つあった。そのひとつが今述べた「グラン・ギニョール」である。人間の生きていることに因果関係もアクションの理由も要《い》らない。あるのはアクションの強度だけという感覚である。なにしろ劇場から出てくると、表にギロチンで切られた貴族の首の五個や十個並んでいる世界のことである。

もうひとつがジェット・コースターである。この時代にジェット・コースターは発明された(英語でいうローラー・コースター)。その名も「モンターニュ・リュス(ロシアの山＝仏)」という。帝政ロシアで、凍りついた斜面を木のソリで滑降する遊びがあったことに由来する名だが、今でいえば木でできた絶叫マシンである。

いろいろな形のものが工夫されたようだ。遊び論のロジェ・カイヨワが遊びの究極とした「イリンクス(めまい)」の遊びの範疇《はんちゅう》のものだが、とにかくこの「ロシアの山」は大当たりする。フランス革命とは一体何だったのか。つくづく不思議だが、「感性の歴史学」流行の昨今であるのに、この絶叫マシンを研究している人はいない。

純文学と大衆芸の間

さて、その時代の「メロドラマ」といわれる演劇のジャンルで一番有名なのは、シラー

（一七五九～一八〇五）である。ただ殺す。ひたすらアクションの連続だ。まるで舞台《いた》の上のローラー・コースター。純文学と大衆娯楽の間《あわい》を切り開いた。上はバイロン原作のコサックもの活劇『マゼッパ』から下は「グラン・ギニョール」の人形劇。人形だから、やりたい放題できる。

その末裔が、今でも英国には残っている。有名なのは、フランス革命直後からイギリスの海水浴場ではやった「パンチ・アンド・ジュディ」という人形芝居。海水浴場でよくやったから、海水浴好きのキャロルも少女たちと見たはずだ。

簡単な粗筋《あらすじ》は、パンチという夫とジュディというかみさんがいて、夫婦喧嘩を始める。腕人形劇なので、人形に棍棒《こんぼう》を持たせて腕を振るだけである。棍棒で何分も殴り合って、結局パンチがジュディを殴り殺す。殴り殺されて観客席に飛んでいくジュディの人形を子供たちがキャーキャーいって取り合ったりする。そしてそれがおさまると、今度は、知らせを聞いた警官がやってくる。そしてまた警官とパンチが殴り合いをして、パンチが警官を殴り殺す。警官の人形が飛んでいくのを、また子供たちがキャーキャーいって取り合う。

最後には、すべてを許さない悪魔が登場して、パンチと悪魔の殴り合いになる。そして悪魔が殴り殺され、パンチが勝つ。ただこれだけの人形劇が巷や海水浴場で子供たちにうける。

実はこれが、フランス革命の頃に出てきた大衆芸能である。それを文学者が偉そうに「メロドラマ的」なものと名づける。運動を始めながら運動に恐怖をも抱いている時代の奇怪なカタルシスとか、なんとかいうのである。

スペクタクルという視点

「演劇」と簡単にいうが、スペクタクルの全体をたったその一言で括《くく》ってしまっていいのだろうか。シェイクスピアの『マクベス』や『オセロ』のように「こうだからこうなる、こういう性格の人だからこうするしかないだろう」といった人間の因果関係や心理の必然性などは何も要らない。ただひたすら殴り殺すのを見る。シェイクスピアにも『タイタス・アンドロニカス』のような悪趣味な食人劇があるが、「演劇」史プロパーの人たちによる評価は当然低い。セネカ劇の伝統とかなんとかいって片づける。それをたしかに要求した時代があったという事実については頰《ほお》かむり。

こういった「メロドラマ的想像力」がはやる直前に、「サブライム」が理論化されていた。これからのアートはカタストロフィーと殺人だろう、と。偉そうなことをいっても、今のアートや大衆芸能でこの理論から一歩二歩出たものがはたしてあるのだろうか。

そうか、演劇史といっても、第一、十九世紀の演劇史を研究する人などほとんどいない。シェイクスピアやラシーヌをやってきた人間にとって、十九世紀のドラマ、演劇の世界は空白の時代で、大作家がだれもいないように見える。「十九世紀は小説の世界であって、演劇はなかった」というイメージがある。しかし実はドラマではなくスペクタクルの時代なのであった。そう考えれば、実に面白い、豊かな世紀である。マーティン・メイゼルの『リアライゼーション』（一九八三）という大著がやり尽くしている。

たとえば、前に述べたが、鶴屋南北のお芝居は、たしかにアクションの因果関係はあるが、実際に西沢一鳳《にしざわいっぽう》などといった江戸ッ子の大南北《おおなんぼく》の観劇記など読むと、ストーリーなどどうでもいいらしい。色悪《いろあく》や悪婆が動き回る濡れ場、責め場、そして殺し場の息もつがせぬ連続に化政《かせい》の芝居好きたちは酔ったらしい。「仏壇返し」が巧くいったかどうかの方が大事である。仏壇返しとは、登場人物が姿を消す場面で、いきなり歯車がグルグル回って、戸がバーンとあいてそこにもたれていた役者が仰向けに消えていくという仕掛けである。

そういうスペクタクルの世界を、ぼくたちはいつの間にか「演劇」と「見世物」とに、きれいに分けるようになった。十九世紀の演劇史を研究すると、それが身にしみてよくわかる。十九世紀は、舞台の上で正式の役者さんたちがきれいごとをやる演劇の方はたしかにつまらないが、それまでの世紀に比べて何倍もの人間が集まった小屋のスペクタクルがある。そのひとつが、世紀初めの「パノラマ館」、中葉にかけての「ジオラマ館」、後半には博覧会が登場する。そう、万博も見世物でしかなかった。そして視覚文化史の俊才木下直之氏によれば、絵もまたそうだったという。

パントマイム演劇

「パントマイム演劇」が大流行したのも思い出される。「メロドラマ」に続いて「パントマイム」に対しても、日本人はまったく誤解している。要するに、『ピーター・パン』を書いたジェイムズ・バリー卿（一八六〇〜一九三七）の世界である。

死者の国が生者の国に交錯するような荒唐無稽劇である。舞台の上に本当の船が出てきたり、本物の象が舞台を横切ったりする。

演劇プロパーの人は「悪趣味だ」というかもしれないが、百何十年間にわたってヨーロッパの舞台はそういったものに席巻される。それを大衆芸能とか、堕落した演劇形態といって、この二、三十年前まではドラマ研究家もろくに研究することはなかった。通俗な演劇史を見ると「十九世紀は演劇の不毛な世紀である」と、あっという間に読み切れてしまうようなページ数しか割《さ》かれていないが、これは本当におかしな話である。

そうだ、キャロルのことを忘れていた。『不思議の国のアリス』と『鏡の国のアリス』という作品は、十年後には、すぐこのパントマイムに演劇化されている。何かが宙を飛んだり、本物の水を吹く噴水といった装置のど真ん中でアリスが走り回るという演出がされることだろう。聖職者なのに芝居好きのキャロル、当然見に行っている。

当時のイギリスでは、オックスフォード、ケンブリッジの先生は芝居小屋に入ることは許されなかった。彼らは先生であると同時に牧師だったのであり、結婚もしてはいけない。

まるで近世のど真ん中に中世が生きているような学僧の世界である。だから「独身者の機械」としての猛烈な仕事量を誇る。「博物学の黄金時代」（リン・バーバー）というが、それを支えた膨大な博物学書は一握りの聖職者が死ぬほど書いた。劇場その他の悪所でうさをはらせぬ彼らにほとんど唯一許された「ラショナル・アミューズメント（道にかなった息抜き）」が博物学だったのだ。

ところが、ルイス・キャロルは禁を犯してシアターに通う。キャロルはヴィクトリア朝の物見高さの極致のような人物である。

リヴァーサイドの見世物文化

この時代には、非常にグロテスクな演劇状況がある一方で、博物学という理性知が一般大衆に浸透していく時代でもあった。ダーウィンがあらわれて、本格的な「科学」の方向に進む動きもあったと同時に、大衆文化と接触したところでの「博物学」が大展開する。その典型が「見世物」である。要するに『アリス』物語は当時の見世物文化を反映した、畸形狂いのマニエリスム芸能（！）なのかもしれない、といいたいのだ。

ぼくの生まれ故郷である高知市には中央を流れる鏡川《かがみがわ》という川があり、これが聖なる領域と俗な領域を分けていた。その川の真ん中に柳原という中洲《なかす》があり、高知に来る小屋がけの興行やサーカスは、全部そこで行われていた。川、中洲、橋をめぐる、「中心と周縁」の典型図が、そこにはあった。

ヴィクトリア朝のテムズ川周辺のリヴァーサイドも、同様だ。都市文化はどこも川を中心にできていて、肝心の川の周辺は賤民の文化であり、流れ者たちの世界である。テムズ川周辺のリヴァーサイドにも当然こういうものが集まる。シェイクスピア時代から変わらない。「リヴァティーズ（liberties）」と、そういう場所は呼ばれていた。自由、放縦《ほうじゅう》の場だった。江戸なら「悪（場）所」と呼んだはず。

そういうヴィクトリア朝大衆文化で一番有名なのが「醜悪ミュージアム」として知られるあまりにも有名な常設のげてもの小屋である。正式には「エジプシャン・ホール」というが、名前からして怪しい。いつもグロテスクでぶざまなものを並べている。

そこでの見世物は、体重百キロの赤ちゃん、世界一のやせ男などなど。有名な親指トム（一寸法師）を興行した男にフィニアス・バーナムがいる。バーナムのもっとすごいところは、この小さな男性を見つけただけではなく、世界中くまなく探して、この人と身長の見合う女性を見つけたことである。この夫婦を使ってアメリカ中が大騒ぎした結婚式をやらせた（スーザン・スチュワート『憧憬論』を参照）。エジプシャン・ホールのブロック、アメリカン・ミュージアムのバーナム。英米十九世紀怪物文化の東西両横綱である。

「バーナマイズ」という動詞や「バーナマイゼイション」という名詞があるぐらいすごい人である。つまらないもの、みんなが嫌がるものを気宇壮大に売りまくることを動詞で「バーナマイズ」というが、まさしくそういうやり方である。その少し前にドイツ文化圏にいたシカネーダーもそのたぐいで、すべてを糾合して一大スペクタクルに変えることを、ドイツ語で「シカネーデライ」ということを、原研二『シカネーダー伝』（平凡社）に教えられた。

ぼくが、近代都市文明をやるとしたら、絶対まずこのフィニアス・バーナムをやる。彼は長寿で、十九世紀いっぱい生きたが、彼のつくった大小のサーカスが併合を繰り返し、今日も残っている。それが史上最大のショー「リングリング・サーカス」である。みんなバーナムのサーカスから出発して合併して広まっていくが、当初彼の小屋は「アメリカン・ミュージアム」といわれた。超米文学者（！）柴田元幸氏の訳がさえるスティーヴン・ミルハウザーの『バーナム博物館』（白水社）の名で、多くの人に馴染《なじ》みかもしれない。

意外に思われるかもしれないが、アメリカ人ほどミュージアムに行く人種はいない。もっとも、普通のアメリカ人が「ミュージアム」というときは「ダイム・ミュージアム」を指す。「ペニー・アーケード」という呼び方もする。

要するに百円博物館で、足が五本ある牛や首のない赤ちゃんだの、なかなかきわどい禁断のディスプレイである。ダイム・ミュージアムの歴史など、日本ではとてもやりそうにないし、できないだろう。しかし、ダイム・ミュージアムを論じないミュージアム論など、所詮きれいごとである。

面白かったアメリカ文化関係の本はローレンス・ウェシュラーの『ウィルソン氏の驚異の

陳列室』（みすず書房）だったが、要するに昨今のアメリカのジャンク文化、ダイム・ミュージアムが、マニエリスムに淵源《えんげん》するものだと見る大変先進的なメタ・フィクションで、心底嬉しかった。「純」文学者ヘンリー・ジェイムズがミュージアム狂いだったとして、その中に随分「ダイム」なミュージアムが含まれていること、覚えておいて欲しい。

ジェファーソンに始まりジェイムズに終わる「アメリカン・マニエリスム」についてもっともっと書かれなければいけない。当然、間にはウィルソン・ピールが入る。ウェシュラーのいう「ウィルソン氏」とはこの、バーナムに先駆したショー文化の大物のことにちがいない。このあたり、マニエリスムも知る超米文学者、鷲津浩子氏あたりの健筆を祈りたい。

アントロポモルフィズム（擬人化）

今日のいわゆるニューコロニアリズム、ニューヒストリシズムの歴史家が、博物学、とりわけエスニック・ミュージアムの十九世紀に喰《くら》いつく。帝国主義は政治だけの問題ではなく、文化にもまた帝国主義があるのだ、と。このアフリカ人に対する差別は何か、この動物、植物に対する差別は何か、といったぐあいだ。

たとえば、花。フランスでは一八四〇年代、イギリスでは一八五〇年代に、膨大な花言葉の辞書がつくられた。花に対してひどい扱いをしてはいけないといいながら、たとえば「ヒヤシンス」を引くと、Aという辞書には「純愛」、Bを引くと「貞節」、ところが、Cの辞書では「不倫」と書いてある。純愛の不倫もないわけではないが（！）、一体どうなっているのかと首をかしげたくなる。

ところが、キャロルの『鏡の国のアリス』に「ものいう花」というチャプターが出てくる。花が口をきくかといいたくなるが、哲学的にいえば、あらゆる人間以外のものに人間の性格を押しつけることを「アントロポモルフィズム（擬人化）」という。

大げさにいえば、近代哲学すべてがそれである。哲学者カントは、あらゆるカテゴリーは人間のものであって、その向こうのものについては語ってはいけないといって怒った。二十世紀最大の哲学者ハイデガーの晩年の思想は「星は、星と名づけたとたん、光り輝きながら遠のいていく」というきれいな言葉で象徴される。

そう考え出すと、童話というものがにわかに奇想天外に思えてくる。ぼくは、テーブルの周りに、ヴェストやスーツを着た犬が座っているなどという童話を子供と読んでいると、だんだん腹が立ってくる。「お父さん、きょうの食べ物はおいしいね」と仔犬がいう。犬たちが食べているのは牛である。それを全然変と思わない子供の頭も変だし、そういう子供をつくってしまった教育もおかしい。童話論をやる人で、「童話の擬人化とは何か」という問題を取り上げる人はいない。その問題が表面化したのは一八五〇年代で、動植物を「陳列する」ことが始まる。生きているものを陳列するのなら、いずれどこかに放してあげられるので、まだいい。

ところが、一匹の虫をもっと細かく観察しようということになると結構努力が要るし、恵まれたアングルが必要になる。それが、ホルマリンをかがせてピンを刺して見ると、たちまち足が六本だとわかる。精密さや正確さの背後には、こうして「生命の終わり」がずっとつきまとう。「知ることは、殺すこと」という、哲学者ミシェル・セールの言葉は重い。

顕微鏡の夕べ

近代という表象文化について、その最強力の媒介者たる光学で議論を始めた本だから、博物学の表象性に行き着いた結論もレンズのエピソードでまとめよう。

ヴィクトリア朝は六十年ほど続くが、この間に最もヴィクトリア朝的なエンターテインメントというべきが、なんと「マイクロスコピック・イヴニング（顕微鏡の夕べ）」というものであった。

あのヴィクトリア朝人に一番金を使わせていたエンターテインメントだ。腹いっぱい牛肉を食べたイヴニング・パーティーの後で、リチャード・オーウェンといった有名な生物学者を呼んで「骨とは何か」などというレクチャーをしてもらう。

今まで食事をしていた食卓の上に顕微鏡が並び、食べ終わったばかりで、まだ捨てていない骨を薄く切り、プレパラートに載せて、それをみんなが覗く。そして、解説している先生の絵と比べて「うーむ、これが骨か」などと感心するという賢いような間抜けなような文化である。リン・バーバーの『博物学の黄金時代』以上に、ここいらを面白く書いているものがないので、早速訳した（国書刊行会）。

生命とは何か、生命に対する知識とは何かを考えるときに問題になるのは、十八、十九世紀の博物学である。生きたものを相手にしていたのが、精密さに欠けるという理由で、どんどん殺し始める。そして、生物科学はどんどん進化する。荒俣宏君が有名にした「博物図鑑」という不思議なジャンルはそうした文化史の矛盾を表象の問題として表現している。

口でいってもなかなかわからないものでも、博物図鑑を見るとよくわかる。今までゴキブリといって黒い塊の絵を描いて、下に大きな汚い手書きの字で「ゴキブリ」と書いていた資料と比べると、何百種類のゴキブリを並べて、○○チャバネゴキブリと書く、しかもその字が手書きではなく、活字で書かれていると、ゴキブリについての知識はどちらがよく伝えてくれるかはいうまでもない。考えるほどに怪体《けったい》な精密至上の反生命的思想である。

近代の視覚文化の問題は、まともにやろうとすると、こうやってなにもかにも全部の知識が必要になる。そしてこうした文化の局面が、キャロルの時代に頂点に達する。たとえば、博覧会。たとえば図鑑。そしてやがては図鑑に値段のついた各種カタログ。

ある日のこと、ぼくは行きつけのコンビニで風俗雑誌をめくっていて、あることに気づいて思わず笑ってしまった。今から百何十年か前に、昆虫を分類してその情報をできるだけ魅惑的かつ的確に教える編集方法が編み出された。今日、町のかわいい女の子やフーゾクの女性たちが、まったく同じ編集法でヴィジュアル化されている。今までだれもその工夫を思いつかなかった。たとえば、物の全貌を見たいという欲望に対しては、裸の背中をこちらへ向けている女の子の前に鏡を置くことで、たったひとつのアングルから彼女の全部が見られる。これは大発明である。人類史上、ピカソのキュビズムを除き、故山口瞳先生のマンガを除いて、向こう側が同時に見えたためしはない。

それればかりではない。全体像と部分像の集積関係をいつも見せるのがエロ本のヴィジュアルのエッセンスであろう。ひとつのものをいろいろな角度から見ることが近代視覚文化の方法であったこととの笑止な戯画だろう。

ヴィクトリアンの表と裏

ヴィクトリア朝の文化の見世物文化としての局面はまるで問題にされてこなかった。「見世物」というと、知識をいろいろ論じる利口でバカな人たちは、自分にまったく関係ないものだと思う。日本でも朝倉無声《あさくらむせい》の『見世物研究』（一九二八）以来ろくな研究がないのが、それゆえ『江戸の見世物』（岩波新書）というすばらしい本を書いた友人、川添裕氏の不満だった。いや、そういえば英国にだってろくな研究がと思い、ぼくは記念碑的大著、リチャード・オールティックの『ロンドンの見世物』を、小池滋氏を語らって邦訳する暴挙に出たのだった。この世界では永遠に凌駕《りょうが》されることのありえない無尽蔵の資料源である。

しかし、物を集めて分類することだけが快楽なのではない。物を集めて、もっと混沌とさせていく快楽もある。しかもそれが、同じ人間に担われる。一方で数学者のキャロルがもう一方で見世物狂いというのは、矛盾でも何でもなく、そういった形でヴィクトリア朝後半という奇想天外時代は成り立っている。

「ヴィクトリアン」という形容詞の意味は「表裏のある」「陰ひなたのある」という意味である。「偽善家」と書いてある英和辞典もあるが、実はそんな甘いものではない。スティーヴン・マーカスに『もう一つのヴィクトリア時代』（中公文庫）という名著がある。これはヴィクトリア朝が偽善という意味になることとの実態を説いたもので、主に性的な問題に限っている。昼間は英国紳士、夜は地下クラブに行き、女のコの尻を鞭で打ちまくりとかとか、どっちが昼でどっちが夜なのかわからない世界がヴィクトリアンだったという。

二重性は実はそんなに甘いものではない。とくに生命を相手にしたときの無惨さはものすごい。合理的なものといわれるものがいかに大量の残虐と大量の血を流してできたかは、一八五〇年代、六〇年代を見るとよくわかる。世界のカバの大半を消滅させたのは、この時代のイギリス人なのだ。自然愛を誇る英国人の度を超した狩猟好きを告発したハリエット・リトヴォの怖い本、『階級としての動物』（国文社）は、そうしたエピソードではちきれそうである。性根《しょうね》の坐ったカルチュラル・スタディーズが英文学研究を大きく変える良い例であろう。

エピローグ　光のパラダイム

繰り返されるマニエリスム

怪物ばかり並べた本の挿し絵がある。これは十六世紀ヨーロッパを席巻したある種の本の挿し絵である。まるでラブレーの『ガルガンチュアとパンタグリュエル』の世界である。テラトロジー（怪物学）は全盛期で、マニエリストたちの大好きな材料だった。よく見ると海坊主は本当に海の坊主の格好をさせられている。なにしろ宗教改革の時代なので、同時に時局を風刺した絵でもあるわけだろう。こういう絵がはやった十六世紀から三百年を経て、また十九世紀の後半にテラトロジーの全盛時代が来る。かつては、この怪物の挿し絵の世界は「マニエリスム」と呼ばれた。区分されたものをもう一遍ミックスして、今でいうハイブリッドを生みだす文化である。それが、区分される方がいいと感じる三百年を経て、もう一遍リミックスしたのが、俗にいう十九世紀末文化の混沌としたありようの根本である。

英文学の畑でいえば、シェイクスピアの時代についてだけかろうじて少しだけマニエリスムが議論されているが、そんなものではとても足りない。十八世紀の大半を席巻したピクチャレスクに、ヴィクトリア朝の後半を席巻した俗にいうヴィクトリア朝世紀末。これはみんな原型というべきマニエリスムの、おのがじし必要があって繰り返されてきたリヴァイヴァルではないだろうか。

三つの条件

この本なりのマニエリスムの定義をもう一遍整理してみると、それは三つの条件、①認識論的な哲学、②光学を中心とする自然科学、③幻想文学といわれる文学、からなる文化相だった。

この三つ組がたえず繰り返されてくる。引き金になるのはいつも、人間の置かれた不安な状況である。ソリッドなものが成り立たなくなり、固定されたものや足を置ける地盤がなくなったとき、こういったタイプの文化が登場する。これを文学史として書くならば、まず認識論から始まり、光学、そして幻想文学へとつながることになるだろう。

ではその「幻想」とは何か。ファンタジーとは何か。「ファンタジー」という言葉には、そもそもどんな意味があるのか。この疑問に今まで答えられた人は、ぼくの知る限り、いない。合理的なものと百八十度逆のところにあるものがファンタジーであると簡単に考えられている。議論は非常に簡単な二元論で進んでいくだろう。

「ファンタジー」とは元々はギリシャ語の「ポス」という言葉で、正式には“Phos”と綴

63

63／64　16世紀は、後世の分類学が処理に困り「パラドクサ」と名づけて枠外に放りだしたものたち、ハイブリッドやモンスターに満ち満ちていた。こうした「B級図像」（荒俣宏）まで含めた視覚メディアをもとに、「マニエリスム」の観念を、いつまでもお間抜けな旧套美術史とは別のところでさぐっていこうとする動きが始まりつつある。たとえばこのマンリオ・ブルーサティンの『驚異の技』（1986）。B級図像の惑乱的シリーズが「超」美学の戦略を感じさせる。この怪物絵も同書より。

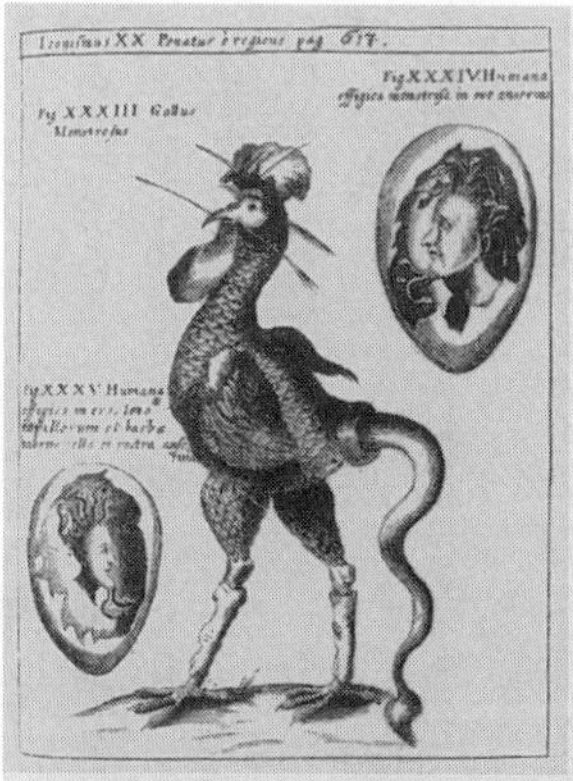
Fig XXXIII Gallus
Monstrosus

Fig I Centaurus
Fig. II. et III.
Satyri

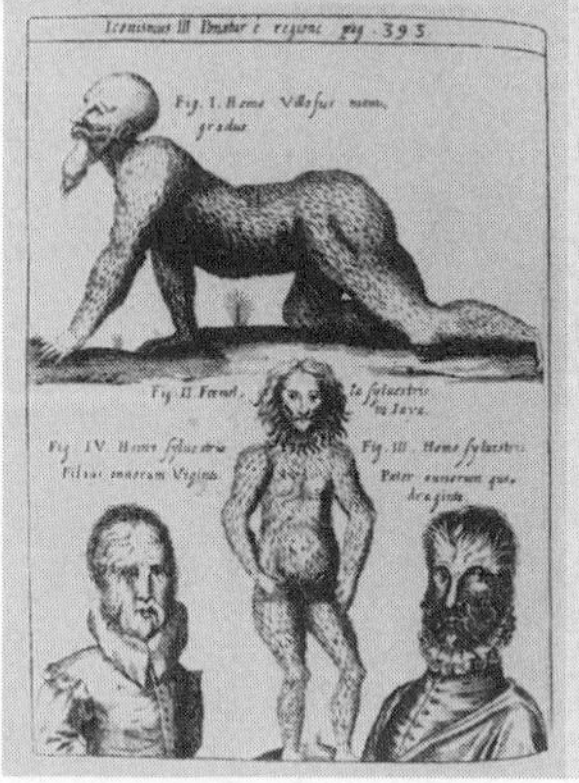
pag. 393

Fig I. Triton
Fig II
Monstrum Marinum
Fig III
Fig IV
Satyrus Marinus

る。「光」という意味であった。ギリシャ人が考えていた幻想とは、つまり光あっての幻想である。であるなら、非常に飛躍した比喩を使うと、「光の世紀」たる十八世紀は壮大なファンタジーの世界だったことになる。「見える」こと即ち「わかる」こと。見えないものは断面にしてでも切り割いてでも何でもいいから、とにかく「見える」ものにする。これはこれで合理という名の狂ったファンタジアなのだ。

幻想とは、光の対蹠地《たいせきち》にあるものではなく、光そのものが何かの形で変質していくものである。

ぼくは光のパラダイムとして近代を考えようとして、合理〈対〉幻想という批評的バイアスを棄《す》てた。すると、多分だれも見ていなかった線が歴史の中を貫流していくのが、ゆっくり、三十年ほどの時をかけて、見えてきた。方法は、やりながらできていくというたぐいの、試行錯誤とたまさかの幸運によってつくられていった完全に我流のものでしかないが、ともかくこの本がこうして四半世紀にわたるぼくの知的冒険の簡略な報告書である。

学魔口上

悪人になれば涼しいかもしれぬ　久一

これはすばらしい選書メチエの第二百号という有難い節目にいただいたお仕事である。考えてみると、この叢書そのものの出発に立ちあい、ぼくの葛飾北斎をめぐる批評小説がその記念すべき第一号になる算段だったところ、調べることが多すぎるのと、私生活のごたごたで頓挫してしまった、それからの長の御縁である。編集担当の園部雅一氏からは第五十号に、第百号に、と繰り返しお誘いいただきながら、生来の怠惰と老人性初発痴呆とでもいうべき無責任と無気力がわざわいして（幸いして？）『北斎変幻』は全然進捗していない。

わりと親しいお付き合いをし、ぼくがいろいろな所で喋る機会のひとつに顔を出してくれたらしい園部氏はさすがで、ぼくが口舌の徒であることを見ぬき、ならばいっそ語りおこしでいきましょう、テーマは自由でということになったが、じゃあそろそろ英文学にもキリがついた感じがするし（錯覚といわば、いえ）、一度くらい英文学の先生らしい顔を世間様にも知ってもらっておこうということで、この企画と相なった次第である。すべて園部氏の着想と切り盛りで、ぼくはただ、講談社のある音羽へ二日足を運んだトーキング・バブル（お喋り玉）であったにすぎない。園部君、ありがとう。

忘れがたい二日間である。元来、ウイスキー瓶一本あれば丸一日、喋り通すというようなことは別に珍しくもない。それが講談社編集部の面々を大変楽しい聴衆に得られたから、ハズミがついたように五世紀もの話を一気呵成に喋りおろした。国会速記のヴェテランの宮田仁子さんも、速記の鮮やかな高速もさりながら、話の節々に入れていただく合の手が絶妙だった。ぼくに勝てた速記者、同時通訳者はまだ一人もいなかったが、宮田仁子さんには負けた。爆笑、また爆笑。吸う息吐く息の両方で神がかりに喋ることのできるぼくの横で、カセット・レコーダーがヒート・ダウンしてしまった。何があっても速記者が、これ、こんなこと初めて、というのが可笑《おか》しくて可笑しくて、ぼくも常以上のった。

＊

大学紛争の後、セクト活動家同士のごたごたで、仕方なく英文学科に籍を置いた。自分としては美術史学か、仏文科に行きたかった。仏文科は対立セクトの学生たちの巣だったし、ホッケの種村季弘訳ですっかりいかれた美術史は結局ぼくの美術史学のイメージとまったく逆の世界だということがのちのち判明するので、まあ選択として無残というほどの選択ではなかっただろうと思う。それが、武田鉄矢氏の歌の文句ではないが、「思えば遠くへ来たもんだ」である。

自分なりにたしかにキリがついた感じはする。思い上りだ、傲慢だといろいろいわれるにちがいないが、ひと通りのことをやって、もう飽きたというのが実感なのだ。何かの拍子に戻ってくるかもしれないが、しばらくは、もう少し面白く感じられる視覚文化論の方に歩を進めてみたいと思っている。

全体を見通して大まかなチャートを描くのは、小池滋氏にそういう文章を書かれたことがあって流石だね、と思ったこともあるが、たしかに巧い。天才じゃないかと時には自分でも思う。「神韻縹《ひょう》渺《びょう》たる」詩、「滋味掬《きく》すべき」散文をじっと味読する老紳士といった英文学（というか「英学」）のじじむさい罠に一度も陥らなかった幸運を神に感謝しよう。

由良君美、高橋康也、篠田一士、小池滋、そして柳瀬尚紀といった「超」英文学の先達と、じかに出会えたこと、おいしい酒を酌み交せたことにも感謝。そして、むなしいことを無理にやる暇に、できるだけ楽しいことに就《つ》け、そうしないと一度っきりの人生、ばかばかしいよとつくづく教えてくれた一九六〇年代終わりという学知との出会いのタイミングに、なによりも感謝。

「超」英文学は先輩、富山太佳夫氏が、そして「超」米文学は畏友、巽孝之氏がどんどん先へ進めていくだろう。アフォリズムで思いつきを語るしかないぼくごとき浅学には、さっさと見切りをつけるべきしおどきが来たようだ。バイバイ、アディオス、英語。英文学！

二〇〇〇年八月二八日　　著者識

ブックガイド

多少の文献案内をしておこう。時代やテーマ、作家を限定したものに秀れた研究、名著あまたあるはいうまでもないが、(1)あくまで「超」英文学史として、他分野、他文学に自在に広がるヴェクトルを持つスケールの大きさを感じさせるもの「ページ数の多寡には何の関係もない」、(2)当然、ぼく個人の琴線にピンと共振するもの、に限られることになる。

大雑把に、十七世紀から時代順にたどる。十七世紀全体についてはワイリー・サイファー『ルネサンス様式の四段階』(河出書房新社)がマニエリスムからバロック終息までを過不足なく書いている。サイファー翻訳紹介に懸けた河村錠一郎氏の情熱も多としておきたい。高橋康也『エクスタシーの系譜』(あぽろん社。現在筑摩叢書)は神秘的超越と数学的厳密がバランスする英文学の一系譜をとりだした日本英文学界青春の書のひとつ。ダン、マーヴェルなどの記述は衝撃的だった。マーヴェルに関する川崎寿彦『マーヴェルの庭』(研究社出版)は研究文献の博捜ぶりに驚かされた。川崎氏は英国庭園の研究家として有名だが、歴史記述の概説書の多い中、一人の人間の内的世界として庭のでき方を力説したこの大冊はみごとなできばえである。

形而上派詩の「曖昧」の問題についてはウィリアム・エンプソン『曖昧の七つの型』(研究社)。二種の訳本あるも、この岩崎宗治訳を推しておく[のち、岩波文庫に入った]。シェイクスピアや形而上派詩の意味論的曖昧さを時代の「魔術的光学」とのかかわりで説ききった高山趣味の蒲池美鶴『シェイクスピアのアナモルフォーズ』(研究社出版)を、エンプソンの次に読むとよい。

蒲池本のソースのひとつがリトアニア人ユルギス・バルトルシャイティスの『アナモルフォーズ』(国書刊行会)。そして多くをバルトルシャイティスに負うグスタフ・ルネ・ホッケの『迷宮としての世界』(美術出版社)および『文学におけるマニエリスム』(現代思潮社。I・II巻)。これらは英文学プロパーではないが、認識論・光学・幻想文芸の三つ組についての基本的なイメージを与えてくれる。

言葉の曖昧を同時代各現象のパラドックス性の一部という形に広げて追ったロザリー・L・コリーの大著 ***Paradoxia Epidemica*** はいずれ拙訳でお目に掛けることとして、今は『西洋思想大事典』（平凡社）第三巻に載るコリー女史の「文学のパラドックス」の項目精読を勧めておこう。この項は他の関連項目と併せ、R・コリー他『愚者の知恵』（平凡社）として分冊単行本化されている。

この『西洋思想大事典』はむろん英文学プロパーのリファレンスではないが、他分野へのかかわり方について無限に近いヒントを与えてくれる一般書としては最強である。原題を聞けば、すぐそれと知れよう。Philip Wiener (ed.), ***Dictionary of History of Ideas*** といって、ヒストリー・オヴ・アイディアズの研究の集大成である。この事典で一番たくさんの項目を記述しているのがマージョリー・ニコルソン。それら項目のうち、「宇宙旅行」はニコルソン女史の『月世界への旅』（国書刊行会）の、「山に対する態度」は同じく『暗い山と栄光の山』（国書刊行会）の要領よいレジュメという形になっている。女史の本ではあと、『円環の破壊』（みすず書房）が邦訳されており、形而上派詩の背後で旧宇宙観が新天文学にとって代わられる様子を描く。とにかくニコルソンの本はそのすべてを読む必要がある。ニコルソンの師アーサー・O・ラヴジョイの歴史的名作、『存在の大いなる連鎖』（晶文社）とともに。但しラヴジョイ本の真価を全然理解できていない訳者あとがきの貧寒は無残としかいいようがない。

「記憶」という観念のヒストリー・オヴ・アイディアズを試みたものともいえるフランセス・イエイツ女史の一連の仕事、『記憶術』（水声社）、『世界劇場』（晶文社）、そして『薔薇十字の覚醒』（工作舎）は細かい点は別として、全然別の近代像をつくり上げてみせている。シェイクスピア研究が魔術哲学とのつながりを持つにいたる一方、シェイクスピア以降、最大の問題が「薔薇十字的な」王立協会であることがはっきりしてきた。すごい歴史把握が出現したものだ。ニコルソンに一貫していた王立協会への関心に、途方もない哲学史的脈絡が与えられた。晩年、二人の大女流学者は友情を結んだ。ニコルソン、イエイツのペアで「超」英文学史の十七世紀部分はすべての基礎を与えられたのである。

王立協会を中心とする普遍言語の工夫についてはジェイムズ・ノウルソン『英仏普遍言語計画』(工作舎)を推したい。普遍言語のユートピア性をいうが、さらに背景に千年王国待望の熱情を配するのはパオロ・ロッシ『普遍の鍵』(国書刊行会)。「世界幻想文学大系」シリーズ中にニコルソンの『月世界への旅』とこの『普遍の鍵』の評論二点を入れた共編の紀田順一郎、荒俣宏両氏の、圧倒的に早い時期の「超」感覚には、改めて脱帽したい。当然考えられるコンピュータ言語とのつながりでは、キャロル研究者でもあるマリナ・ヤグェーロの『言語の夢想者』(工作舎)を。

十八世紀では、またしてもまずサイファーの『ロココからキュビスムへ』(河出書房新社)。ピクチャレスクをめぐる最初期の、しかし充実した記述はさすが。小説論ではデフォーについてのD・トロッター、フィールディングについてのJ・ベンダー、S・リチャードソンについてのテリー・キャッスル、そして全体概観ではダグラス・ペイティの本がすばらしい (David Trotter, ***Circulation;*** John Bender, ***Imagining the Penitentiary;*** Terry Castle, ***Clarissa's Cyphers;*** Douglas L. Patey, ***Probability and Literary Form***)。テリー・キャッスルには新歴史派の見た十八世紀というべき ***The Female Thermometer*** なる呆然とさせられる面白さの本があるが、版元のオックスフォード大学が編集権なるものを主張、紀伊國屋書店と折り合いつかず、邦訳話は宙ぶらりんの由。もったいない。もう一人のテリーこと、秀才で鳴るテリー・イーグルトンの『クラリッサの凌辱』(岩波書店)は現代批評についての目配りは良いが、『クラリッサ』論としてはもうひとつ面白くならない。

新歴史派と新美術史を交錯させたスヴェトラーナ・アルパースの『描写の芸術』(ありな書房)。彼女主幹の雑誌からスティーヴン・グリーンブラットの名作『驚異と占有』(みすず書房)は立ち上っていった。翻訳した荒木正純氏は巨大な著書もさりながら、グリーンブラットやキース・トマスやマーク・シェル『地球の子供たち』(みすず書房)等、一本太い線の入った翻訳路線によって「超」えている。理論偏重の頭でっかちでいらいらさせる筑波大学系英文学では今のところ、ただ一人の「超」英文学者である。新美術史系統ではノーマン・ブライソン門下のタイモン・スクリーチ。日英蘭三角形の交渉史に没頭。英文学プロパーとは関係ないが、『江戸の身体《からだ》を開く』と『大江戸視覚革命』(ともに作品社)は光学のパラダイムを考える上に必須の傑作。

あと十八世紀末では、観相術についてのジュディス・ウェクスラー『人間喜劇』(ありな書房)、ロマン派の光学狂いを扱ったマックス・ミルネール『ファンタスマゴリア』(ありな書房)およびマリア・タタール『魔の眼に魅されて』(国書刊行会)、ロマン派に発する機械文学をめぐって独文学者種村季弘『怪物の解剖学』(青土社。今は河出文庫)と並んで必須のミッシェル・カルージュの『独身者の機械』(ありな書房)、ロマン派の抱えたマニエリスム、普遍言語感覚をめぐるジョン・ノイバウアー『アルス・コンビナトリア』(ありな書房)を強く推しておきたい。十八世紀庭園文化論としては安西信一『イギリス風景式庭園の美学』(東京大学出版会)とリハチョフ『庭園の詩学』(平凡社)。

ロマン派をマニエリスムとつなごうとしたのが由良君美『ディアロゴス演戯』(青土社)。「ロマン派を少し面白くしよう」とした「超」英文学史のバイブル、『椿説泰西浪曼派文学談義』(青土社)とともに、そしてアカデミー外でロマン派理解を主に科学や博物学から変えようとした若き大才荒俣宏の一連の仕事とともに、英国ロマン派研究のこれからを指示した名道標である。拙著『ふたつの世紀末』(青土社)はその刺激をバネに書かれた。

由良門下には「超」英文学の感覚がよく育ち、『シャーロック・ホームズの世紀末』(青土社)の富山太佳夫、スウィフトを論じつくした『空想旅行の修辞学』(七月堂)の四方田犬彦二人を考えるだけで圧倒される。ぼくもその末席にたむろしていた一人。フュッスリやホガースを英国マニエリスムとして評価せんとした由良大人《うし》の意向を受けて、ぼくとしてはホガースの『美の分析』と、フレデリック・アンタル『フュッスリ研究』の二点の拙訳を霊前にそなえようと念じている。

十九世紀ではピーター・コンラッドの『ヴィクトリア朝の宝部屋』（国書刊行会）が都市ピクチャレスク論を試みて断然面白い。サイファーの『ロココからキュビスムへ』と続けて読むと、「超」英文学感覚のいかなるかが、ほぼ体感できる。その何もかもを舌舐りしながら味わって欲しい批評家なんて、そうはいない。ジョージ・スタイナー（『アンティゴネーの変貌』、みすず書房）、トニー・タナー（『姦通の文学』、朝日出版社）、スティーヴン・カーン（『愛の文化史』、法政大学出版局）といったところ。そうした一人がピーター・コンラッド。ぼくとしては『シャンディズム』一巻を手掛けつつある。一人で書き上げた英文学史として出色なのがコンラッドの『エヴリマン英文学史』。どこを切っても面白い金太郎飴英文学だ。ねえ、みんなで訳そ！

むろんサイファーもこの眷族《けんぞく》。十九世紀論としてはマクルーハンのメディア論のあとを受けた名作『文学とテクノロジー』（研究社出版）が高山英文学の出発点で、懐しい。それから二十世紀のメタな風土に入っていくサイファーの『自我の喪失』（河出書房新社）と、トロントからそのサイファーに決定的影響を与えていくマーシャル・マクルーハンの『グーテンベルクの銀河系』（竹内書店。現在みすず書房）、およびマクルーハニズムを現代文学の巨匠たちの小説に適用し、目の覚めるようなメディア文学論の可能性を切り開いたヒュー・ケナーの『ストイックなコメディアンたち』（未来社）を「超」英文学の基本参考書として推しておきたい。

コナン・ドイルについては、頭上らぬ先輩、富山太佳夫の『シャーロック・ホームズの世紀末』（青土社）がドイル周辺の社会学を、シービオク夫妻の『シャーロック・ホームズの記号論』（岩波書店。考えてみれば富山氏の訳だ）がドイルの記号学を試みて成功。個人的にはパスクァーレ・アッカードという小児科医による『シャーロック・ホームズが誤診する』が大好きで、拙訳（東京図書）。

ルイス・キャロルについてはもう一度、高橋康也氏の『ノンセンス大全』（晶文社）。そして種村季弘『ナンセンス詩人の肖像』（竹内書店。今はちくま学芸文庫）。キャロルをとり巻いていた「見世物」の世界についてはリチャード・オールティックの『ロンドンの見世物』（国書刊行会。全三巻）に尽きる。同じ著者の『ヴィクトリア朝の緋色の研究』（国書刊行会）は、十九世紀英国では犯罪への関心が「純」文学と「大衆」文学の垣根をとっ払っていたことを論じて、目からウロコ。

キャロルの博物学趣味ではリン・バーバーの『博物学の黄金時代』（国書刊行会）一冊。

キャロルの秩序狂いを分析しようとした数学者エリザベス・シューエルの『ノンセンスの領域』（河出書房新社）の気持ちいいばかりの徒手空拳ぶりは、何の手がかりもないのに「超」えようとしたぼくの英文学史に限りない勇気を与え続けてくれた。

以上、翻訳刊行の書肆《しょし》に偏りがあるのは、これらの本の過半の邦訳にぼくが係わっているから。最後に評論をはずれる一冊を。柳瀬尚紀氏による邦訳本『フィネガンズ・ウェイク』（河出書房新社）。日本英文学が世界へ「超」えた。

ワ 行

マ　行

ハ 行

ナ　行

タ　行

サ　行

索　引

ア　行

KODANSHA

本書は、二〇〇〇年に刊行された『奇想天外・英文学講義』（講談社選書メチエ）を底本とし、改題したものである。

高山　宏（たかやま　ひろし）

1947年生まれ。東京大学大学院人文科学研究科修士課程修了。批評家。翻訳家。専門は，文化史学，視覚文化論，18世紀英文学。著書に，『黒に染める』『江戸の切口』『ブック・カーニヴァル』『高山宏椀飯振舞』『表象の芸術工学』など。訳書に，『春画』『アルチンボルド』『アナモルフォーズ』『レンブラントの目』『ヴィジュアル・アナロジー』『ボディ・クリティシズム』など多数ある。

講談社学術文庫

定価はカバーに表示してあります。

近代文化史入門《きんだいぶんかしにゅうもん》　超英文学講義《ちょうえいぶんがくこうぎ》

高山《たかやま》　宏《ひろし》

2007年7月10日　第1刷発行
2021年7月21日　第8刷発行

発行者　鈴木章一
発行所　株式会社講談社
東京都文京区音羽2-12-21 〒112-8001
電話　編集（03）5395-3512
販売（03）5395-4415
業務（03）5395-3615

装　幀　蟹江征治
印　刷　株式会社新藤慶昌堂
製　本　株式会社国宝社
本文データ制作　講談社デジタル製作

ISBN978-4-06-159827-0

「講談社学術文庫」の刊行に当たって

これは、学術をポケットに入れることをモットーとして生まれた文庫である。学術は少年の心を養い、成年の心を満たす。その学術がポケットにはいる形で、万人のものになることは、生涯教育をうたう現代の理想である。

こうした考え方は、学術を巨大な城のように見る世間の常識に反するかもしれない。また、一部の人たちからは、学術の権威をおとすものと非難されるかもしれない。しかし、それはいずれも学術の新しい在り方を解しないものといわざるをえない。

学術は、まず魔術への挑戦から始まった。やがて、いわゆる常識をつぎつぎに改めていった。学術の権威は、幾百年、幾千年にわたる、苦しい戦いの成果である。こうしてきずきあげられた城が、一見して近づきがたいものにうつるのは、そのためである。しかし、学術の権威を、その形の上だけで判断してはならない。その生成のあとをかえりみれば、その根は常に人々の生活の中にあった。学術が大きな力たりうるのはそのためであって、生活をはなれた学術は、どこにもない。

開かれた社会といわれる現代にとって、これはまったく自明である。生活と学術との間に、もし距離があるとすれば、何をおいてもこれを埋めねばならない。もしこの距離が形の上の迷信からきているとすれば、その迷信をうち破らねばならぬ。

学術文庫は、内外の迷信を打破し、学術のために新しい天地をひらく意図をもって生まれた。文庫という小さい形と、学術という壮大な城とが、完全に両立するためには、なおいくらかの時を必要とするであろう。しかし、学術をポケットにした社会が、人間の生活にとってより豊かな社会であることは、たしかである。そうした社会の実現のために、文庫の世界に新しいジャンルを加えることができれば幸いである。

一九七六年六月

野間省一

文学・芸術

池内　紀著
カール・クラウス 闇にひとつ炬火《きょか》あり

権力の堕落・腐敗にペンだけで立ち向かった男。ベンヤミンやウィトゲンシュタインが敬愛した稀代の作家・ジャーナリスト・編集者の生い立ちから活動内容までを描く、日本語による唯一の書物を全面改訂！

2331

下定雅弘・松原　朗編
杜甫全詩訳注（一）～（四）

国破れて山河在り、城春にして草木深し――。「詩聖」と仰がれ、中国にとどまらず日本や周辺諸国の文化や文芸に影響を与え続ける中国文学史上最高の詩人。その全作品が、最新最良の書きおろし全訳注でよみがえる！

2333～2336

赤木桁平著（解説・出久根達郎）
夏目漱石

文豪死去の翌年に刊行された本邦最初の本格的漱石論でありながら、戦後のうねりのなかで大きく取り上げられることのなかった幻の著作がついに文庫化！　ここで描かれた漱石像を避けてとおることはできない。

2337

A・G・バウムガルテン著／松尾　大訳
美学

人間にとって「美」とは何か？「美学」という概念を創始し、カントやヘーゲルら後世に決定的な影響を与えた画期の書。西洋文化の厚みと深みを知る上で決して避けては通れない大古典作品の全訳、初の文庫化！

2339

復本一郎著
芭蕉の言葉『去来抄』〈先師評〉を読む

俳聖が求めてやまなかったものとはなにか。芭蕉が句作に即して門人に語り残した言葉の数々から、伝統と新しさの機微がみえてくる……。いまを生きる俳人が古典を読み解く喜びを示し、現代俳句に活を入れる。

2355

吉本隆明著（巻末エッセイ・吉本ばなな／挿画・ハルノ宵子）
なぜ、猫とつきあうのか

幼いころから生活のなかに猫がいて、野良との区別もゆるく日々をともに過ごし、その生も死も幾多見つめてきた思想家は、この生きものに何を思ったのか。猫を、そして暮らしの伴侶を愛するすべてのひとへ。

2365

文学・芸術

岡倉天心「茶の本」をよむ
田中仙堂著
二〇世紀初頭、日本人の美意識を西洋にアピールした岡倉天心の代表作を、現代茶道の実践家である著者が新たに邦訳し、懇切に解説。〔最終章〕から読むとわかりやすい、世界と向き合う現代人へのエール。
2427

浮世絵の歴史 美人絵・役者絵の世界
山口桂三郎著
浮世絵はどこから生まれ、どう広まったのか。誕生から歌麿・北斎・写楽らによる大衆娯楽としての全盛期、海外流出と美術品としての再評価までの流れを通観した「美術ファン」「江戸ファン」のための本格的入門書。
2433

梁塵秘抄《りようじんひしよう》
西郷信綱著（解説・三浦佑之）
遊びをせんとや　生まれけむ――遊女や巫女など諸国をめぐり歩く女たちが歌い継いだ流行歌「今様」。法皇をも虜にした中世のアウトサイダーたちの「声」と「ことば」を、稀代の古代文学者が耳をすませて読む。
2440

『快楽の園』を読む ヒエロニムス・ボスの図像学
神原正明著
シュールすぎる生き物たち、意味深なポーズの裸体像……一〇〇点以上の関連図版で「美術史上最大の謎」を徹底解剖。奇想の絵画に隠された意味とは？　溢れる象徴と寓意を読み解く、図像学研究の集大成！
2447

水滸伝（一）～（五）
井波律子訳
中国武侠小説の最大傑作にして「中国四大奇書」の一つ。北宋末の乱世を舞台に、好漢百八人が暴力・知力・胆力を発揮し、戦いを繰り広げながら、「梁山泊」へと集結する！　勢いのある文体で、完全新訳！
2451～2455

書簡詩
ホラーティウス著／高橋宏幸訳
古代ローマを代表する詩人ホラーティウスの主著。オウィディウス、ペトラルカ、ヴォルテールに連なる韻文による書簡の伝統は、ここに始まった。名高い『詩論』を含む古典を清新な日本語で再現した待望の新訳。
2458